HOLLY BLACK

THE WICKED KING

空境之诗

深海暗影

［美］霍莉·布莱克　著

龙江　译

台海出版社

北京市版权局著作合同登记号：图字 01-2020-4977

THE WICKED KING: Copyright © 2019 by Holly Black
Published by agreement with Baror International, Inc., Armonk, New York,
U.S.A. through The Grayhawk Agency Ltd.
Simplified Chinese edition copyright © 2023
China Pioneer Publishing Technology Co., Ltd
All rights reserved.

图书在版编目（CIP）数据

空境之诗 . 深海暗影 /（美）霍莉·布莱克著 ; 龙
江译 . -- 北京 : 台海出版社 , 2023.8
书名原文 : THE WICKED KING
ISBN 978-7-5168-2759-8

Ⅰ . ①空… Ⅱ . ①霍… ②龙… Ⅲ . ①长篇小说—美
国—现代 Ⅳ . ① I712.45

中国版本图书馆 CIP 数据核字 (2021) 第 278012 号

空境之诗 . 深海暗影

著　　者：[美] 霍莉·布莱克　　　　译　　者：龙　江

出 版 人：蔡　旭　　　　　　　　　责任编辑：俞滟荣

出版发行：台海出版社
地　　址：北京市东城区景山东街 20 号　邮政编码：100009
电　　话：010-64041652（发行，邮购）
传　　真：010-84045799（总编室）
网　　址：www. taimeng. org. cn/thcbs/default. htm
E - mail：thcbs@126. com

经　　销：全国各地新华书店
印　　刷：大厂回族自治县德诚印务有限公司
本书如有破损、缺页、装订错误，请与本社联系调换

开　　本：620 毫米 ×889 毫米　　　　1/16
字　　数：238 千字　　　　　　　　　印　　张：19
版　　次：2023 年 8 月第 1 版　　　　　印　　次：2023 年 8 月第 1 次印刷
书　　号：ISBN 978-7-5168-2759-8

定　　价：59. 00 元

. . .

献给人鱼凯莉 · 林克

THE WICKED KING

第一卷

这样告诉他：
我不惧他的诽谤和恶名，
作为他的凡间敌人，
我要向他公开声明：
若是我自己有凡间王冠，
他就不会戴上精灵王冠；
除非复仇女神一同降临，
否则我们不会尊他为王。

——《仙女之歌》
（迈克尔·德雷顿）

序　幕

茱德举起沉重的练习木剑，摆好第一个姿势 —— 准备作战。

要适应宝剑的重量。马多克曾告诉她，你必须足够强壮，才能不知疲倦地进攻、进攻、进攻……学习剑术的首要诀窍就是变得那样强壮。

这会让你痛苦。痛苦会让你强壮。

她双脚牢牢地站在草地上，一招一式地练习起来，风吹乱了她的头发。第一招：木剑执在身前，身子侧向一边，护住身体。第二招：木剑高举，剑刃仿佛头上长出的角。第三招：木剑顺势挥下，抵达腰胯部位，假装漫不经心地垂在身前。第四招：木剑上挑，刺到肩膀位置。每个姿势都能在进攻和防守之间轻松转化。格斗就像下棋，需要料敌先机，先发制人。

不过，格斗是全身参与的对弈。这种对弈会让她伤痕累累、筋疲力尽，还会让她灰心丧气、消极厌世。

或者，格斗更像是骑单车。当年她在那个人类世界里学骑车时，曾无数次从单车上摔下来，双膝结满了血痂，她母亲曾一度认为，她腿上可能会留下伤疤。但茱德自己动手卸下了辅助轮，像塔琳一样，她鄙视在人行道上小心翼翼地骑车。茱德想去街上骑，她要像薇薇安一样骑得飞快，就是摔了跟斗，小石子儿嵌进肉里也没关系，晚上她会让爸爸用小镊子将石子儿取出来。

有时候，茱德很怀念她的单车，可精灵世界里没有单车，有的只是巨型蟾蜍、瘦骨嶙峋、毛皮发绿的矮马，以及薄如影子、眼神狂乱的马儿。

还有武器。

还有杀害她父母的凶手，她现在的养父。他是至尊王的将军马多克，他想教她如何骑行如飞，如何血战到死。不论她如何出尽全力向他猛击，都只会引得他哈哈大笑。他喜欢她的愤怒。火焰，他这样称呼她的愤怒。

她自己也喜欢愤怒的感觉。愤怒总好过恐惧。好过想起自己是凡人，置身于怪物中间。没有人能给她的生活装上辅助轮，供她练习了。

草地那边，马多克在教塔琳一套剑法。塔琳也在学习剑术，只不过她的问题跟茱德不同。虽然她的招式更完美，可她讨厌格斗。她将一套套攻防招式循规蹈矩地练得滚瓜烂熟，所以可以轻易引得她使出一整套剑法，然后茱德突然出奇制胜。每次这样落败，塔琳都会气急败坏，仿佛茱德只是打乱了一套舞步，而不是真正战胜她。

"到这里来。"马多克隔着泛着银光的草地向茱德喊道。

她向他走去，木剑斜挎在肩上。太阳快落山了，可精灵是昼伏夜出的动物，他们的一天尚未过去一半。天空中布满了一道道红棕色和金色的晚霞，空气中弥漫着松针的清香，她深吸了一口气。一时间，她感觉自己仿佛又回到了小时候，在学一种新玩意儿。

茱德走近时，马多克对她说："来比一局吧。你们两个对阵我这个老红帽精灵。"塔琳拄着她的木剑，剑尖插在泥土里。她不该那样拿剑——那样对剑刃不好——但马多克没有责备她。

"权力，"他说，"权力就是得到你想要的东西的能力。权力就是做出决定的能力。那么，怎样才能获得权力呢？"

茱德走到她的孪生姐姐身旁。显然，马多克想要她们做出回答，但也料想会得到错误的答案。"学习如何做个好战士吗？"荣德不得不说点儿什么。

马多克冲她笑了笑，她能看见他下犬齿的尖端，他的犬齿比其他牙齿更长。他伸出利爪般的大手挠了挠她的头发，她感觉到他那锋利的指甲挠着她的头皮。尽管他动作很轻，没有弄痛她，她仍然意识到他是怎样的生物。"要获得权力，必须夺取权力。"

他指着不远处的一个上面长着一棵山楂树的小山丘说："下堂课我们来玩个游戏。那是我的山丘，去把它夺过来。"

塔琳顺从地向着小山丘走去，荣德紧随其后。马多克跟他们并排而行，他咧嘴笑着，露出满口牙齿。

"现在做什么？"塔琳问道，听上去似乎并不怎么兴奋。

马多克望着远方，仿佛在思考并抛弃各种规则。"顶住进攻，守住山丘。"

"等一下，什么意思？"荣德问道，"您来进攻吗？"

"这是战略游戏呢，还是格斗练习？"塔琳皱眉问道。

马多克伸出一根手指托住她的下巴，将她的头抬起来直视他那双金色的猫眼。"格斗难道不是一种快速战略游戏吗？"他神色郑重地对她说，"跟你妹妹商量一下。太阳照到那棵树的树干上时，我会来夺取我的山丘。只要打倒我一次，就算你们俩赢。"

他说完便向不远处的灌木丛走去。塔琳在草地上坐下来。

"我不想跟他打。"她说。

"这只是个游戏。"荣德神色紧张地提醒她。

塔琳久久地注视着她——只有在假装一切正常时，她们才会这样注视对方。"好吧，那你认为咱们应该怎么做？"

荣德仰头望着那棵山楂树的枝叶。"咱们一个跟他打，一个向他扔石头，你觉得怎么样？"

"好吧。"塔琳站起身来，开始捡起石头用裙子兜住，"你说他应该不会狂性大发吧？"

茱德摇了摇头，可她知道塔琳为什么要这样问。万一他失手杀了她们呢？

*你必须选择死在哪个山丘上。*妈妈曾这样对爸爸说。大人们总以为她能理解这些古怪的谚语的含义，尽管这样的谚语听起来往往令人摸不着头脑。这样的谚语还有很多，比如"手里的一个，值得上灌木丛中的两个"[1]"每根棍子都有两头"[2]，或者完全神秘的"猫可以看着国王"[3]。现在，手里拿着一柄剑，站在一个真实的山丘上，她对那句谚语的含义就理解多了。

"各就各位。"茱德说，塔琳立刻爬上了山楂树。茱德瞧了一眼那个阳光标记，心下暗暗好奇，不知马多克会用什么计策。他等待的时间越长，天就会越黑，他有夜视能力，可茱德和塔琳却没有。

然而，他最终没有使用任何计策。他从树林里冲出来，径直向着她们奔来，一边跑一边大吼，仿佛身后跟着一百名武士。茱德见了不由得心下害怕，双膝发软。

*这只是个游戏。*她惊惶地提醒自己。心里虽然这样想，可见他越奔越近，她的身体却越来越怀疑，动物本能在催促她——快逃。

现在，在她的恐惧面前，在他庞大的身躯和她们娇小的身体面前，她们的策略看上去似乎很愚蠢。她想起妈妈躺在地上血如泉涌的样子，鼻端仿佛又闻到了当时空气中飘浮的血腥味。一时间，这些记忆在她脑海中犹如雷轰电闪。她要死了。

---

[1] 英语谚语"One in the hand is worth two in the bush"，其含义相当于"一鸟在手，胜于二鸟在林"。——译者注。以下注释若无特殊说明均为译者注。

[2] 英语谚语"Every stick has two ends"，其含义相当于"事物都是一分为二的"。

[3] 英语谚语"A cat may look at a king"，其含义相当于"小人物也有自己的权利"。

快跑，她的每一根神经都在催促自己，快跑！

不行，妈妈就是因为逃跑才死掉的。茱德站稳了脚跟。

尽管双腿不住颤抖，她还是竭力使出了第一招。他更有优势，即便是从山下奔上来，他仍然来势汹汹。塔琳的石块雨点一般朝他扔去，但几乎完全没有减缓他的速度。

茱德赶忙身子一转，闪到一旁，甚至没想过要设法挡住他的第一击。她随即躲到山楂树后，躲过了他的第二和第三次进攻。不过，他的第四次进攻直接将她打倒在草地上。

她闭上眼睛，准备迎接致命的一击。

"你能趁人不备拿走一样东西，可是要保住它却并非易事，即便你占尽了优势。"马多克对她笑道。她睁开眼，只见他一只手伸到她面前。"相比获得权力，守住权力要困难得多。"

她心下一宽，登时觉得浑身瘫软。这毕竟只是游戏。只是又一节课。

"这不公平。"塔琳抱怨道。

茱德默然无语。精灵世界里没有公平可言。她已经学会不再期望公平了。

马多克将茱德拉起来，一只沉重的胳膊伸过来搂住她的肩膀，将她和她的孪生姐姐拉过来搂在怀里。他身上散发着烟味和血痂味，茱德身子软软地靠在他身上。被人搂在怀里的感觉很好——即便他是个残忍的冷血动物。

第一章

精灵世界的新至尊王懒洋洋地坐在王座上，王冠漫不经心地歪戴在头上，长长的斗篷别在肩上，从肩膀直垂到地板上，猩红的颜色透着邪恶。一只耳尖上戴着一只光芒闪烁的耳环，一排沉甸甸的戒指沿着他的指关节闪闪发光。然而，在他身上，最引人注目的饰物却是他那毫无笑意的柔软嘴唇。

这让他看上去浑身上下无一不是个傻瓜。

我站在王座一侧，那是尊贵的内政大臣的位置。大家都认为我是至尊王卡丹最信任的顾问，我也扮演着这样的角色，而这不是我真正的角色——我是王座背后的手，有力量在他企图反抗时迫使他服从。

我扫视着人群，寻找影子会的间谍。他们截获了一封来自遗忘之塔（卡丹的哥哥就囚禁在那里）的密函，并且正在将密函带来给我，而不是交给它预定的收信人。

而这只是最近的危机。

五个月之前，我迫使卡丹登上精灵国的王位，做了我手下的傀儡国王；五个月之前，我背叛了我的家庭；五个月之前，我的大姐将我的弟弟欧克带去凡间，远离他本来可能戴上的王冠；五个月之前，我跟马多克进行了一场你死我活的比试。

这五个月来，我从没睡过一个安稳觉。

这似乎是个好交易——甚至是个非常"精灵"的交易：将你鄙视

的某个人扶上王位，从而让欧克逃离危险。我骗得卡丹立誓效忠我一年零一天，这的确令人兴奋；我的计划最终竟然获得成功，没有半途分崩离析，这的确令人狂喜。那时候，一年零一天仿佛就是永远。但现在，我必须设法在更长的时间内继续控制他，不让他给我惹麻烦。更长的时间，长得足以让欧克有机会拥有我当初失去的东西——童年。

现在看来，一年零一天似乎转瞬即逝。

虽然我通过阴谋诡计将卡丹送上王位，虽然我设计将他留在王位上，可看到他在王位上待得似乎很自在，我不由得暗暗心惊。

精灵统治者与这片土地有着紧密的联系，他们以一种我未能完全理解的方式，充当着他们的王国跳动的心脏，给他们的王国带来生机。不过，卡丹肯定不是这样的统治者，因为他曾宣称自己只会当一个游手好闲的傀儡国王，不会参与任何真正的国家治理。

他的主要职责似乎只是让臣民亲吻他那戴满戒指的手，接受臣民的奉承。我相信他一定很享受那个部分——亲吻、鞠躬和奉承。当然，他也很享受他的酒。他端着一只镶满天然宝石的酒杯，一再叫仆人过来在酒杯里斟满一种浅绿色液体。只是闻着那种液体的气味，我就已经有些头晕目眩了。

在一段短暂的平静中，他抬眼瞅着我，扬起一道眉毛。"玩得开心吗？"

"不如你开心。"我告诉他。

不论我们上学时他对我多么厌恶，比起他现在对我的仇恨，那都不过是摇曳烛火之于熊熊烈焰。他嘴角含笑，明亮的眸子里透着恶意。"看看他们，所有人都是你的臣民，可惜没有人知道，谁是他们真正的统治者。"

我感觉脸上一阵阵发烧。他有一种天赋，能将对你的赞美转化成侮辱，你却往往被他蒙在鼓里，成了笑柄而不自知，兀自在那里沾沾自喜。所以，他这种笑里藏刀的赞美更具杀伤力。

我曾多次参加狂欢会，每次都竭力避免引人注目。可现在人人都能看见我，我置身于明晃晃的烛光下，身穿黑色紧身上衣，腰悬我的"暗黑剑"。我有三件几乎完全一样的黑色紧身上衣，每天晚上我都会穿上其中的一件。从王座平台上望下去，满眼都是纵情狂欢的空境人：有的在跳飞速旋转的圈舞，有的在演奏乐器，有的在喝金色果酒，有的在猜谜语，有的在大声咒骂。他们既漂亮，又可怕，也许会因为我是凡人而鄙视我、嘲笑我，可站在王座旁边的是我，而不是他们。

当然，也许这跟躲起来没有多大差别。也许这只是躲在众目睽睽之下。可我必须承认，每当想到自己拥有的权力，我都会欢喜得浑身发颤。但愿卡丹不要发现这个秘密。

要是我仔细看，就能看到我的孪生姐姐塔琳在跟她的未婚夫洛基共舞。洛基，我一度认为他可能会爱我；洛基，我一度认为自己能够爱他。可我想念的却是塔琳。有多少个夜晚，就像今晚这样，我想象着自己跳下王座平台，径直走到她面前，向她解释我当初的选择。

再过三个星期就是她的婚礼了，可我们至今还没有说过话。

我不断告诉自己，她应该先来找我和解。她跟洛基一起愚弄了我，把我当成了傻瓜。每次看到他们，我仍觉得自己是个傻瓜。要是她不打算向我道歉，那她至少应该假装我们之间没有什么可道歉的。我甚至可以接受这种办法。可我不会主动去找塔琳摇尾乞怜。

我的目光随着她一起舞动。

我懒得去看马多克在哪儿。为了得到现在这个位置，我付出了巨大的代价，失去他的爱就是这个代价的一部分。

王座平台下面跪着一个矮小干瘪的精灵，他在等待至尊王的认可。他头上顶着一团银发，身穿大红外套，袖口镶着珠宝，外套外面披着件斗篷，斗篷用飞蛾别针固定，别针上的翅膀能自己扇动。他的姿势虽然恭顺，可他的眼里却透着贪婪。

这个精灵旁边站着两个山地精灵，他们脸色苍白、四肢修长，头发飘在脑后——尽管这里并没有风。

既然卡丹现在是至尊王，那他不论酒醉还是清醒，都必须听取这些臣民的启奏，或是对他们提出的问题（不论多小的问题）进行答疑，或是给予他们赏赐。我想不出怎么会有人愿意将自己的命运交到他手里，不过在精灵世界里，出尔反尔的事太多了。

幸运的是，有我在这里，在他耳边悄悄说出我的建议，就像任何内政大臣所做的那样。区别在于他必须听从我的建议。要是他悄声反驳我，对我言语无礼，那也由得他。不过，至少他得悄声说。

当然，随之而来的问题是，我到底配不配独揽大权？我不能仅凭自己高兴就实施暴政，我告诉自己，暴政必须物有所值。

"啊！"卡丹叹道，从王座上向前俯了俯身，王冠在他的额头上歪得更低了。他喝了一大口酒，笑眯眯地俯视着台下的三人。"这一定是个重大问题，所以你们才会来禀告至尊王。"

"您也许听说过我的事，"小精灵说，"您头上戴的王冠就是我铸造的。我是铁匠格瑞森，跟随沃尔德王长期流亡在外。现在他的遗骨已经安息了，仙福国有了新的沃尔德王，正如这里有了新的至尊王。"

"赛弗林。"我说。

铁匠转头看着我，我竟敢在至尊王面前随便说话，他显然很吃惊。接着，他将目光转回至尊王身上。"请您准许我回到至尊宫廷。"

卡丹眨巴着眼睛，仿佛在竭力将目光集中到眼前这个请愿者身上。"那么你是被迫流亡的呢，还是自愿离开的？"

我想起卡丹跟我讲过一点儿赛弗林的事，可他没有提到过格瑞森。我当然听说过他。给马布女王铸造至尊王冠，并在王冠里熔入魔咒的，就是他这个铁匠。据说他能用金属铸造任何东西，甚至活物——比如会飞的金属鸟，能爬会咬的金属蛇。他锻造了一对双子剑，"觅心"和"诛心"，一把一击必中，一把一砍必断。不幸的是，这两把剑是为沃尔德王铸造的。

"我是他的奴仆，曾宣誓效忠于他。"格瑞森说，"他流亡海外时，我不得不跟着他，所以才会在至尊宫廷失宠。虽然我在仙福国时，只给他铸造了一些小玩意儿，可您父亲还是认为我是他的人。如今他们俩都死了，我渴望获得您的恩准，凭借自己的努力，在您的宫廷里博得一席之地。请您别再惩罚我了。我对您的忠诚将像您的智慧一样不可估量。"

我对这小铁匠仔细观察了一番，突然确信他这番话不过是花言巧语。可是为了什么呢？他的请求似乎出自真诚，即便他的谦卑是装出来的。不过这也没什么奇怪，毕竟他有那么显赫的名声。

"好吧，"卡丹说，看上去似乎很高兴，因为这人的要求很容易满足，"你的流亡结束了。宣誓效忠我，至尊宫廷就会欢迎你。"

格瑞森深鞠一躬，面露难色，只不过这表情看上去有些夸张。"尊贵的国王，您对您仆人的这个要求是最微小、最合理的，可是，这样的誓言曾经让我很痛苦，所以我憎恨再立下这样的誓言。请您允许我用实际行动证明我的忠诚，而不是让我受到誓言的束缚。"

我伸手捏了一下卡丹的胳膊以示警告，可他甩掉了我的手。我可以说点什么，至少可以提前命令他，使他无法反对我，可我不知道该说什么。允许这铁匠回来为精灵国效力，这不是件小事。不过说不定即使缺少了誓言也值得。

可是，格瑞森的眼神有点不对劲，他看上去似乎太过沾沾自喜，太自以为是了。我怀疑这里面有阴谋。

我还没有理出头绪，卡丹就说话了。"我接受你的条件。事实上，我还要奖赏你。王宫边上有座老房子，里面有个熔炉，这房子就赏给你了。你需要多少金属，尽管来宫里领。希望早日看到你为我们铸造的东西。"

格瑞森深鞠一躬。"您的恩德我将永远铭记于心。"

我不喜欢这样的安排，不过也许是我多虑了。也许我只是不喜欢这个铁匠。可我来不及多想，下一个请愿者就已走上前来。

这是一个老巫婆，看来法力强大，因为她周围的空气似乎都被她的魔力震得噼啪作响。她的手指像一根根树枝，灰色头发犹如一团烟雾，鼻子像柄大镰刀。脖子上戴着一串石子项链，每颗石子上都雕着旋涡纹，似乎是为了吸引和迷惑别人的眼睛。她穿着一件厚重的长袍，走动时便波纹起伏，好似泛起了阵阵涟漪。我注意到她那双脚，它们犹如猛禽的利爪。

"小国王，"老巫婆说，"马罗嬷嬷给你带来了几件礼物。"

"目前，"卡丹轻声说，"我需要的只是你的忠诚。"

"噢，我向至尊王冠立过誓，这毫无疑问。"老巫婆说，从口袋里抽出一匹黑布，这布比黑夜更黑，黑得似乎将它周围的光线都吸走了。黑布从她的手上滑过。"不过我这次来，是要向你展示一件稀有的宝物。"

空境人不喜欢欠人情，他们受了恩惠不会只是嘴上道一句谢。给他们一块燕麦饼，他们会还你满满一屋子粮食，让你反倒欠了他们的情。不过，他们总是向至尊王献上贡品——金子、效劳、镌刻着名字的宝剑。但这些东西通常不叫"礼物"，也不叫"宝物"。

不知道她这话究竟是什么意思。

她继续说，声音轻柔得如同猫咪的呼噜。"这匹布是我和女儿用蛛丝和噩梦织成的，用它做出的衣服将刀枪不入，而且穿在身上轻柔得就像影子。"

卡丹皱起眉头，可那匹神奇的布却总是吸引着他的目光。"我得承认，我从没见过什么布能够跟它媲美。"

"这么说你接受我献给你的这件宝物了？"她问道，眼里闪着狡黠的光芒，"我比你的父亲和母亲的年纪都老，比建造这座王宫的石头还要老，跟地球的骨头一样古老。尽管你是至尊王，但马罗嬷嬷还是要你亲口说出来。"

卡丹眯起了眼睛。看得出来，他被惹恼了。

这是个诡计。不过，这次我知道是什么诡计。于是我抢在他前面说："你刚才说有几件礼物，可你只给我们展示了你这匹神奇的布。我确信国王陛下会很乐意收下它——如果是免费赠送的话。"

她的目光落在我身上，一双眼睛像黑夜一样冷峻。"你是谁？竟敢代表至尊王说话！"

"我是他的内政大臣，马罗嬷嬷。"

"你要这个凡间女子替你回答吗？"她问卡丹。

卡丹转头瞧着我，目光中充满了高傲，我不由得双颊发烧。他的目光在我脸上停留了片刻。然后他撇了撇嘴，嘴角翘了起来。"我想是的。"他最终说，"她喜欢帮我避免麻烦。"

他转过头去，一脸平静地注视着马罗嬷嬷。我强忍着没有开口。

"她聪明得很。"老巫婆说，可这几个字听起来却像是在咒骂，"好吧，这匹布是你的了，陛下。我把它免费送给你。可我只给你这样东西，别的就不给了。"

卡丹身子前倾，仿佛在跟马罗嬷嬷说笑。"噢，把余下的话说完。我喜欢诡计和圈套，甚至是差点儿就骗过我的那种。"

马罗嬷嬷将身体重心移到另一只脚爪上，第一次暴露了内心的紧张。即便她是个自称"地球骨头"那样古老的老巫婆，至尊王的怒火也是危险的。"好吧。要是你接受我赠予你的所有宝物，你就会发现自己受到一个精灵符的约束，只能娶我手上这匹布的编织者——也就是我的女儿。"

想到那样可能会发生什么，我不由得打了个寒战。精灵世界的至尊王有可能被迫缔结这样的婚姻吗？一定有办法绕过这样的约束。我想起上一届至尊王，他就从来都没有结婚。

婚姻在精灵世界的统治者中并不常见，因为一旦成为统治者，你就永远是统治者，除非死亡或退位。在平民和上流阶层中，精灵婚姻缔结之时就安排好了退出条款——不像凡人的条款"除了死亡永不分离"，精灵婚姻往往包含这样的条件，比如"直至彼此宣布解除婚约"，或者"除非夫妻一方盛怒下打了对方"，或者更巧妙的措辞，"在一生的期限内"，但又不明确是谁的一生。但精灵国的最高统治者一旦结婚，那这场婚约是永远无法解的。

倘若卡丹结了婚，那么，要让欧克登上王位，将不仅需要让他退位，还得让他的新娘退位。

卡丹扬起双眉，但看上去完全是一副满心欢喜、满不在乎的样子。"你这是恭维我，女士。我完全不知道你对我感兴趣。"

她将她的礼物交给卡丹的私人侍卫，双眼直视着他说："祝愿你习惯你顾问们的智慧。"

"这真是一个热诚的祈祷。"他说，"告诉我，你女儿跟你一起来了吗？"

"她就在这里。"老巫婆说。一个姑娘从人群中走出来，走到卡丹面前深鞠了一躬。她很年轻，一头浓密的头发披散着。跟她母亲一样，她的四肢很长，就像树枝，看上去很古怪。不过，她母亲四肢瘦骨嶙峋，看上去令人不安，而她却颇具一种优雅的风度。也许这是因为她的双脚长得像人类。

可是，实话实说，那双脚却是向后翻转的。

"我不会是个好丈夫。"卡丹说，目光转向那姑娘，在至尊王威严的注视下，姑娘仿佛缩进了自己的身体里，"不过，要是你跟我跳支舞，我会向你展示我的其他才能。"

我怀疑地看了他一眼。

"走吧。"马罗嬷嬷对女儿说，抓着她的胳膊将她拖进人群中，动作并不怎么温柔，然后回过头来望着卡丹说："我们三个会再见面的。"

"要知道，她们都想嫁给你。"洛基慢吞吞地说。我甚至不用看就听出了他的声音，原来他占据了马罗嬷嬷空出来的位置。

他仰着头冲卡丹咧嘴笑着，看上去似乎对自己和这个世界都相当满意。"最好纳妃子，"洛基说，"很多很多妃子。"

"这像要结婚的人说的话吗？"卡丹提醒他。

"噢，别管它了。跟马罗嬷嬷一样，我也给你带了件礼物。"洛基向王座平台走近一步，"一件没有那么多刺的礼物。"他没有看我这边，仿佛根本没有看到我，或者只当我是件乏味无趣的摆设。

但愿这没有让我心烦意乱。但愿我没有想起自己曾站在他的庄园里那座最高的塔楼顶上，他的身躯暖暖地贴着我。但愿他没有利用我来考验我姐姐对他的爱。但愿塔琳没有让他那样做。

假如愿望是马儿，我的人类父亲以前常对我说，那乞丐都会去骑愿望。这又是一句在其含义显现之前会令人莫名其妙的谚语。

"哦？"卡丹说，看上去与其说是好奇，不如说是困惑。

"我希望把自己献给你，担任你的狂欢会总管。"洛基郑重宣布，"给我这个职位，我会致力于消除精灵国至尊王的无聊，将这项工作当成自己的职责和荣耀。"

王宫里那么多职位，有仆人和大臣，外交官和将军，顾问和裁缝，小丑和编谜语的人，马夫和养蛛人，还有十几种我一时想不起来的职位。可我甚至不知道还有"狂欢会总管"这样的职位。也许从来就没有过。

"我会给你献上你绝对想象不到的快乐。"洛基说，脸上的笑容很迷人。他会献上麻烦，这是肯定的。我可没时间应付这样的麻烦。

"说话当心点儿，"我说，第一次吸引了洛基的注意，"相信你一定不希望侮辱至尊王的想象力。"

"没错，我自然想象不到。"卡丹说，这话令人费解。

洛基脸上的笑容并没有减退。他跳上王座平台，王座两边的骑士立刻上前阻拦，卡丹摆摆手示意他们退下。

"要是你让他当什么狂欢会总管——"我忙说，试图阻止他同意洛基的请求。

"你就要命令我吗？"卡丹打断我，扬起一道眉毛。

他知道我不能说是，否则洛基就可能听到。"当然不是。"我从牙缝里挤出这几个字。

"很好。"卡丹将目光从我脸上移开，"我有心同意你的请求，洛基。近来一切都太无聊了。"

洛基脸上露出得意的笑容，我咬住脸颊里面，以防我的命令冲口而出。我真想在他面前炫耀一下我的权力，看看他脸上的表情，那样该多过瘾啊！

过瘾，但也愚蠢。

"以前，椋鸟圈、云雀圈和猎鹰圈争夺至尊宫廷的心脏，"洛基说，他指的是三个喜欢狂欢、艺术和战争的派系，这三个派系轮番在埃尔德雷德面前得宠和失宠，"但现在，至尊宫廷的心脏属于你，而且只属于你一个人。让我们打碎这无聊的局面吧。"

卡丹神色古怪地瞅着洛基，仿佛在考虑——似乎是第一次考虑——当至尊王也可能很好玩。他仿佛在想象，若是不必竭力挣脱我的束缚，对国家的统治会是什么样子。

这时，在王座平台的另一边，我终于发现了炸弹。她是影子会的成员，棕色脸庞上方顶着一圈白发，仿佛那是个光环。她冲我比画了个手势。

我不喜欢卡丹跟洛基搅在一起，不喜欢他们那个关于娱乐的主意，但我试着对这件事置之不理。我朝着炸弹走去。毕竟，当洛基被什么让他开心的东西——不论那是什么——吸引的时候，谁都没有办法设计对抗他。

走到半路，我忽然听见洛基的声音盖过了人们的喧哗声。"我们将在牛奶森林里庆祝'狩猎者之月'，在那里，至尊王会给你们准备一场吟游诗人将会为之歌唱的放荡的庆祝会，这一点我可以向你们保证。"

我心里涌起一阵恐惧，肚子里不禁抽搐起来。

洛基将几个皮克西精灵女孩从人群中拉到王座平台上，她们那五彩斑斓的翅膀在烛光下熠熠生辉。一个姑娘纵声狂笑，伸手夺过卡丹的酒杯，将杯中的酒一饮而尽。我以为他会将她痛打一顿，羞辱她一番，或是撕裂她的翅膀，可他只是笑眯眯地叫仆人过来斟酒。

不论洛基有什么主意，卡丹似乎都急于跟着他一起玩。在精灵世界里，所有的加冕礼后面都会有一个月的狂欢——宴会、豪饮、猜谜、决斗等等。空境人会整晚跳舞，从日落跳到日出，直到将鞋底磨破。可是，卡丹继位至尊王已经五个月了，王座大厅里仍然夜夜人满为患，牛角杯里总是流淌着蜂蜜酒和苜蓿酒。狂欢几乎没有任何减弱的迹象。

精灵国已经有很长时间没有这样年轻的至尊王了，大臣们都被一种不顾一切的疯狂气氛感染了。狩猎者之月太近了，甚至比塔琳的婚礼还要近。要是洛基打算将狂欢会的火焰拨得越来越旺，那要再过多久，他的行为才会变成一种危险？

我勉强转过身去背对卡丹。毕竟，这时候吸引他的注意力有什么用？他对我那么憎恨，他会竭尽所能——在我的命令范围之内——挑战我的权威。而他很擅长挑战别人的权威。

我情愿说他一直都在恨我，可是，有那么一个奇怪的瞬间，我感觉我们似乎能理解对方，也许甚至喜欢对方。总之，我们之间曾有过一次不可思议的联盟，从我用刀尖指着他的咽喉开始，直到最后骗得他足够信任我，心甘情愿受我控制。

可我背叛了他的信任。

他曾折磨过我，因为他年轻、无聊、愤怒、残酷。现在，若是他打算在一年零一天的期限届满之后折磨我，那么他的理由更充分了。我很难将他一直置于自己的控制之下。

我走到炸弹面前，她将一张纸条塞到我手里。"又是贝尔金给卡丹的便条，"她说，"这次直到送到王宫才被我们截获。"

"还跟前两次一样吗？"

她点了点头。"差不多。贝尔金想骗我们的至尊王去他的囚室。他想提出某种交易。"

"这是当然了。"我说，再次庆幸自己当初加入了影子会，庆幸他们仍在我身后守护着我。

"你会怎么做？"她问道。

"我要去见贝尔金王子。既然他想跟至尊王做交易，那他必须首先说服至尊王的内政大臣。"

她的一边嘴角翘了起来。"我跟你一起去吧。"

我朝王座那边瞥了一眼，做了个含糊的手势。"不，你待在这里，尽量别让卡丹惹麻烦。"

"他就是麻烦。"她提醒我，她这话虽然令人担心，但她看上去似乎并不怎么担心。

　　当我走向通往王宫的走廊时，发现马多克在大厅那边，身子半隐在阴影里，正用他的猫眼瞧着我。他跟我隔得太远，没法儿跟我说话，否则他一定会跟我说话。我也知道他会说什么。

　　相比获得权力，守住权力要困难得多。

第二章

贝尔金被囚禁在"悲哀之岛"因斯维尔岛最北边的遗忘之塔里。因斯维尔岛是精灵国的三座岛屿之一，通过巨大的岩石和陆桥跟因斯麦尔岛和因斯木尔岛相连，岛上光秃秃的，上面只有几株冷杉，几只有着银色皮毛的牡鹿，偶尔还有几个树人。因斯麦尔岛和因斯维尔岛之间完全可以徒步穿越，只要你不介意独自穿过牛奶森林，在石头上跳来跳去，身上弄湿就可以。

这些事我都介意，于是我决定骑马去。

作为至尊王的内政大臣，我可以随意选择他马厩里的马匹。我从来都不是一个好骑手，于是就选了一匹看上去似乎挺温驯的母马，她长着色泽柔和的黑色皮毛，鬃毛上打着一些复杂的结，这些结也许有魔力。

我牵着她出来，一个地精马夫给我拿来一副嚼子和笼头。

我跳上马背，骑着她向遗忘之塔飞去。在我下方，海浪不住拍打岩石，发出巨大的轰鸣声。空气中水雾弥漫。因斯维尔岛是座荒凉可怕的岛屿，大片大片的土地光秃秃的，没有一点儿绿色植物，只有黑乎乎的岩石和潮汐水潭，还有一座镶嵌着冷铁的高塔。

高塔的石墙上钉着一排黑色金属环，我将马儿拴到一个金属环上。她紧张地嘶鸣起来，尾巴紧贴着身体。我摸了摸她的口鼻，希望这样能让她安心一些。

"我不会去很久的，然后咱们就离开这里。"我对她说，后悔没有向马夫问她的名字。

我敲响遗忘之塔沉重的木门时，心中的感觉跟那匹马没有多大不同。

开门的是个毛茸茸的大家伙。他一身做工精美的铠甲，上面的每条缝隙里都露出几簇金色毛发。他显然是个士兵，要是在以前，这意味着他会看在马多克的面子上善待我，但现在却可能恰恰相反。

"我是茉德·杜尔特，至尊王的内政大臣，"我告诉他，"我来这里执行王室公干。让我进去。"

他退到一边，把门拉开，我走进遗忘之塔昏暗的前厅。隔了好一会儿，我的人类眼睛才适应这里的光线，只觉得四周模模糊糊地看不清楚。精灵几乎在全黑的环境中也能看见东西，我没有这种能力。屋里至少还有三个守卫，可我只能朦朦胧胧地看到他们的轮廓。

"你到这里来，大概是想见贝尔金王子吧。"一个声音从我身后传来。

看不清谁在跟你说话，这感觉让人有点儿毛骨悚然，但我装着若无其事地点了点头。"带我去见他。"

"瓦西伯，"那声音说，"你带她去。"

遗忘之塔之所以叫这个名字，是因为这个地方是国王用来关押他想从至尊宫廷的记忆里抹去的空境人的。多数罪犯受到的惩罚是巧妙的诅咒、远征，或者其他任性的精灵判决。要被关在这里，犯人必须真的惹恼了某个大人物。

这里的守卫多半是性情适合驻守在这样荒凉孤寂的地方的士兵——或者他们的长官打算让他们在这个地方学着谦卑一些。我瞧着那几个模模糊糊的人影，很难猜出他们属于哪种类型。

瓦西伯向我走来，我认出他正是给我开门的那个毛茸茸的士兵。

他长着浓密的眉毛，四肢很长，看上去至少有部分巨怪血统。

"带路。"我说。

他狠狠瞪了我一眼。我不确定他讨厌我什么——我的凡人身份、我的职位，还是我打扰了他平静的夜晚。不过我没有问他。我只是跟着他走下石阶，走进潮湿的、散发着矿石味的黑暗中。空气中弥漫着浓重的泥土味，还有一种不知从何而来的腐臭味，闻起来有点儿像烂蘑菇。

当黑暗变得太深时，我停下脚步，担心自己会被什么东西绊倒。"点上灯。"我说。

瓦西伯走到我面前，他的呼吸喷到了我脸上，闻起来有股潮湿的树叶味。"要是我不点呢？"

一把薄薄的匕首从我的袖套里滑下来，我轻松地将它握在手里。我用刀尖顶住他的胁下，就在他的肋骨下方。"你最好别试。"

"可你看不见。"他坚持道，仿佛我没有像他希望的那样被他吓倒，而是对他耍了某种肮脏的诡计。

"也许我只是喜欢多一点儿亮光。"我说，竭力保持声音平静，可我的心却在狂跳，手心里也开始出汗。要是迫不得已，我不得不在石阶上跟他搏斗，那我最好出手又快又准，因为我也许只有一次出击机会。

瓦西伯离开了我和我手中的匕首。我听见石阶上传来他那沉重的脚步声，便开始计数，以防自己不得不摸黑跟着他。可是，不一会儿，一个火把突然亮了起来，放射出绿莹莹的火光。

"现在怎么样？"他没好气儿地问道，"你要过来吗？"

石阶经过几间囚室，有的空着，有的关着人。但囚犯们都离栅栏远远的，火把照不到他们。直到走到最后一间囚室，我才认出了里面的囚犯。

贝尔金王子的黑发上套着一个王冠，表明他是王室成员。尽管身陷牢笼，他的脸上却几乎看不出任何沮丧的神色。潮湿的石地板上铺着三张小地毯。他坐在一张雕花扶手椅中，眯着一双明亮的猫头鹰眼睛打量着我。一张精致的小桌上放着一把金质俄式茶壶。贝尔金对一根把手拧了拧，热气腾腾的香茶登时开始注入下面薄薄的小瓷杯中。茶水的香味让我想起了海草。

　　然而，不管他看上去多么优雅，他仍是被困在遗忘之塔里，头顶上方的墙壁上还停着几只红色飞蛾。当他让老至尊王血溅宫廷时，老国王身上喷出的血变成了无数飞蛾，它们在空中惊人地振翅飞翔了片刻，然后就全都坠落到地面上了。我以为它们都死了，但似乎还有几只一直跟着他，提醒他曾经犯下的滔天大罪。

　　"原来是我们影子会的茱德女士啊。"他说，仿佛相信这样说会迷住我，"喝杯茶吗？"

　　另一间囚室里传来一点儿动静。我心下暗想，我不在这里的时候，不知道他的茶会是什么样的。

　　我并不乐意他注意到影子会，以及我跟他们的联系，但这也并非大出我的意料，毕竟卡丹——我们的间谍首脑和雇主——是贝尔金的弟弟。既然他知道影子会，那他也许已经认出，是一个影子会成员偷了血腥王冠并将其交到我弟弟手里，以便我弟弟将王冠戴到卡丹头上。

　　贝尔金见到我一定不会太愉快，不过这也有充足的理由。

　　"很遗憾，我必须拒绝你的邀请。"我说，"我在这里待不了多久。你给至尊王送去过几封信。是关于一个买卖？或是一个交易？我代表他到这里来，听听你有什么话想对他说。"

　　他的笑容似乎自动扭曲起来，变得丑陋了。"你以为我的势力减弱了，"贝尔金说，"可我仍是精灵世界的王子——即便是在这里。瓦西伯，难道你不能抓住我弟弟的内政大臣，在她那漂亮的小脸上扇一巴掌吗？"

瓦西伯想也不想，抬手就给了我一记耳光，动作快得难以想象，声音响亮得令人震惊。我感到脸上一阵阵刺痛，胸中怒气上涌。

我的匕首又回到了我的右手上，另一把同样的匕首到了左手上。

瓦西伯一脸的跃跃欲试。

我的骄傲激励我去战斗，可他比我高大，也比我熟悉环境。这不会是一场公平的比试。尽管如此，我还是感到了一股不可遏制的冲动：我要打败他，要将他那自鸣得意的表情从他脸上抹去。

几乎不可遏制。骄傲适合骑士，我提醒自己，但不适合间谍。

"我漂亮的脸。"我喃喃地对贝尔金说，同时将匕首收起来。我用手指抚摩着自己的脸。瓦西伯下手太狠，我的牙齿都将口腔内侧蹭破了。我往地板上吐了一口血水。"真是太恭维我了。我骗得你丢了王位，所以我想我能再容忍你几分恶意，特别是将这样的感情用赞美表达出来。只不过别再逼我了。"

瓦西伯看上去突然不知所措了。

贝尔金啜了一口茶。"你这话倒说得坦白，凡间女孩。"

"为什么不呢？"我说，"我是代表至尊王说话。你以为他会有兴趣大老远跑到这下面来，远离王宫和各种娱乐，来跟曾经折磨过他的哥哥打交道吗？"

贝尔金王子在椅子里往前俯了俯身。"不知道你想说什么。"

"我想知道你想给至尊王带去了什么消息。"

贝尔金凝视着我——我的脸颊一定被打红了。他又小心地啜了口茶。"我曾听说，对凡人来说，恋爱和恐惧的感觉非常相似。你的感觉会变得敏锐。你的脑袋会变得轻飘飘的，也许还有点儿眩晕。"他看着我说，"是不是这样？要是你们这种人有可能将这两种感觉搞混，那你们的行为就好解释多了。"

"我从没恋爱过。"我告诉他，不让他打乱我的阵脚。

"当然，你会说谎。"他说，"我明白为什么卡丹会发现这一点有用。可为什么达因也这样认为？他招募你加入他那个小团体，里面都是跟群体格格不入的家伙，这样做很聪明。他能看出马多克会放过你，这也很聪明。不管你还能说我弟弟什么，他都是个铁石心肠的人。

"至于我，我几乎完全没有想到你，即便有，那也只是用你的才能来刺激卡丹。可你有卡丹从来都没有的东西——野心。要是我当初发现这一点，那我现在已经是至尊王了。不过，我想你也看错了我。"

"哦？"我知道自己就要喜欢上这场对话了。

"我不会将我打算给卡丹的消息告诉你的。它会以另一种方式交给他，而且用不了多久。"

"那你这是在浪费我们两人的时间。"我恼火地说。我大老远跑到这里来，挨了打，受了惊吓，结果却一无所获。

"啊，时间。"他说，"只有你一个觉得时间短暂，凡人。"他朝瓦西伯点点头。"你可以带她出去了。"

"走吧。"瓦西伯说着将我朝石阶那边推了一下，动作可以说十分粗鲁。登上石阶时，我回头瞅了一眼贝尔金，在绿色的火把映照下，他的脸看起来神色严峻。他跟卡丹太像了，这让我深感不安。

刚走几级台阶，一只手指很长的手突然从栅栏里伸出来抓住了我的脚踝。我吃了一惊，脚下一滑，扑面跌在石阶上，磨破了手掌，摔痛了膝盖。我左手手心本来就有个受过刀伤的老伤口，这时突然突突地跳起来。我还没来得及爬起身来，就一路滚下了石阶。

出现在我旁边的是一个精灵女人瘦削的脸。她的尾巴卷在一根栅栏上，两只短短的角从额头上弯向后方。"我认识你的伊娃。"她对我说，两眼在黑暗中闪着光，"我认识你母亲。我知道她很多小秘密。"

我爬起身来，用最快的速度跑上石阶，心跳比刚才以为要在黑暗中跟瓦西伯搏斗时还要快。我气喘吁吁，呼吸急促，连肺也疼了起来。

来到石阶顶上，我停下脚步，在紧身上衣上擦了擦刺痛的双掌，竭力平静下来。

呼吸平静一些后，我对瓦西伯说："啊，我差点儿忘了。至尊王给了我一个卷轴，上面写着他的几道命令，其中包含他希望他哥哥的待遇方面的几个变动。卷轴在我的背包里，就在外面，要是你能跟着我——"

瓦西伯瞅着那名让他带我去见贝尔金的守卫，目光中透着问询的神色。

"快去。"那个阴影般的守卫说。

于是瓦西伯跟我一起走出遗忘之塔巨大的大门。月光下，黑魆魆的岩石闪着海水水沫的光芒，仿佛涂了一层闪闪发亮的涂层，跟糖渍的水果有几分相似。我尽量将注意力集中到瓦西伯身上，而不是叫出我母亲名字的声音上。我已经这么多年没有听过母亲的名字了，有那么一会儿，我还纳闷儿这名字为什么让我觉得重要。

伊娃。

"这匹马只有嚼子和笼头，"瓦西伯皱起眉头，瞧着拴在墙壁上的那匹黑色骏马，"可你却说——"

我用一根小别针刺了他的胳膊，这根别针一直藏在我紧身胸衣的内衬里。"我撒谎了。"

我费了些力气，才将他抱起来扔到马背上。这马受过训练，懂得常见的军事命令，比如跪下，这帮了我大忙。我以最快的速度做着这些事，生怕守卫会出来查看。不过我很幸运，我们腾空而起时，没有人出来。

选择骑马而不是步行去因斯维尔岛的另一个原因是——你永远也不知道自己会带什么回来。

第三章

"你在学着当间谍首脑呢！"蟑螂说，看了看我，又看了看我的囚犯，"那你就应该学着精明一点。单打独斗是被抓到的最好办法。下次带上一个皇家侍卫。带上我们中的一个。带上一群光精灵，或者一个喝醉的矮人。反正带上个人。"

"带上的人就有绝妙的机会在我背上刺上一刀。"我提醒他。

"你这话就像马多克的口吻。"蟑螂说，他又长又弯的大鼻子恼怒地哼了一声。

他坐在影子会巢穴里的那张大木桌旁，这个间谍巢穴位于精灵国王宫下面深深的地道里。他在将一堆弩箭的箭头在火焰上烧热，然后在箭尖涂上大量黏稠的焦油。"要是你不信任我们，尽管说出来。我们既然达成了一个协定，那也能达成另一个。"

"我不是这个意思。"我垂下脑袋，双手捧住脸沉默了良久。我确实信任他们。否则我也不会说得这么开诚布公，可我不经意间流露出了自己的气恼。

我坐在蟑螂对面吃着奶酪、黄油面包和苹果。这是我今天吃的第一顿饭，我的胃在咕咕叫，这再次提醒我，我的身体跟他们不一样。精灵的胃从来不咕咕叫。

也许饥饿是我脾气暴躁的原因。我的脸颊还在刺痛，尽管我最后扭转了局势，我还是不愿意承认这件事。而且，我现在仍然不知道，贝尔金想跟卡丹说什么。

我将自己搞得越疲惫，我疏忽大意的时候也就会越多。人类的身体会背叛我们。它们会饥饿，会生病，会变得虚弱。这我知道，可总有那么多事等着我去做。

瓦西伯坐在我们旁边，他被绑在椅子上，眼睛也蒙了起来。

"你想吃点奶酪吗？"我问他。

他含含糊糊地咕哝了一声，但用力挣了挣身上绑着的绳索。他已经醒了几分钟了，我们一直没有跟他说话，他显然变得越来越担心。

"把我绑在这里干什么？"他终于叫道，一面在椅子上扭来扭去，将椅子弄得不住地晃动。"放开我！"椅子翻了，将他带到地上，他侧身躺在那里。他认真挣扎起来，试图挣脱身上的绑缚。

蟑螂耸了耸肩，站起身来，走过去扯掉了瓦西伯的蒙眼布。"向你问好。"他说。

屋子另一边，炸弹在用一柄长长的半月形弯刀清理着指甲下面的污垢。幽灵静静地坐在一个角落里，他太安静了，有时仿佛根本不存在。还有几个影子会的新成员正兴致勃勃地注视着事态的进展——一个长着一对麻雀翅膀的男孩，三个矮人，以及一个恶灵女孩。我还不习惯有人旁观。

瓦西伯瞪眼瞧着蟑螂，瞧着他那地精的绿皮肤，他那反射着橙色光芒的眼睛，他那长长的鼻子，以及头上仅有的一丛毛发。然后瓦西伯又对这屋子扫视了一圈。

"至尊王不会允许你们这样干的。"他说。

我冲他露出了一丝怜悯的微笑。"至尊王不知道。等我割了你的舌头，你也不可能告诉他。"

见他脸上渐渐露出恐惧之色，我的胸中充满了一种说不出的快感。我以前几乎从没有过任何权力，现在，我必须警惕这种感觉。跟精灵酒一样，权力也能迅速冲昏我的头脑。

"让我来猜猜看，"我从椅子里转过来面对他，目光刻意保持冷酷。"你以为你可以随便扇我一巴掌，而不需要承担任何后果。"

他身子缩了缩。"你想要什么？"

"谁跟你说我想要什么了？"我反驳道，"也许只需要一点点报复……"

仿佛事先排练过似的，蟑螂从腰带上拔出一把特别吓人的尖刀，拿着刀走到瓦西伯面前。他咧嘴笑着，低头瞅着那守卫。

炸弹抬起头，看到蟑螂这样子，嘴角不禁露出浅浅的微笑。"我想演出就要开始了。"

瓦西伯拼命挣扎，脑袋剧烈地前后摆动。我听见椅子的木头破裂的声音，不过他没有挣脱。喘了几口粗气之后，他放弃了。

"求求你。"他低声说。

我抬手摸了摸下巴，仿佛刚刚想到了一个主意。"或者你也可以给我们出点儿力。贝尔金想跟卡丹做个交易，你可以告诉我一些具体情况。"

"我什么都不知道。"他绝望地说。

"真遗憾。"我耸了耸肩，拿起一块奶酪塞进嘴里。

瓦西伯瞥了一眼蟑螂和他那柄可怕的尖刀。"可我知道一个秘密。这个秘密比我的命值钱，比贝尔金想从卡丹那里得到的任何东西都值钱。要是我告诉你，你能保证不伤害我，今天晚上就放我走吗？"

蟑螂看着我，我耸了耸肩。"好吧，"蟑螂说，"要是那秘密真像你说的那样值钱，你又发誓决不泄露你来过影子会，那就告诉我们，我们会放了你。"

"深海女王，"瓦西伯急忙说，"她的人夜里会爬上岛上的岩石，来跟贝尔金说悄悄话。他们偷偷溜进遗忘之塔，我们不知道他们是怎样溜进来的，他们给他留下贝壳和鲨鱼牙齿。他们之间互通了消息，可我们听不懂他们的话。大家背地里都悄悄议论，说欧拉打算撕毁她和陆地之间的协定，利用贝尔金给她的情报来毁掉卡丹。"

我万万没有想到，深海王国竟然会威胁到卡丹的统治。深海女王只有一个独生女——妮卡茜娅，她在陆地上长大，是卡丹的狐朋狗友之一。和跟洛基一样，妮卡茜娅跟我也有过一段故事。同样，和跟洛基一样，那也不是一段好故事。

不过，我一直以为，既然卡丹跟妮卡茜娅是朋友，那欧拉应该乐于见到卡丹登上王位。

"下次他们再互通消息，"我说，"直接来向我报告。要是你听见别的什么事，认为我会感兴趣，也要来告诉我。"

"这我们事先可没说好。"瓦西伯表示反对。

"这话不错，"我对他说，"你给我们讲了个故事，这是个好故事。我们今晚会放你走。不过，比起某个现在没有，且永远也不会获得至尊王恩宠的杀人犯王子，我能给你更好的报酬。有很多比遗忘之塔守卫更好的职位——你可以随便挑。我还可以给你金子，还有贝尔金能够承诺但不可能兑现的所有报酬。"

他神色古怪地瞧了我一眼，也许在判断，在他打了我、我给他下了毒之后，我们之间还有没有结盟的可能。"你能撒谎。"他最终说。

"我可以保证这些报酬。"蟑螂说。他伸出手来，用他那柄可怕的尖刀割断了瓦西伯身上的绳索。

"你要答应给我在遗忘之塔以外找个职位，"瓦西伯揉了揉手腕，站起身来，"我会服从你的命令，就像你是至尊王本人一样。"

炸弹听了哈哈大笑，朝我这边眨了眨眼。他们并不十分清楚，我有权命令卡丹，但他们知道我跟卡丹做了个交易，我会履行至尊王的大部分职责，影子会直接向至尊王效劳，并从王室获得报酬。

我在她的小演出中扮演至尊王。有一次卡丹在我能听见的时候这样说。蟑螂和炸弹哈哈大笑，但幽灵却没有笑。

瓦西伯跟我们交换誓言之后，蟑螂重新蒙住他的眼睛，领着他走进了通往影子会巢穴外面的地道。这时，幽灵走过来坐到我旁边。

"来打一场吧。"他从我的盘子里拿了一块苹果，"把你胸中憋着的怒火发泄出来。"

我轻笑了一声，对他说："别批评我。要始终保持冷静并不容易。"

"要始终亢奋也不容易。"他答道，一双浅褐色眼睛端详着我。我知道他有人类血统——从他的耳朵形状和浅黄色头发就能看出来，他那样的耳朵和头发在精灵世界里很少见。但他没有跟我说过他的身世，而且在这里，在这个充满秘密的地方，我觉得不便相询。

尽管影子会并不追随我，但我们四个曾一起立过誓。我们承诺保护至尊王的安危和王位，确保精灵国的安全和繁荣，希望减少杀戮，获得更多金子。我们立过这样的誓言。他们也让我立了誓，即便我的誓言不像他们的那样受到魔法约束，可我受到荣誉感的约束，受到他们信任的约束。

"最近两周，至尊王亲自召见了蟑螂三次。他在学习偷窃。要是你不小心，他的猫步水平会超过你。"幽灵已被收进了至尊王的私人卫队，这不仅便于他保护卡丹的安全，还便于他了解卡丹的习惯。

我叹了口气。天已经黑透了，天亮之前我还有很多事要做。可我很难无视这个邀请，何况它还刺激了我的自尊心。

特别是现在，几个新间谍正在一旁等着偷听我会怎样回答。我们招募了一些新成员，他们都是在王室谋杀事件之后失了业的间谍。每位王子和公主都曾雇用过间谍，现在我们将他们都雇用了。那几个矮人像猫一样灵敏，擅长发现丑闻。那个长着麻雀翅膀的男孩跟我当初一样青涩。我想让这个不断壮大的影子会相信，面对挑战，我不会退缩。

"当某人试图教我们的国王剑术时，真正的困难就来了。"我说，同时想起贝尔金教卡丹剑术时如何沮丧，以及卡丹曾经如何宣称，他的一个优点就是他不是个杀戮者。

这样的优点我可没有。

"是吗？"幽灵说，"也许只能由你亲自教他了。"

"来吧，"我站起身来，"我们先看看我能不能教你。"

幽灵放声大笑。马多克将我训练成一名剑客，但在加入影子会之前，我只懂得一种作战方式。幽灵研究剑术时间更长，剑术水平远高于我。

我跟着他来到牛奶森林，高高的白皮树上，黑刺蜜蜂在它们的巢里嘤嘤嗡嗡地叫着。树根人还在睡觉。海浪轻轻地舔着小岛岩石密布的海岸。当我们面对对方时，整个世界仿佛都安静下来。尽管我疲惫至极，但我学过的剑术已彻底融入了我的肌肉里。

我抽出暗黑剑。幽灵倏地一剑刺来，剑尖直指我的心脏，我格挡开来剑，挥剑砍向他的胁下。

我们交换了数招，试探着对方的实力。"还好，不像我担心的那样生疏。"他边出剑边说。

我没有告诉他，我对着镜子做过多少训练；也没有告诉他，为了弥补自己的缺陷，我尝试过多少方法。

作为至尊王的内政大臣，真正的统治者，我有很多东西要学。军队事务、来自各个宫廷的消息，以及来自精灵国的各个角落、以众多语言书写的请求。仅仅在几个月之前，我还在学校里上课，还在做作业给老师批改。我曾以为，我能将所有事务处理得井井有条，但现在看来，这样的想法就像将稻草变成金子一样异想天开。尽管如此，我仍是每天晚上通宵达旦地忙着处理种种事务，竭尽全力做到最好，直到红日当空才去稍事休息。

这就是傀儡政府的问题所在——它不会自己运转。

事实证明，肾上腺素也许替代不了经验。

测试完我的基本功后，幽灵使出了真本事。他在草地上轻盈地跳动着，脚下几乎不发出丝毫声响。他一招接着一招，发起令我眼花缭乱的攻势。我拼命招架，全神贯注地应战。我的注意力越来越集中，心中的担忧也渐渐消失了，就连疲惫也离我而去，仿佛蒲公英绒球上被吹走的绒毛。

这感觉太棒了。

我们你来我往，忽前忽后，时而进攻，时而后退。

"你怀念凡间吗？"他问道。我发现他的呼吸并非完全自如，不由得松了口气。

"不，"我说，"我以前就对它不熟悉。"

他再次挺剑刺来，剑刃犹如一条银鱼刺破了夜色。

紧盯着剑刃，而不是拿剑的人。马多克曾多次教导我，钢铁从不骗人。

我们绕着对方不停旋转，剑刃一次次重重地撞在一起。"你肯定记住了什么。"他说。

我想起从遗忘之塔的囚室里轻声传来的我母亲的名字。

他卖了个破绽，身子歪向一边，看上去似乎走了神。等我意识到他的真实意图时，已经太迟了。他的剑刃平平地击中了我的肩膀。若不是他在最后一刻及时旋转剑刃，这一剑已经在我的肩上砍了道口子。饶是如此，我的肩上还是受了伤。

"没有什么重要的。"我说，尽量不去理睬肩上的疼痛。两个人可以玩这种一心二用的游戏。"也许你的记忆力比我好。你都记得什么？"

他耸了耸肩。"跟你一样，我也出生在那里。"他一剑刺来，我格挡开来，"但我想一百年之前，情形会有所不同。"

我双眉一挑，再次挡住他的进攻，随即跳出了他的攻击范围。"你的童年快乐吗？"

"我会魔法，怎么可能不快乐？"

"魔法。"我说着手腕一翻——这是马多克的招式，幽灵的剑脱手飞出。

他眨巴着眼睛。浅褐色的眼睛。震惊得张口结舌。"你……"

"比以前厉害些吗？"我说，开心得连肩上的疼痛都不在意了。这感觉就像我打赢了，但若是真打，我肩部受伤，这最后一招很可能无法实现。尽管如此，见到他吃惊的样子，我还是感觉无比兴奋，仿佛自己赢得了胜利。

过了片刻，我说："欧克能不像我们这样长大，这很好。远离至尊宫廷。远离这里的一切。"

我最后一次见我的弟弟是在薇薇安的公寓里，当时他正坐在一张桌边学习乘法运算，仿佛那是一种谜语游戏。他在吃奶酪棒。他在哈哈大笑。

"当国王归来之时，"幽灵引用一首歌谣里的歌词，"他的脚下将撒满玫瑰花瓣，他的脚步声将终结一切仇恨。可是，要是你的欧克对精灵世界的记忆，就像我们对凡间的记忆一样少，那他该怎样统治这个世界？"

胜利的狂喜消退了。幽灵冲我笑了笑，仿佛要拔出他这话里的刺。

我走到附近的一条小溪边，将双手浸入冰凉的水中，心中感到一阵畅快。我捧起溪水送到唇边，心怀感激地大口喝着，溪水有股松针和淤泥的味道。

我想到了欧克。他是个普普通通的精灵小孩，性情既不特别残酷，也不是毫不残酷。以前，他一直过着娇生惯养的生活，总有一个神经紧张的奥里安娜时刻保护着他，使他远离一切痛苦。现在，他已经渐渐习惯了加糖的麦片粥、卡通片和一种没有背叛的生活。我回味着自己暂时战胜幽灵时所感到的快感，身为王位背后的力量的兴奋感，以及令瓦西伯惊恐地扭来扭去时令人担忧的满足感。欧克没有这样的冲动是不是更好？抑或没有这样的冲动，他永远也不适合当国王？

现在，我已经在自己身上发现了一点儿对权力的喜好，我会舍不得放弃这点儿喜好吗？

我用湿手在脸上擦了擦，暂时放下这些念头。

只有现在。只有明天、今晚、现在、很快，以及永远不会。

我们一起往回走时，朝霞已将天空染成了金色。我听见远处传来阵阵鹿鸣，以及一阵阵似乎是鼓声的隆隆声。

途中，幽灵歪着头冲我微一躬身。"你今晚把我打败了。我不会再让这样的事发生了。"

"随你怎么说吧。"我答道，冲他咧嘴一笑。

我回到王宫时，太阳已经升得老高了，我什么也不想做，只想好好睡上一觉。可是，我来到我的套房前，却发现门口站着一个人。

我的孪生姐姐——塔琳。

"你受伤了，你的脸颊上都有瘀青。"她说，这是五个月来她对我说的第一句话。

第四章

塔琳头上戴着月桂花环，穿着一件色调柔和的褐色长裙，裙子上面绣着金绿相间的条纹。这裙子突出了她的臀部和胸部的曲线，这样的曲线在精灵世界里很少见。精灵的身体都十分精瘦，没有这样柔和的曲线。这裙子很适合她，肩部还有一些时髦的设计，也很适合她。

她就像一面镜子，能照出我曾有可能变成的样子，可我现在已经大不相同了。

"很晚了，"我笨拙地说，打开我的套房房门，"我没想到还有人没睡。"现在早已过了黎明，整座王宫都静悄悄的，这情形很可能会一直持续到下午。那时候，小侍从们会在走廊里快步奔跑，厨师们会点起炉火。大臣们起床的时间要晚得多，通常要到天黑透之后才会起来。

尽管我很想见她，但现在她真的出现在我面前，我却又有些惴惴不安。她突然专程来见我，一定是想从我这里得到点儿什么。

"我来过两次了。"她跟着我走进屋，"两次你都不在。这次我决定等你回来，哪怕是要等上一整天。"

我点上灯。尽管外面光线明亮，可我的套房地处深宫，一扇窗户都没有。"你看上去很好。"我说。

面对我生硬的客套话，她摆了摆手，示意我不必客气。"难道我们要一直斗下去吗？我想要你戴上花冠，在我的婚礼上跳舞。薇薇安也要从凡间来参加我的婚礼。她会把欧克带来。马多克答应不会跟你吵。请你告诉我你会来的。"

薇薇安要带欧克来？我暗叫不好，不知道还有没有机会说服她改变主意。也许正因为她是我大姐，她有时很难把我的话太当回事。

我在长沙发上坐下来，塔琳也坐到沙发上。

我再次琢磨起她来这里的真正用意。考虑该不该要她向我道歉，还是让她蒙混过去，就当什么都没有发生过。她显然会喜欢后一种方式。

"好吧。"我让步了。我太想念她了，不敢冒险再次失去她。为了我们的姐妹之情，我要努力忘记亲吻洛基时的感觉。为了我自己，我要努力忘记她知道在他们恋爱期间，他对我玩过的那些把戏。

我会在她的婚礼上跳舞，尽管那感觉恐怕会像是在刀尖上跳舞。

她俯下身，从脚边放着的袋子里取出我的毛绒猫和毛绒蛇。"给你。"她说，"我想你当初并不是故意丢下它们的。"

它们是我们过去在凡间生活时的遗物，是我的护身符。我将它们接过来，像抱枕头那样抱在怀里。此刻，它们就像是在提醒我，我是多么脆弱。它们让我觉得自己就像个孩子，却在玩一个大人的游戏。

我有点儿恨她将它们带来了。

它们让我想起我们曾共同拥有的过去——她特意用它们来提醒我，就好像她不相信我能自己想起来一样。我本来一直在那么辛苦地竭力自我麻痹，它们却让我感受到了自己暴露在外的所有神经。

见我良久不语，她继续说道："马多克也很想你。他以前一直最爱你。"

我鼻子一哼。"薇薇是他的继承人，是他的第一个孩子，是他前往凡间寻找的孩子。他最爱的人是她。其次就是你——你住在家里，你没有背叛过他。"

"我不是说他现在仍然最爱你。"塔琳笑道，"不过，当你设计骗过他，让卡丹登上王位时，他还有点儿为你骄傲呢。尽管那样做很愚蠢。我原以为你恨卡丹。我原以为我们俩都恨他。"

"我以前的确恨他。"我说，尽管这话听起来很荒谬，"现在也恨。"

她神情古怪地瞧了我一眼。"卡丹干了那么多坏事，我本以为你想惩罚他。"

我想起那次我手持匕首，刀尖顶住他的咽喉，亲吻他的嘴唇的时候，他对自己的欲望所表现出的恐惧。想起那次亲吻带给我的那种令我脚趾绷紧、腐化堕落的快感。当时的感觉就像是我在惩罚他——惩罚他，同时也是惩罚我自己。

当时我对他恨之入骨。

塔琳这是在将我想置之不理的每一种感觉、我想假装若无其事的每一件事挖出来。

"我们达成了一个约定。"我告诉她，这话也跟事实很接近，"卡丹让我做他的顾问。现在我有地位和权力，欧克远离了危险。"我想告诉她其余的秘密，可我不敢。她可能会告诉马多克，甚至可能会告诉洛基。我不能跟她分享秘密，即便是为了自我吹嘘。

我承认，我太想自我吹嘘一番了。

"作为回报，你就把精灵世界的至尊王冠给了……"塔琳瞪大眼睛望着我，仿佛被我的自以为是震惊了。毕竟，我算个什么东西？一个凡间女孩，竟敢决定谁该坐在精灵国的王位上！

要获得权力，必须夺取权力。

我自以为是的事还多着呢，只不过她不知道罢了。我曾偷了精灵世界的至尊王冠。我想告诉她，至尊王卡丹，我们的老对手，现在听我号令。但这些话我当然不能说。有时候甚至在心里想想似乎也很危险。"差不多吧。"我说。

"做他的顾问一定很辛苦。"她扫视了一圈我的房间，逼着我也跟她一起看起来。我虽占用着这几间屋子，但除了王宫侍从，我一个仆人也没有，就连王宫侍从，我也很少让他们进来。书架上胡乱放着几个茶杯，地板上凌乱地摆着许多小茶碟和肮脏的大餐盘，大餐盘上还乱糟糟地堆着果皮和面包皮。衣服甩得满地都是，我的衣服向来都是在哪儿扯下就扔在哪儿。每个平面上都摆着书和纸张。"你就像个线轴，在不停地将自己绕开。可是线放完的时候，你该怎么办呢？"

"那就再缠些线上去。"我答道，明白她这个比喻的含义。

"让我帮你吧。"她的脸亮了起来。

我双眉一挑。"你想来造线？"

她冲我翻了翻白眼。"噢，别开玩笑了。我可以做你没时间做的事。我看见你在朝廷上的样子了。你可能只有两件材质好的外衣。我可以把你原来的旧礼服和珠宝拿过来——马多克不会注意到的；就算注意到，他也不会介意的。"

精灵世界靠债务、承诺和职责运转。我是在这里长大的，我懂得她要给我的是什么——一个礼物，一种恩惠，而不是一个道歉。

"我有三件外衣。"我说。

她双眉一扬。"哦，那我想你的日子还不错。"

不知道她为什么会现在来找我，就在洛基被任命为狂欢会总管之后。她现在还住在马多克的房子里，不知道她在政治上拥护谁。

我为自己有这样的想法感到羞愧。我不想用那种自己想到别人时不得不采用的方式来想她。她是我的孪生姐姐，我想念她，我曾希望她来，现在她来了。

"好吧。"我说，"要是你愿，那就把我的那些旧东西拿过来吧。那样很好。"

"好极了！"塔琳站起身来，"你得承认，我也忍得够辛苦的了，因为我没有问你今晚从哪里来，怎么受的伤。"

听到这话，我的脸上露出了会心的笑容。

她伸出一个指头，拍了拍我的毛绒蛇那毛茸茸的身子。"要知道，我爱你。就像嘶嘶先生一样。我们都不想被你丢下。"

"晚安。"我对她说。当她亲吻我受伤的脸颊时，我拥抱了她——一个短暂但热烈的拥抱。

她走后，我将那两个毛绒动物拿过来，让它们坐在我旁边的小地毯上。曾经，它们不断提醒我，在我来到精灵世界之前，我曾有过一段不同的岁月，那时一切都很正常。曾经，它们给了我很多安慰。现在我久久地凝视了它们最后一眼，然后将它们先后扔进火里。

我不再是小孩了，我不需要安慰。

扔完之后，我在面前摆好一排闪闪发亮的小玻璃瓶。

所谓的耐毒性，就是经常服用少量毒药，以抵受大剂量毒药的过程。我于一年之前开始了耐毒性训练，这是我弥补自身缺陷的又一种方法。

这种训练仍然有副作用。现在我的眼睛太亮了。指甲上的月牙微微发蓝，仿佛我的血液里没有足够的氧气。我的睡眠也很奇怪，充满了过于生动的梦境。

一滴血红色的红脸菇分泌液，这种液体能导致致命的麻痹。一片甜梦草花瓣，这种花能令人昏睡一百年。一小点儿幽灵果，这种果子能让你血液沸腾，诱发疯狂，直到心跳停止。一粒长生果——也叫"精灵果"——种子，这种果子能让凡人神志混乱。

当这些毒药进入我的血液时，我感到有些眩晕，还有点恶心，可是，要是我一天不服药，我会感到更恶心。我的身体已经适应了这些毒药，现在它渴望它本该排斥的东西。

在其他事情上，这也是个恰当的比喻。

我爬到长沙发上躺下。这时，贝尔金的话涌入了我的脑海：我曾听说，对凡人来说，恋爱和恐惧的感觉非常相似。你的感觉会变得敏锐。你的脑袋会变得轻飘飘的，也许还有点眩晕。是不是这样？

我不确定自己是否睡着了，可我知道自己没有做梦。

第五章

　　我在炉火前一个由毯子、纸张和卷轴组成的窝里断断续续地辗转反侧时，幽灵叫醒了我。我的手指上沾着墨迹和蜡油。我爬起身来，转头四顾，试图回想起自己睡着之前在写什么、写给谁。

　　我的套房有条密道，此时密道门口的镶板打开了。蟑螂站在那里，一双非人类的眼睛闪着光。他正注视着我。

　　我的皮肤上布满了冷汗，心跳得飞快。

　　我的舌头上仍留有毒药的味道，苦涩、恶心。

　　"他老毛病又犯了。"幽灵说。我不必问也知道他说的是谁。我可以骗得卡丹戴上至尊王冠，可我还没学会怎样骗得他规规矩矩，言行举止像个庄严的国王。

　　我离开岗位去收集情报的时候，他也离开王位，跟着洛基走了。我就知道洛基会惹麻烦。

　　我用长着老茧的手掌根部搓了搓脸，说："我起来了。"

　　我仍旧穿着昨天晚上的衣服。我用毛刷刷了刷外衣，心里盼着情况不要太糟。我走进卧室，将头发捋向脑后，用一根皮筋绑了个发髻，然后戴上一顶天鹅绒帽，将一头乱发罩起来。

　　蟑螂皱起眉头瞧着我。"你身上的衣服皱巴巴的，国王陛下不应该带着一个看上去就像刚从床上爬起来的内政大臣到处走。"

　　"过去十年，瓦尔·莫伦的头发里还总夹着小树枝呢。"我提醒他，从橱柜里拿出几片半干的薄荷叶放进嘴里咀嚼，以去除嘴里陈腐的口气。上一届至尊王的内政大臣跟我一样，也是个凡人，他喜欢那些不怎么可靠的预言，人们普遍认为他发了疯。"而且可能永远是同样的小树枝。"

蟑螂清了清嗓子。"瓦尔·莫伦是个诗人，诗人适用的规则不一样。"

我不再理他，跟着幽灵走进那条通往王宫中心的密道，其间只停下一次，检查我的匕首是不是还藏在衣服褶裥里。幽灵的脚步几乎无声无息，因此，在那些光线昏暗、人类的眼睛看不见的地方，不如说我是独自一人。

蟑螂没有跟着我们。他咕哝了一声，朝着相反的方向去了。

"我们要去哪儿？"我冲着黑暗问道。

"他的套房。"幽灵告诉我。此时我们进了一个大厅，楼上便是卡丹的卧室。"那里有点儿混乱。"

很难想象，至尊王在自己的套房里能遇到什么麻烦，不过，我们不久就找到了答案。我们走进卡丹的卧室，一眼就看到卡丹躺在家具的残骸中间。窗帘从窗帘杆上扯了下来，画框被砸烂了，画布被踢破了，家具也被砸坏了。屋角里有一小堆火在燃烧，屋里的一切都散发着烟味和被打翻的酒的臭味。

他并非独自一人。附近的长沙发上躺着洛基和两个漂亮的精灵——一个男孩和一个女孩，一个长着一对公羊角，一个长着一对长耳朵，耳尖上有一丛毛，就像猫头鹰的耳朵。他们衣衫不整，醉得神志不清。他们满不在乎地望着屋子燃烧，脸上一副幸灾乐祸、心醉神迷的表情。

仆人们缩在门厅里，不确定是否应该冒着惹怒至尊王的危险，进去清理屋子。就连他的侍卫们看上去似乎也都吓坏了。套房的其中一扇大门几乎从铰链上脱落下来，侍卫们神情尴尬地站在套房大门外的门厅里，随时准备保护至尊王免受除他自身之外的任何威胁。

"卡丹——"我想起自己的职责，向他鞠了一躬，"尊敬的恶魔陛下。"

他转过头，有那么一会儿，他的视线仿佛穿透了我的身体，仿佛他完全不知道我是谁。他的嘴唇上沾着金色药粉，瞳孔因为药粉而扩大了。然后，他的脸上露出了熟悉的冷笑。"你。"

"是的。"我说，"是我。"

他冲我晃了晃手里的酒袋。"喝一口。"他敞着宽袖亚麻猎装衬衫，还光着脚。我想我很高兴他还穿着短裤。

"我喝了酒会头晕，我的大人。"我实事求是地说，同时眯起眼睛警告他。

"难道我不是你的国王吗？"他问道，量我不敢反驳他，量我不敢拒绝他。由于有旁人在场，我顺从地接过皮袋，将皮袋凑到紧闭的嘴唇上，仰起头假装深深地喝了一大口。

我看得出来，他看出我没有真喝，但他没有逼我。

"大家都可以走了。"我对长沙发上的精灵们说，其中也包括洛基，"你们几个。快走。现在就走。"

那两个我不认识的精灵转头望着卡丹，面露恳求之色，但卡丹似乎完全没有注意到他们，也没有驳回我的命令。过了良久，他们才闷闷不乐地爬起来，穿过那扇坏了的大门走了出去。

洛基比他们花了更长时间站起身来。他离开时冲我笑了笑，那是一种会心的微笑，真不敢相信，我以前曾觉得那样的笑容迷人。他看着我的样子，仿佛我们之间分享着一些秘密，尽管事实并非如此。我们之间没有任何事。

我想到他们的狂欢开始的时候，塔琳正在我的套房门口等我。不知道她有没有听见他们寻欢作乐的声音。不知道她是否习惯了跟洛基待在一起观看什么东西燃烧，迟迟不去睡觉。

幽灵冲我晃了晃他那浅褐色的脑袋，眼里闪着笑意。他穿着王宫制服。对门厅里的骑士来说，对任何可能的旁观者来说，他只是至尊王的一名私人侍卫。

"我会确保每个人都待在自己的岗位上。"幽灵说，随即走出门去，向其他骑士说了几句话，听起来像是在给他们下命令。

"这是怎么回事？"我问道，四下打量起来。

卡丹耸了耸肩，在现在没了人的长沙发上坐下来。他扯着从撕裂的面料里冒出来的一块马毛填料。他的每一个动作都懒洋洋的。我觉得似乎多看他一会儿都有危险，仿佛他实在太堕落了，他的堕落有可能传染给我。"本来还有别的客人的，"他说，仿佛这是什么解释似的，"他们先走了。"

"我想不出你为什么要这样做。"我说，尽量让自己的声音听起来干巴巴的。

"他们给我讲了个故事。"卡丹说，"你想听吗？从前有个人类女孩被精灵偷走了，于是她发誓要毁了他们。"

"哈，"我说，"你竟然会相信你的统治能够毁灭精灵世界，这充分证明了你是个多么糟糕的国王。"

不过，这些话仍然不带威胁之意。我不想让别人琢磨我的动机。我不该被人认为有影响力。我根本就不该被人想到。

幽灵从门厅里回来，将那扇坏了的门推回门框上，尽可能将它关上。他浅褐色的眼睛隐没在阴影里。

我回身面对卡丹。"我来不是听你讲这个小故事的。出什么事了？"

"你来看这个。"他站起来，摇摇晃晃地走进里面有张床的房间。我跟了进去，只见床头板上深深地插着两支黑色弩箭，中箭部位的木头被击得粉碎。

"你的一个客人射了你的床，所以你气坏了？"我猜道。

他哈哈大笑起来。"他们不是瞄准床。"说着掀开了他的衬衫，只见衬衫上面有个洞，他的胁下有一条破了皮的红道子。

我惊得忘了呼吸。

"这是谁干的？"幽灵面色严峻地问道。然后目不转睛地盯着卡丹说："那外面的侍卫为什么不怎么紧张？看他们的样子，不像是没能阻止一次暗杀企图。"

卡丹耸了耸肩。"我相信侍卫认为当时是我在射我的客人。"

我上前一步，注意到那些胡乱摆放的枕头中的一个上面有几滴血迹。床上还散落着几朵白花，仿佛是从被单里直接长出来的。"还有人受伤吗？"

他点了点头。"弩箭射中了她的腿，她当时大声尖叫，那样子不太理智。由于当时没有别人在场，所以你看，别人可能会认为是我射的她。而那个真正的射手回到墙里去了。"他眯起眼睛看着我和幽灵，仰起脑袋，眼里闪着怒火，仿佛在控诉着什么，"看来这里似乎有什么密道。"

精灵国的王宫建在一座山丘里，王宫中心是至尊王埃尔德雷德原来的套房，套房墙壁上爬满了树根和茂盛的藤蔓。整个至尊宫廷都以为，卡丹会使用那套房间，可他却搬到了可能离那里最远的地方。他的套房位于山丘顶峰，房间的土墙上嵌有几块看似窗户的水晶。在他加冕之前，这套房间属于王室一位最不受宠的成员。现在，王宫里的居民都在争先恐后地重新安排自己的住处，以便能够离新至尊王近一些。埃尔德雷德的套房自从被卡丹遗弃后，由于地位太过尊崇，没有人有资格将其占为己有，所以至今一直闲置着。

我只知道两条进入卡丹的套房的途径：一块又厚又大的玻璃窗，

它被施了魔法，永远不会破碎；一道双开门。显然，另外还有一条密道。

"这条密道不在我们有的地道地图上。"我告诉他。

"啊哈。"他说。我不确定他是否相信我。

"你看见刺客是谁了吗？为什么不把实情告诉你的侍卫？"我质问道。

他恼怒地瞪了我一眼。"我只看见一团黑影。至于我为什么没有纠正侍卫们的错误——那是为了保护你和影子会。你大概不希望整个皇家卫队跑进你们那些密道里吧？"

我无言以对。卡丹令人不安的一点，是他太善于用装傻来掩饰自己的聪明了。

床对面是一个嵌进墙里的柜子，长度占了整面墙，正面绘着一个钟表盘，表盘上画着星座，而不是数字。表盘上的指针指着一个星座，这个星座预示着一个特别多情的情人。

打开柜门，里面装满了卡丹的衣服，看上去似乎只是他的衣柜。我将柜里的衣服都拖出来，任由它们掉在地上，那是一大堆天鹅绒袖口、绸缎和皮革。床上传来卡丹的一声哀叹，但听上去似乎透着嘲讽。

我将耳朵贴到柜子的木背板上，听后面有没有风声，感觉有没有空气在流动。幽灵在柜子另一边做着同样的事。他摸到了一个插销，转动插销，一扇薄薄的门弹开了。

我虽然知道王宫里布满了谜一般的地道，可我做梦也想不到卡丹的卧室就连着一条。不过……我早该把墙上的每一寸地方都检查一遍的。至少我可以另外安排一个间谍做这件事。可我避开了这个任务，因为我当初极力避免跟卡丹单独相处。

"跟国王待在一起。"我对幽灵说，然后拿起一支蜡烛，一头钻进墙那边的黑暗里，再次避免了跟他单独相处。

地道里很昏暗，仅有的光线来自墙壁上固定着的金手上握着的火把，火把上燃烧着一种无烟的绿色火焰。地板上铺着磨破了的旧地毯，对一条密道来说，这样的装饰有些怪异。

刚走出几步，我就发现了那张弩。不是我曾经随身携带的那种小型弩，而是一张大弩，比我身体的一半还大。显然，它是被拖到这里来的——我能看出地毯被拖得皱了起来，还能看出它是被从哪边拖过来的。

刺客一定是从这里发射的弩箭。

我跳过弓弩，继续前进。我本以为这样一条密道会有很多岔道，可它一条岔道都没有。每隔一段，地道就会下降一些，就像是个斜坡，而且是盘旋下降，但它总是通向一个方向——径直向前。我加快脚步，越走越快，一只手拢住我手里的烛火，免得它熄灭。

我最终来到一块沉重的木板前，木板上雕着王室纹章，上面的图案跟卡丹的图章戒指上的图案完全一样。

我推了推木板，木板移动了一点，显然是安在一条轨道上。木板另一边是个书架。

在此之前，我只听说过一些关于至尊王埃尔德雷德的套房的故事。他的套房位于王宫中心，正好位于宫门上方。那些故事讲到他的套房如何庄严宏伟，王座本身那些巨大的树枝如何蜿蜒穿过他的套房墙壁。尽管我从没见过他的套房，但那些故事里的描述让我确信，我现在不可能在别的地方。

我在埃尔德雷德的套房里那些巨大的、洞穴似的房间里穿行，一手持着蜡烛，一手执着匕首。

至尊王的床上坐着一个人，那人满脸泪痕，竟然是妮卡茜娅。

她是欧拉的女儿，深海王国的公主，作为欧拉和埃尔德雷德数十年前的和平协定的一部分，她在至尊王的宫廷里长大。她曾是卡丹的四人组合中的一员，也曾是卡丹最亲密、最可怕的朋友。在她背叛卡丹、移情洛基之前，她还是卡丹的爱人。自从卡丹登上王位之后，我就再没见到她像以前那样经常出现在卡丹身边，可是，即便是卡丹对她不理不睬，这似乎也不是什么致命的冒犯啊！

难道这就是贝尔金跟深海王国秘密谈论的事情？难道这就是卡丹遭到毁灭的方式？

"是你？"我叫道，"是你射的卡丹？"

"别告诉他！"她怒气冲冲地瞪着我，然后擦了擦眼泪，"把你的刀子收起来。"

妮卡茜娅身上紧紧裹着一件长袍，长袍上面绣满了凤凰。两只耳朵上各戴了三只闪闪发光的耳环，耳环从耳垂沿着耳郭蜿蜒向上，直到她那微微泛蓝、带蹼的耳尖上。比起我最后一次见到她时，她的头发颜色更深了。原来总是大海那深浅不一的蓝色，但现在是暴风雨中大海的颜色——一种微微发绿的深黑色。

"你疯了吗？"我喊道，"你这是企图杀死精灵世界的至尊王。"

"我没有。"她说，"我发誓。我只想杀死那个跟他在一起的女孩。"

一时间，我被她的残忍和冷漠震惊了，一句话也说不出来。

我又看了她一眼，看着她紧紧抓着的长袍。她的话仍在我的脑海中回响，突然间，我恍然大悟，明白了这是怎么一回事。"你原想躲在他的套房里吓他一跳，对吧？"

"对。"她说。

"可他不是独自一人……"我继续道，希望她会接口讲下去。

"我看见墙上挂着一张弩，它看上去似乎不太难瞄准。"她说，忘了提自己将弓弩拖过地道那部分，尽管那张弩那么笨重，那样做并非易事。我心下奇怪，她竟会那样愤怒，气得失去理智，不计后果。

当然，也许她当时想得很清楚。

"要知道，这是叛国罪。"我大声说。我意识到自己在发抖。想到有人竟然曾经试图暗杀卡丹，而他现在可能已经死了，我仍心有余悸。"他们会处死你的。他们会让你穿上像拨火棍一样滚烫的铁鞋，让你疼得跳来跳去，直到将自己烫死。要是他们将你关进遗忘之塔，那就算你走运了。"

"我是深海王国的公主，"她傲慢地说，但我可以在她脸上看出，我的话带给她的惊吓，"不受陆地法律管辖。何况我刚刚告诉你了，我又不是瞄准他。"

我现在明白了，她当初在学校里为什么那么肆无忌惮。她认为自己绝对不会受到惩罚。

"你用过弓弩吗？"我问道，"你那是拿他的性命冒险。他现在可能已经死了。你这个白痴，他现在可能已经死了。"

"我刚刚告诉你——"她又开始重复刚才的话。

"是的，是的，海洋和陆地之间的协定嘛。"我打断她，心中仍然怒不可遏。"可我碰巧知道，你母亲正打算撕毁那个协定。你看，她会说那是欧拉女王和至尊王埃尔德雷德曾经的协定，不是欧拉女王和至尊王卡丹之间的协定。那个协定现在不适用了。那意味着那个协定不会保护你了。"

听了这话，妮卡茜娅张大嘴巴望着我，第一次感到了害怕。"你是怎么知道的？"

我原来并不确定，我想，可我现在确定了。

"我们先假设我什么都知道。"我对她说，"什么都知道。一直都知道。不过，我愿意跟你做个交易。要是你为我做件事，我会跟卡丹、侍卫，以及其他所有人说，刺客跑掉了。"

"好吧。"她说。我还没有提出条件，她就已经答应了，这充分说明，她的内心是多么绝望。有那么一会儿，我的胸中涌起一阵复仇的渴望。她曾经嘲笑过我的卑贱，现在我也可以扬扬得意地嘲笑一番她的卑贱。

这就是权力给人的感觉——纯粹的、不受约束的权力。这感觉很棒。

"告诉我欧拉在计划什么。"我说。

"我还以为你什么都知道了呢。"她闷闷不乐地答道，随即身子动了动，似乎打算从床上起来，但一只手仍紧紧抓着身上的长袍。我猜她的袍子里面穿得很少，说不定甚至什么都没穿。

当时你应该直接进去的。我突然想告诉她，你应该叫他忘了那女孩。那他现在也许已经忘了。

"你到底想不想收买我，让我保持沉默？"我问道，在沙发垫子边上坐下来，"我们时间不多，待会儿说不定会有人来找我。等到别人看见你，那时候再否认就太晚了。"

妮卡茜娅痛苦地长叹一声。"我母亲说他作为至尊王，太年轻、太软弱，容忍别人给他太多影响。"说到这里，狠狠瞪了我一眼，"她相信卡丹会屈服于她的要求。要是那样，一切都不会改变。"

"要是他不……"

她扬起下巴。"那么陆地和海洋之间的和平就会结束，最终遭殃的只会是陆地。精灵国的三座岛屿都将会沉入海中。"

"那又怎样？"我问道，"要是你母亲淹没这个地方，卡丹就不可能跟你和好了。"

"你不明白。她想要我们结婚。她想让我做王后。"

这话太让我吃惊了，有那么一会儿，我只是瞪大眼睛望着她，竭力忍住一股疯狂的、令人恐慌的笑意。"可你刚刚还射了他一箭。"

她恶狠狠地盯着我，目光中流露出的远不止憎恨。"喂，你杀了瓦莱里安对不对？他失踪那晚我见过他，他当时提起你，说你刺伤了他，他要报复你。他们说他是加冕礼那天死的，可我不那样认为。"

瓦莱里安的尸体埋在马多克庄园里的马厩区旁，要是尸体被挖掘出来，在此之前我就应该听说了。她这是在猜测。

就算是我杀的又怎样？我现在是精灵世界至尊王的左膀右臂。他能赦免我的所有罪行。

尽管如此，想起这件事，我不禁再次感受到了当时的恐惧——为了求生而拼死战斗的恐惧。这件事提醒了我，我要是早就死了，她现在一定会很高兴，就像瓦莱里安对我做过或试图对我做的每一件事都让她很高兴一样。就像卡丹的憎恨让她高兴一样。

"下次你抓到我犯叛国罪，你也可以逼我说出我的秘密。"我说，"但我现在想听听你母亲打算跟贝尔金一起做什么。"

"什么也不做。"妮卡茜娅说。

"我还以为空境人不会撒谎呢。"我对她说。

妮卡茜娅站起身，在房间里踱起步来。她脚上穿着拖鞋，鞋尖像蕨草一样翘起来。"我没有撒谎！母亲相信卡丹会同意她的要求。她只是哄贝尔金开心。她让他误以为自己很重要，但他不是真的重要。不会的。"

我试图将欧拉的阴谋拼凑起来。"因为要是卡丹拒绝娶你，贝尔金可以做她的后备计划。"

我突然感到脑子一阵眩晕，因为我意识到了一件确定无疑、高于一切的事：我决不能让卡丹娶妮卡茜娅。否则将来我不可能贝尔盖把他们两个一起赶下王位。欧克将永远无法成为至尊王。

那样我会失去一切。

她眯起眼睛说："我已经跟你说得够多了。"

"你以为咱们还在玩某种游戏吗？"我说。

"一切都是游戏，茱德。"她说，"你知道的。现在该你走棋了。"

说着径直走到那两扇巨大的门前，猛地拉开其中的一扇。"去告诉他们吧，随你的便。但你应该知道一点——你信任的某个人已经背叛你了。"我听见她的拖鞋啪啪地踏在石头上，接着便是木门重重地撞到门框上的声音。

沿着地道往回走时，我脑子里一片混乱。卡丹在他的套房里等我，他斜靠在长沙发上，脸上挂着精明的表情。他的衬衫仍旧敞着怀，但他的伤口上新绑了一条绷带。一枚硬币在他的手指间不住跳动——我认出那是蟑螂的一个小伎俩。

你信任的某个人已经背叛你了。

幽灵透过那扇破损的大门望进来，他跟至尊王的私人卫队一起站在外面的门厅里。他吸引了我的目光。

"怎样？"卡丹问道，"找到刺客了吗？"

我摇了摇头，不知道该怎样说这个谎。我环顾了一圈套房的残骸。这里没办法保证安全了，何况房间里还到处冒烟。"来吧。"我抓住卡丹的胳膊，将他摇摇晃晃地拉起来，"你不能在这里睡了。"

"你的脸怎么了？"他瞅着我问道，目光有些散乱。他离我很近，我能看见他那长长的睫毛和黑色虹膜周围的金色圆圈。

"没事。"我说。

他让我护送他走进门厅。见我们出来，幽灵和侍卫们立即各就各位，立正待命。

"稍息。"卡丹摆摆手说，"我的内政大臣要带我去一个地方。别担心，我确信她已经有计划了。"

他的侍卫在我们身后排成一队。当我半扶半拽地领着他前往我的套房时，有些侍卫皱起了眉头。我讨厌带他来我这里，可在别处我又不放心他的安全。

他吃惊地环顾着凌乱不堪的房间。"你睡在哪儿——你真在这里睡吗？也许你也该放把火把这里烧了。"

"也许吧。"我说，领着他来到我的床边。我一只手搭在他的背上时，心里有种异样的感觉。透过他那薄薄的亚麻衬衫，我能感觉到他的体温，感觉到他肌肉的屈伸。

我这样触摸他时，感觉他仿佛是个普通人，仿佛他不是至尊王，也不是我的敌人。这是一种错觉。

他无须鼓励就爬到我的床上，脑袋枕在枕头上，一头乌鸦羽毛一般的黑发散落在枕头上，一双黑夜般的眼睛仰望着我。那是一双漂亮的眼睛，也是一双可怕的眼睛。"刚才有那么一会儿，"他说，"我还怀疑刺客是你呢。"

我冲他扮了个鬼脸。"那你后来怎么知道那不是我呢？"

他冲我咧嘴一笑。"刺客没有射中我。"

我说过，他有本事在表面上赞美你，其实是在挖苦你。同样，他也能将侮辱你的话说得活灵活现，让你如同亲眼所见。

我们的目光相遇了，中间仿佛爆出了几颗危险的火星。

他恨我。我提醒自己。

"再吻我一次。"他看上去醉得神志迷糊了，"亲吻我，直到我感到恶心。"

我咀嚼着话中的含义，突然感觉肚子上仿佛被人猛踢了一脚。看见我脸上的表情，他哈哈大笑，笑声中充满了嘲讽。我分辨不出，他这是在嘲笑我们中的哪一个。

他恨你。即便他想要你，他仍然恨你。

也许因此更恨你。

过了一会，他的眼睛颤动着闭上了。他的声音变成了低语，仿佛是在自言自语。"倘若你是疾病，我想你不可能也是良药。"

他渐渐坠入了梦乡，可我却睡意全无。

第六章

整整一上午，我一直坐在一张椅子里，椅背斜靠在身后的卧室墙上。我父亲的剑横放在我怀里，我在脑子里不断回味着妮卡茜娅的话。

你不明白。她想要我们俩结婚。她想让我做王后。

尽管坐在房间另一边，我的目光却常常飘到我的床上，飘到睡在床上的卡丹身上。

他的黑眼睛闭着，一头黑头发散落在我的枕头上。一开始他似乎无法安睡，一双脚跟床单缠在一起，但最终他的呼吸均匀了，身子也安静下来。他仍然跟以前一样漂亮得荒谬，柔软的嘴唇微微分开，当他的眼睛闭上时，长长的睫毛抵住了他的脸颊。

我已经习惯了卡丹的美貌，但没有习惯他的脆弱。看到他没有穿着他那些漂亮衣服，没有他那尖酸刻薄的舌头和充满恶意的凝视做他的铠甲，我感到很不自在。

在我们达成和解以来的五个月里，我曾竭力猜想可能出现的最坏情况。我下达了几道命令，以防他躲避我、忽略我，或者摆脱我。我制定了规则，以免凡人被骗到精灵世界来受多年的奴役，并让他颁布了这些规则。

但这些似乎远远不够。

我想起有一天黄昏，我曾跟卡丹一起在皇家花园里散步。他双手背在身后，在一朵白玫瑰巨大的花苞旁停下来嗅了嗅，花苞顶端呈大红色，马上就要开放了。他冲我咧嘴一笑，一道眉毛挑了挑，可我当时太紧张了，竟没有回应他一个笑容。

当时，他身后的花园边上有六个骑士。那是他的私人侍卫，那时幽灵已经加入了他的私人卫队。

尽管我反复思量该对他说什么，我仍觉得自己像个傻瓜，自以为只要措辞恰当，就能用一个愿望骗得十几个愿望。"我要给你下命令了。"

"噢，好极了。"他说。在他的额头上，精灵国的金色王冠反射着落日的余晖。

我吸了口气，说道："你绝不能拒绝见我，或者命令我从你身边离开。"

"我为什么要你离开我？"他干巴巴地问道。

"你绝不能命人逮捕，将我关进监牢，或者杀死我。"我不理他，继续说，"也不能伤害我。甚至不能扣押我。"

"那让一个仆人在你的靴子里放进一颗尖石子儿呢？"他问道，脸上一本正经的表情叫人看了就生气。

我狠狠瞪了他一眼，希望自己的眼神足够严厉。"你自己也不能打我。"

他在空中做了个手势，仿佛这一切再明显不过了，我这样说简直荒唐可笑，仿佛我这样明白无误地命令他，是缺乏对他的基本信任。

我顽固地继续说："每天晚上吃饭前，你都要在你的套房里接见我，我们要一起讨论政策。要是你知道有人企图伤害我，你必须事先警告我。你必须防止别人猜测我在控制你。不论你如何讨厌当至尊王，你都必须假装当得很开心。"

"不是那样的。"他两眼望着天说。

我吃惊地望着他。"你这话是什么意思？"

"我并不讨厌当至尊王。"他说，"并不总是讨厌。我本以为自己会讨厌当至尊王，可事实上并非如此。随你怎么想吧。"

这话让我感到惶恐不安，因为对我来说，知道他不仅不适合当国王，而且他也不想当国王，心里会轻松许多。每当我望着他头上的血腥王冠，我都不得不假装事情就是这样。

即便是他当即就说服了上流阶层，让他们相信他有权主宰他们的命运，这也说明不了什么。他生性残酷的名声让他们言行谨慎，以免触怒他。他的许可让他们相信无论如何寻欢作乐都是他容许的。

"这么说，"我说，"你喜欢当我的人质了？"

他懒洋洋地咧嘴一笑，仿佛并不介意受到嘲弄。"目前还算喜欢。"

我的目光变得锐利起来。"远远不止目前。"

"你已经为你自己赢得了一年零一天。"他对我说，"但一年零一天内能发生很多事。你想给我多少命令都可以，可你不可能什么都想到。"

在我俩之间，是我曾经打破他的平衡，点燃他的怒火，击碎他的自控力。但不知怎的，从那以后局面就变了，之后的每一天我都感觉自己在不断往下滑。

现在，我凝视着他平躺在我床上的身躯，比以往任何时候都更忐忑不安。

这天傍晚，蟑螂快步走进我的卧室。他的肩膀上停着那只长着一张淘气精灵脸的猫头鹰，它曾是达因的信使，现在做了影子会的信使。它有个名字叫"利嘴龙"，不过我不知道这是不是个代号。

"常务委员会想见你。"蟑螂说。利嘴龙冲我眨巴着它那睡眼蒙眬的黑眼睛。

我恼火地呻吟了一声。

"事实上，"他朝床上点了点头，"他们想见他。但他们只能命令你。"

我站起来伸了伸懒腰。然后将宝剑挂到腰上，径直走进客厅，以免吵醒卡丹。"幽灵怎么样了？"

"他在休息。"蟑螂说，"昨天晚上到处都在传谣，就连王宫侍卫中间也在传。流言蜚语开始满天乱飞了。"

我走进浴室洗漱。我用盐水漱了口，在一块布上抹上厚厚的柠檬味马鞭草肥皂，用它擦了脸和腋下。我草草梳了梳乱糟糟的头发，我太累了，只能这样简单打理一下了。"你大概检查过那条密道了吧？"我喊道。

"是的。"蟑螂说，"我知道它为什么不在我们的地图上了——整条密道没有一处跟别的地道相连。我甚至怀疑它不是跟别的地道一起建的。"

我心里想着那个钟表盘上的图画和星座。指针指着的星座预示着一个特别多情的情人。

"卡丹之前谁住那里？"我问道。

蟑螂耸了耸肩。"几个空境人。没有什么特别重要的人物。都是王室的宾客。"

"几个情人吧？"我终于明白过来，"她们是至尊王的情人，不过不是妃子。"

"嗯。"蟑螂用下巴点了点我的卧室方向，示意他指的是卡丹，"那就是我们的至尊王选来睡觉的地方？"蟑螂意味深长地瞧着我，仿佛我应该知道这个谜题的答案，可我以前甚至根本没有意识到这是个谜题。

"我不知道。"我说。

他摇了摇头。"你最好快去参加常务委员会的会议。"

得知卡丹醒来时我不在这里，这不得不说是一种解脱。

第七章

　　常务委员会是埃尔德雷德执政期间成立的，表面上是帮助至尊王决策，但它已经变成了一个僵化死板、难以反对的团体。倒不是说委员会那些大臣有与生俱来的个人权力——尽管许多大臣本人的确面相威严——但作为一个集体，它有权制定涉及王国运转的许多小决策。这些小决策合在一起，甚至能让国王缚手缚脚。

　　在那次中途受到干扰、王室成员相继被害的加冕礼之后，在至尊王冠的传递出现异常状况之后，常务委员会就一直因为卡丹过于年轻而对他有所怀疑，而且对我执掌大权感到困惑。

　　利嘴龙领着我来到会议地点，会议在一个由柳树编织而成的穹顶下面召开，一张石化木桌充当会议桌。我穿过草地走向会议桌时，坐在桌旁的大臣们一齐瞧着我，我也瞧着他们——安西里大臣，一个长着个大脑袋的巨怪，蓬乱的头发里挂着一些金属片；西里大臣，一个看上去像只螳螂的绿皮肤女人；大将军马多克；皇家占星师，一个身材极高、皮肤黝黑的男子，长着一嘴雕塑般的大胡子，一头深蓝色长发垂下来，里面夹着一些仿佛来自天上的小饰品；钥匙大臣，一个身形干瘦的老淘气精灵，长着公羊的角和山羊的眼睛；宫廷小丑，他头上插着几朵淡紫色玫瑰，以搭配他紫色的小丑服。

　　长长的桌子上摆满了水壶、酒壶和一盘盘果脯。

　　我探身叫来一个仆从，吩咐他们去给我泡一壶他们能找到的最有劲的茶来。我需要它。

钥匙大臣蓝达林坐在至尊王的位子上，那张椅子外形酷似王座，木靠背上烫着一个王室徽章。我注意到了这个变化——以及其中暗含的假设。自从披上至尊王的王袍以来，五个月里卡丹没有来过常务委员会一次。只有一张椅子空着——马多克和宫廷小丑法拉之间的椅子。我继续站着。

"茱德·杜尔特。"蓝达林一双山羊眼盯着我说，"至尊王在哪里？"

站在他们面前总是让我感到畏惧，马多克在场更让我的处境雪上加霜。他让我感觉自己像个孩子，迫不及待地想说几句漂亮话，做件漂亮事。一时间，我心中一阵冲动，只想证明自己不是他们以为的样子——一个软弱愚蠢的国王的一个软弱愚蠢的宠臣。

证明卡丹选我这个凡人担任他的内政大臣，不仅仅是因为我能为他撒谎。

"我代表他来这里开会，"我说，"替他发言。"

蓝达林目光锐利地盯着我。"听说他昨晚射了他的情妇一箭，这是真的吗？"

这时，一个仆人在我的胳膊肘下面放上我要的茶壶，我对此心怀感激，一来这茶壶仿佛在我前面提供了一个堡垒，二来我有了借口不用立即回答。

"今天大臣们告诉我，那姑娘脚上戴了个悬着数颗红宝石的脚镯，那是送给她向她致歉的，可她已经无法自己站立了。"西里代表尼瓦尔噘起她的绿色小嘴唇说，"我发现那个脚镯一无是处，品位太差了。"

小丑法拉哈哈大笑，显然发现这件事很对他的胃口。"用红宝石来补偿她流的红宝石一样红的血。"

这不可能是真的。我一直跟卡丹在一起，除了从我的房间来委员会这段时间。卡丹没有时间安排这件事。不过，这并不意味着不是别人替他安排的。人人都渴望为国王效劳。

"那你们宁愿他直接杀了她吗？"我说。我在让事态恶化方面很有一手，但在外交技巧方面却差得太远。何况我还累了。

"我不会介意的。"安西里代表米克尔咯咯笑道，"看来我们的新至尊王浑身上下无一处不像安西里人，我想他会偏爱我们的。既然我们现在知道了他喜欢什么，我们能给他一种极好的放荡生活，比他的狂欢会总管吹嘘的还要好。"

"还有别的传言。"蓝达林继续说，"有的说一个侍卫向至尊王卡丹射箭，以便挽救那个姑娘的性命。有的说她的肚子里怀着王室继承人。你必须告诉至尊王，他的委员会随时准备为他出谋划策，以免他的统治受到这样的谣言的危害。"

"我一定照办。"我说。

皇家占星师巴芬探究地瞧了我一眼，仿佛看穿了我的心思，知道我根本不打算将这些事告诉卡丹。"至尊王跟这片土地和他的臣民紧密相连，他是一个活着的符号，一颗跳动的心，一颗星星，精灵国的未来跟他息息相关。"他话说得很平静，可不知为何，他的声音听起来却很有感染力，"你一定注意到了，自从他的统治开始之后，这三座岛屿已经不一样了。风暴来得更快了，颜色更生动了一些，气味更浓烈了。

"森林里出现了一些东西。"他继续道，"古老的东西，人们以为它们早已从这个世界消失了，它们回来瞧他来了。

"他喝醉的时候，他的臣民也会莫名其妙地变得醉醺醺的。他的鲜血流淌的地方，就会有东西生长出来。啊，至尊女王马布将因斯麦尔岛、因斯木尔岛和因斯维尔岛从大海里召唤出来。仅仅用了一个小时，精灵国的三座岛屿就形成了。"

巴芬越往下说，我的心跳得越快。我感觉胸口憋闷，仿佛肺里吸不进足够的空气。因为这些事一件也不能告诉卡丹。他不可能跟这片土地有如此深刻的联系，不可能有能力做所有这些事，不然他怎么还会受我的控制？

我想起他的被罩上面的血迹——以及旁边散落着的白花。

他的鲜血流淌的地方，就会有东西生长出来。

"所以，你看，"蓝达林继续往下说，没有注意到我神色大变。"至尊王的每一个决定都会改变精灵国，影响其中的居民。埃尔德雷德在位期间，孩子们出生后必须被抱到他面前，宣誓效忠这个王国。但在一些低级宫廷里，有些继承人是在凡间被抚养长大的，他们的成长过程超出了埃尔德雷德的控制范围。这些流亡的孩子后来回来继承王位，但他们没有向至尊王冠宣誓。至少有一个宫廷拥立了这样一个流亡过的孩子，让她成为他们的女王。谁知道有多少野蛮的空境人设法逃避了宣誓。牙齿宫廷的将军格里玛·莫格似乎已经离开了她的岗位，谁也不清楚她有什么打算。我们的一举一动都代表着至尊王，不能有丝毫的疏忽大意。"

我听说过格里玛·莫格这个人。她很可怕，不过还没有欧拉可怕。

"我们也须监视深海王国的女王，"我说，"她计划对我们不利。"

"这是怎么回事？"马多克问道，第一次对这次的谈话表现出兴趣。

"不可能。"蓝达林说，"你是从哪儿听来的？"

"贝尔金一直在跟她派来的代表接触。"我说。

蓝达林鼻子里哼了一声。"我想你是听贝尔金王子亲口说的了？"

我用力咬住舌头，要是我再用力一些，我会将舌头咬穿的。"这个消息不止一个来源。既然他们是跟埃尔德雷德结的盟，那这个联盟已经完结了。"

"海洋人都是冷心肠。"米克尔说。这话乍一听像是在赞同我的意见，可他声音中流露出赞许的味道，让他的话变了味儿。

"那巴芬为什么没有参考他的星象图呢？"蓝达林安抚道，"要是他发现星象图预示着威胁，我们会进一步讨论这事的。"

"我在告诉你们——"我沮丧地坚持道。

就在这时，法拉突然跳上桌子跳起舞来——我想他这是想说明什么。马多克咕哝了一声，哈哈大笑起来。一只小鸟飞过来停到尼瓦尔肩上，他们便用低语和颤音彼此闲聊起来。

显然，他们谁也不想相信我。毕竟，我怎么会知道他们不知道的事？我太年轻、太稚嫩，而且还是个凡人。"妮卡茜娅——"我又开口说。

马多克面露微笑。"你学校里的小朋友。"

我真想告诉马多克，他之所以还能坐在常务委员会的会议上，唯一的原因就是我。可我不能说。尽管他亲手刺穿了达因的胸膛，他现在仍然是大将军。我可以说，我想让他保持忙碌，他这个武器由我们来部署比他反对我们更好，知道他身处何处更有利于我们的间谍监视他。可我心里很清楚，他之所以仍然做他的大将军，是因为我不能从我的父亲身上夺去那么多权威，我做不到。

"还有格瑞森的事情。"米克尔继续说，仿佛我没有开口一样，"至尊王已经欢迎沃尔德王的铁匠、血腥王冠的制造者回来了。现在他住在我们中间，可他还没有为我们效劳呢。"

"我们必须让他受到大家欢迎。"尼瓦尔说，安西里和西里派系之间这样彼此同情的时候还真少见，"狂欢会总管已经为'狩猎者之月'制订了计划。也许他可以为格瑞森单独安排一个节目。"

"我想这取决于格瑞森喜欢什么。"我说，不再试图说服他们，让他们相信欧拉意欲对我们不利。我终究是在孤军奋战。

"也许是扎根于泥土中，"法拉说，"寻找琐事。"

"是松露[1]。"蓝达林自然而然地更正道。

---

[1] 松露是一种生长于地下的珍稀蕈类植物。英文单词 trifles（琐事）和 truffles（松露）发音相近，所以蓝达林以为法拉口误说错了。

"噢，不，"法拉皱起鼻子说，"不是那东西。"

"我会设法弄清他喜欢什么娱乐。"蓝达林在一张纸上记下几个字。"我还听说，一个白蚁宫廷的代表将出席'狩猎者之月'狂欢会。"

我尽量不露出心中的惊讶。罗本王领导的白蚁宫廷为卡丹登上王位出过力，为了换取他的支持，我曾答应过他，在他提出要求的时候给他帮忙。可我完全想不出他可能会要什么，而且现在也不是再来一件麻烦事的好时候。

蓝达林清了清嗓子，转过头来目光锐利地瞧着我。"向至尊王转达我们不能直接向他建言献策的遗憾，告知他我们随时准备为他效劳。要是你不能给他留下这样的印象，我们会找到其他途径做到这一点。"

我微一躬身，没有答话，因为这显然是个威胁。

我离开时，马多克跟了上来。

"我知道你跟你姐姐谈过了。"他说，两道浓眉垂下来，至少装出了一副关心的样子。

我耸了耸肩，提醒自己他今天没有帮我说一句话。

他焦躁地瞥了我一眼。"别告诉我那个小国王让你多么忙碌，尽管我想他的确需要一些照管。"

不知为何，短短一句话，他就将我变成了一个郁郁不乐的女儿，将他自己变成一个长期饱受折磨的父亲。

我叹了口气，不再跟他较劲。"我跟塔琳谈过了。"

"很好。"他说，"你太孤单了。"

"别假装好心。"我说，"那是对我们两人的侮辱。"

"你不相信我会关心你 —— 即便是在你背叛我之后？"他的一双猫眼望着我，"我仍然是你的父亲。"

"你是杀害我父亲的凶手。"我脱口而出。

"我可以两个都是。"马多克说，随即露齿一笑。

我本想令他惊慌失措，但最终惊慌失措的却是我自己。尽管过去了几个月，我仍然清楚地记得，当初他意识到自己中了毒时，在最后时刻突然中止了对我的致命一击。我记得他当时的表情，仿佛他恨不得将我劈成两半。"所以我们两个都不要假装您不是对我恨之入骨。"

"噢，我的确很生气，女儿，但我也很好奇。"他冲着精灵国的王宫做了个轻蔑的手势，"这真是你想要的？他？"

跟对塔琳一样，我感觉嗓子哽住了，我不能向他解释，不能告诉他真相。

见我不说话，他自己得出了结论。"跟我想的一样。我没有正确地欣赏你。我扼杀了你当骑士的愿望。我无视你的战略能力，你的力量——还有你的残酷。这是我的错，我不会再犯这样的错误了。"

我不确定这是威胁还是道歉。

"卡丹现在是至尊王，只要他戴着至尊王冠，我就得效忠于他，因为我立过誓。"他说，"可你不受任何誓言约束。要是后悔走错一步棋，重走一次就是。我们还有游戏可玩。"

"我已经赢了。"我提醒他。

他面露微笑。"我们下次再谈。"

望着他离去的背影，我情不自禁地想，要是他对我完全置之不理，也许我会好过一些。

第八章

在至尊王埃尔德雷德的套房里，我跟炸弹见了面。这次我决心先将这些屋子里的每一寸地方都彻查一遍，再让卡丹搬进来——我坚持认为他应该住在这里，住在王宫里最安全的地方，不管他怎么想。

我到达的时候，炸弹正在点燃壁炉上方最后一根又粗又短的蜡烛，烛泪在蜡烛下面堆得奇形怪状，看上去就像某种雕塑。现在待在这里，没有妮卡茜娅，也没有别的东西干扰我，我可以安安心心地四下打量一下了，可我反倒有一种奇怪的感觉。四面的墙壁上闪着云母的微光，屋顶爬满了树枝和绿色藤蔓。前厅里，一个巨大的蜗牛壳闪着微光，一盏灯大得如同一张小桌。

炸弹冲我飞快地咧嘴一笑。她的白发编成几根辫子梳向脑后，再用一根头绳束起来，头绳上串着几颗闪闪发光的银珠子。

你信任的某个人已经背叛你了。

我将妮卡茜娅的这句话从脑海里驱除出去。毕竟这话可以表示任何意思。这是一句典型的精灵废话，虽然不祥，但适用范围很广。它可以是关于某个即将扔到我头上的圈套的线索，也可能是指我们当初一起上课时发生的某件事。也许是警告我有个间谍知道了我的秘密，也许是暗示塔琳在跟洛基乱搞。

可我还是不由自主地想起她这句话。

"这么说刺客是从这里逃走的？"炸弹问道，"幽灵说你当时去追踪他们了。"

我摇了摇头。"没有什么刺客，只是爱情上的误会。"

她的眉毛扬了起来。

"至尊王在爱情方面非常差劲。"我说。

"我想是的。"她说，"这么说你想检查客厅，我来检查卧室了？"

"当然。"我赞同道，径直向客厅走去。

那条密道在壁炉旁边，壁炉状如一个咧嘴而笑的地精的嘴。那个书架仍旧被推到了一边，露出墙里盘旋而上的梯级。我将密道口关上。

"你真以为你能让卡丹搬到这里来吗？"炸弹在另一间屋里喊道，"这样一个宏伟壮观的地方闲着不用，真是太浪费了。"

我俯下身去，将书架上的书一本本抽下来，翻开书，晃几下，看书里有没有夹着什么东西。

几张泛黄腐朽的纸掉了出来，还有一块皮革和一把牛骨雕花拆信刀。一本书里面被掏空了，但里面并没有藏着什么东西。还有一本大书被虫子蛀空了。我将那本书扔了出去。

"卡丹最后住的那个房间着火了。"我对炸弹喊道，"让我换个说法。房间着了火，是因为卡丹将它点着了。"

她哈哈大笑起来。"要把这里的房间都烧了，他得花上几天时间。"

我回头看了看那些书，不像刚才那样确定了。它们太干燥了，似乎只需盯着它们看上良久，它们就会自己烧起来。我叹了口气，将它们放回书架上，然后去检查沙发上的靠垫，将地上铺着的小地毯一张张揭起来检查。下面只有尘土。

我将所有抽屉里的东西都倒在那张大书桌上：有羽毛笔的金属笔尖、雕着人脸的石子、三枚图章戒指、一颗长牙（我无法确定那是什么动物的牙齿），以及三个小瓶（里面的液体已经凝结成了黑色固体）。

在另一个抽屉里，我发现了珠宝。有一个黑玉项圈，一个带卡子的珠子手链，还有几枚沉甸甸的金戒指。

在最后一个抽屉里，我发现了一些石英水晶，切割成了光滑的小球和矛尖的样子。我拿起一个水晶球迎着光查看时，发现里面有东西在动。

"炸弹？"我叫道，声音听上去有些高亢。

她走进屋来，肩上扛着一件密密麻麻地缀满了珠宝的外套，我见了很吃惊，纳闷竟然有人愿意穿这样的衣服。"出什么事了？"

"你见过这样的东西吗？"我举起一个水晶球说。

她瞅了瞅水晶球里面。"看啦，那是达因。"

我将水晶球拿回来往里瞧。只见年轻的达因王子骑着马，一手拿着一张弓，一手拿着几个苹果。他旁边的一匹矮马上坐着埃乐温，另一边的矮马上坐着睿雅。他将三个苹果抛到空中，他们三个便弯弓搭箭，向着苹果射去。

"有这样的事吗？"我问道。

"也许有吧。"她说，"一定有人为埃尔德雷德给这些球施了魔法。"

我想到了格瑞森锻造的那对著名的双子剑，想到了那个能说出利芮厄普遗言的金橡子，想到了马罗嬷嬷那匹甚至能抵御最锋利的利刃的布，想到了历届至尊王被给予的所有疯狂的魔法。相比之下，这些东西太普通了，只能被塞进一个抽屉里。

我拿起每一个水晶球往里看。我看见贝尔金刚出生时的样子，那时他的皮肤上就已经长出刺来了。他在一个人类接生婆的怀里哇哇大哭，那接生婆目光呆滞，显然受了蛊惑。

"快看这个。"炸弹表情古怪地说。

那是卡丹很小的时候。他穿着一件对他来说太大的衬衫，看上去就像件长袍。他光着脚，脚上和衬衫上都沾着泥土，但他的耳朵上悬着两只晃晃悠悠的大耳环，似乎是哪个大人将自己的耳环给了他。他附近站着个头上长角的精灵妇人，当他跑到那妇人身前时，妇人伸手抓住他的手腕，免得他的脏手抓住她的裙子。

妇人严厉地说了句什么，将他推开了。他跌倒时，妇人几乎没有注意到，她正忙着跟其他大臣说话。我以为卡丹会哭，可他没有。他气呼呼地跺着脚走向一棵树，那里有个大一些的男孩在爬树。那男孩说了句什么，卡丹伸手抓住了男孩的脚踝。片刻之后，男孩回到地上，卡丹的一只脏兮兮的小手握成了拳头。听到扭打声，那精灵妇人转过头来哈哈大笑，显然被他的胆大妄为逗乐了。

当卡丹回头看着她时，他也在笑。

我将水晶球塞回抽屉里。谁会珍藏这种东西？这东西真可怕。

不过它并不危险。除了将它留在原地之外，没有理由用别的方式处理它。我和炸弹继续一起检查这间屋子。等到我们确信这屋子安全之后，我们一起穿过一扇上面雕着一只猫头鹰的门，来到国王的卧室里。

屋中央摆着一张巨大的、支着一半顶篷的床，四周挂着绿色床帏，床帏上用闪亮的金线绣着绿石楠家族的徽章。几条厚厚的蛛丝毯平整地铺在床上，床垫散发着浓郁的花香，仿佛里面是用花朵填充的。

"来吧。"炸弹扑到床上，翻过身来仰面朝天地躺着，以便自己能仰望屋顶，"我们来确认一下，我们的新至尊王睡在这里很安全。只是为了以防万一。"

我惊讶地吸了口气，但还是跟着她躺了上去。我的重量压得床垫陷下去一些，浓郁的玫瑰花香熏得我头昏脑涨，一时间，我的感官似乎都失灵了。

躺在精灵国的至尊王的床罩上，呼吸着给他的夜晚带来香味的空气，我几乎有些昏昏欲睡。炸弹将脑袋枕在臂弯里，仿佛这没有什么大不了。可我记得至尊王埃尔德雷德的手放到我头上的感觉，每次得到他的认可，我都会感到神经微微一颤，一种自豪感油然而生。现在躺在他的床上，我感觉自己就像个农夫，拿自己的脏脚在王座上蹭。

可是，我怎么就不能在他的床上躺上一躺？

"我们的国王是个幸运儿。"炸弹说，"我也会喜欢这样的大床，大得睡得下一两个客人。"

"噢，是吗？"我问道，就像对我的姐姐们那样取笑她，"有意中人啦？"

她转过头去望着别处，神色颇为尴尬，这让我留上了神。我用一只胳膊肘撑起身子。"等等！是我认识的人吗？"

好一会儿，她没有回答我。

"就是！是幽灵吗？"

"茱德！"她说，"不是。"

我皱眉望着她。"是蟑螂？"

炸弹坐起身来，用修长的手指将床罩拉到身边。她不能撒谎，所以唯有叹气。"你不会明白的。"

炸弹很漂亮，精致的五官，温暖的棕色肌肤，一头野性十足的白头发，一双亮晶晶的眼睛。我认为她既有魅力，又有技巧，这意味着她想要谁就能得到谁。

蟑螂长着一条黑舌头，一个扭曲的大鼻子，脑瓜顶上还有一丛皮毛似的头发，这一切都让他既引人注目，又令人恐惧。可是，即便是根据精灵世界的审美观，即便是在这样一个非人类的美貌和过于丰富的丑陋同时受到赞赏的地方，我也怀疑他甚至做梦都不会想到，炸弹会喜欢上他。

我也绝对不会想到。

然而，我不知道该怎么跟她说这件事，才能让我的话听上去不像是在侮辱他。

"我想我无法理解。"我承认道。

她将一个枕头拉到怀里。"一百年前，我的族人死于一场残酷的宫廷内战，只有我一个活了下来。我去了人类世界，成了一个小贼。我不太擅长偷东西。大多数时候，我只是用魔法来掩饰我的错误。就在那时，蟑螂注意到了我。他向我指出，尽管我可能成不了大盗，可我却十分擅长配制毒药和炸弹。我们一起四处游荡了几十年。他当时那么和蔼可亲，那么衣冠楚楚，那么有魅力，无须使用魔法，他就能当面骗过别人。"

我想象着蟑螂戴着圆礼帽，穿着马甲，戴着怀表，笑眯眯地瞧着这个世界和其中万事万物的样子，不由得微笑起来。

"后来他想到一个主意，我们要去北方的牙齿宫廷里偷东西。但这个骗局出了差错。牙齿宫廷把我们大卸八块，在我们身上装满了诅咒和精灵符。他们改变了我们。逼迫我们为他们效劳。"她打了个响指，火星四溅，"很好玩，对吧？"

"我敢说一定不好玩。"我说。

她躺回去继续说："蟑螂——范，我这样说话时不能叫他蟑螂。那段日子是范帮我熬过来的。他给我讲故事，马布女王如何囚禁一个冰霜巨人，如何将昔日的那些大怪物都绑起来，如何赢得至尊王冠。还有许多不可思议的故事。没有范，我不知道我还能不能活下来。

"后来我们搞砸了一个任务，达因抓住了我们。他有一个计划，可以让我们背叛牙齿宫廷，加入他。于是我们就照他的话做了。那时幽灵已经加入他了，我们三个组成了一个令人生畏的团队。我负责炸东西。蟑螂负责偷东西和偷任何人。幽灵是个脚步轻盈的神射手。不知怎么搞的，我们现在会在这里，安全地置身于精灵国的至尊宫廷，为至尊王本人效力。看看我，我甚至能四肢摊开躺在国王陛下的床上。可是在这里，当我伤害别人的时候，范没有理由来牵我的手，给我唱歌。他甚至完全没有理由来找我。"

她渐渐沉默下来。我们俩都默默地盯着屋顶看。

"你应该告诉他。"我说。我想这不是个糟糕的建议。虽然我自己不会听取这样的建议，但这并不代表这一定是个糟糕的建议。

"也许吧。"炸弹从床上爬下来，"没有诡计和陷阱。你觉得让我们的国王住在这里安全吗？"

我想到水晶球里那个小男孩，想到他那骄傲的笑容和握紧的拳头。我想到那个长角的精灵妇人，她一定是他的母亲，可她却将他从身边推开了。我想到他的父亲，至尊王埃尔德雷德，他懒得过问卡丹的事，甚至懒得查问他有没有穿衣服，脸有没有擦干净。我想到卡丹如何躲避这间套房。

我叹了口气。"可惜我想不出对他来说更安全的地方。"

午夜时分，我出席一场需要我参加的宴会。我坐在距离王座几个座位的地方，选了一盘炸鳗鱼。三个皮克西精灵为我们清唱着一首歌曲，大臣们相互聊着天，竭力给对方留下自己智慧过人的印象。头顶上方，枝形烛台上面挂着长长的烛油。

至尊王卡丹笑眯眯地俯视着宴会桌，脸上挂着宽容的神情，不时像只猫似的打着呵欠。他的头发十分凌乱，仿佛他从我的床上起来后只是用手指草草梳了梳。我们的目光相遇了，我别过头去，感觉脸上一阵阵发烧。

亲吻我，直到我感到恶心。

仆人们用着了色的玻璃瓶倒上了酒，这些酒瓶散发着海蓝宝石和蓝宝石、黄水晶和红宝石、紫水晶和黄玉的光泽。又一道菜上来了，里面是糖渍紫罗兰和冻露珠。

下一道菜的餐盘上罩着一个圆顶玻璃罩，玻璃罩下面，一条小银鱼笼罩在一团浅蓝色烟雾中。

"来自深海王国。"一个厨师说，她身穿适合这个场合的服装，向大家鞠了一躬。

我望向宴会桌对面的钥匙大臣蓝达林，可他显然不想理我。

在我周围，圆顶玻璃罩——揭起，下面的浅蓝色烟雾顿时在屋里弥漫开来，散发着胡椒粉和药草的味道。

我看见洛基坐到卡丹旁边，将那个原本坐在那里的姑娘拉到怀里。她踢腾着一双长着蹄子的脚，将长着角的脑袋向后一仰，发出一串银铃般的笑声。

"啊，"卡丹从他的盘子里拿起一枚金戒指，"我看见我这条鱼的肚子里有东西。"

"我的也有。"坐在他旁边的大臣说着，拿起一颗大如拇指指甲、光芒四射的大珍珠。她愉快地咯咯娇笑。"一份来自大海的礼物。"

每条银鱼里都有个宝贝。厨师们被召来询问，他们结结巴巴地矢口否认，赌咒发誓地说这些鱼是新捕捞上来的，厨工们除了药草之外，什么也没有喂过它们。我皱起眉头，瞧着我的盘子，在我那条鱼的鳃下发现了一串海洋玻璃珠。

我抬起头来，看到洛基手里拿着一枚金币，那也许是一条失踪的人类船只上的财物。

"我看见你在盯着他看。"妮卡茜娅说着在我旁边坐下来。她今晚穿着一件镶着金花边的礼服，碧玺般的深色头发用两个金质发插梳起来，发插形似鲨鱼嘴，满口的金牙。

"也许我只是在看那些小玩意儿和金首饰，你母亲大概以为她能用这些东西博得至尊宫廷的偏爱。"我说。

她从盘子里拈起一朵紫罗兰放到舌头上，姿势十分优美。

"洛基的花言巧语和更花哨的亲吻就像这些糖渍的花朵一样，因为它们，我失去了卡丹的爱。"她说，"你姐姐得到了洛基的爱，却失去了你的爱，对不对？可我们都知道你失去了什么。"

"洛基？"我哈哈大笑，"我总算摆脱了他。"

她皱起眉头。"那你刚才看的一定不是至尊王。"

"当然不是。"我答道，但没有看她的眼睛。

"你知道你为什么没有泄露我的秘密吗？"她问道，"也许你对自己说，你喜欢有某种东西可以辖制我。但事实上，我认为那是因为你知道没有人会相信你。我属于这个世界。可你不是。这你很清楚。"

"你甚至不属于陆地，海公主。"我提醒她。可我还是不禁想起常务委员会如何怀疑我。我也没法阻止她的话令我起鸡皮疙瘩。

你信任的某个人已经背叛你了。

"这里永远也不会成为你的世界，凡人。"她说。

"这里就是我的世界。"愤怒冲昏了我的头脑，"我的土地和我的国王。两者我都会保护。再说一遍，来呀。"

"他不可能爱你。"她对我说，声音突然变得冷冷的。

她显然不喜欢卡丹被我占为己有的想法，她显然还在为他着迷。同样，她显然完全不知道该怎么做。

"你想要什么？"我问她，"我刚才只是坐在这里，做我的事，吃我的晚餐。是你过来找我的。是你指责我……我甚至不确定你指责我什么。"

"告诉我你用什么来摆布他。"妮卡茜娅说，"你是怎样骗得他让你当他的左右手的——尽管他曾鄙视你，斥责你？你是怎样让他听你的话的？"

"我会告诉你的，但前提是你也必须告诉我一些事。"我转头看着她，将全部注意力放到了她身上。我一直在为王宫里的那条密道感到困惑，对水晶球里的那个精灵女人感到困惑。

"我愿意讲的我都已经告诉你了——"妮卡茜娅说。

"不是那些事。卡丹的母亲。"我打断她说，"她是谁？她现在在哪儿？"

她吃了一惊，但她试图用嘲笑来加以掩饰。"既然你们是这样好的朋友，你干吗不直接问他？"

"我从没说过我们是朋友。"

这时，一个满嘴尖牙、背上长着一对蝴蝶翅膀的仆人来上了下一道菜。那是一颗鹿心，做得半熟，里面填着烤榛子。妮卡茜娅抓起鹿心撕咬起来，鲜血顺着她的手指流下来。

她用舌头舔了一圈沾着鹿血的牙齿。"她谁都不是，只是某个来自低级宫廷的女孩。埃尔德雷德从来没有册封她为妃子，即便在她给他生了个孩子之后。"

我眨巴着眼睛，心中的惊讶表露无遗。

她看上去满心欢喜，叫人瞧着就生气，仿佛我不知道这件事彻底证明了我在这里是多么格格不入。"现在轮到你了。"

"你想知道我对他做了什么他才这样抬举我吗？"我问道。我俯过身去，距离近得让她能感受到我呼出的热气。"我吻了他的嘴，威胁说他要是不照我说的做，我就再吻他。"

"骗子。"她压低嗓音说。

"既然你们是这样好的朋友，"我不怀好意地用她的话回敬她，"你干吗不直接问他？"

她的目光转向卡丹，他的嘴上沾满了鲜红的鹿血，王冠歪戴在额头上。他俩看上去是同一类人，一对臭味相投的怪物。他没有看着这边，正全神贯注地听着一首欢快的颂歌，那是一个琉特琴手为赞美他的统治而即兴创作的。

我的国王。我想，但只是一年零一天的国王，而且现在已经过了五个月了。

第九章

　　我回到我的套房里时，塔特在屋里等我，她从我的长沙发上捡起至尊王的裤子，甲虫似的眼睛不以为然地瞧着我。

　　"这么说你一直过着这样的生活，"这个小精灵抱怨道，"就像蝴蝶茧里的虫子。"

　　再次受到她的责备，我感到既熟悉，又欣慰，但这并不表示我喜欢这种感觉。我转过身去，以免她看到我有多难为情，因为别人看到了我家里这么凌乱。更别提从中可以看出我一直都在做什么、跟谁在一起了。

　　塔特曾宣誓为马多克效劳，直到还清她以名誉担保欠下他的所有旧债为止，因此她不可能瞒着马多克来这里。她从我小时候起一直照顾我——给我梳头、补裙子、串花楸果给我戴，以免我受到蛊惑——但她宣誓效忠的只是马多克。我并不是说她不喜欢我，她以她自己的方式喜欢我，但我从来没有误以为那是爱我。

　　我叹了口气。只要我允许，王宫仆从早就将我的套房收拾干净了，但那样他们就会注意到我古怪的作息时间，翻看我的文件，更别提发现我的毒药了。不行，还是把门关起来，睡在污秽里较好。

　　我姐姐的声音从卧室里传出来。"你回来得还挺早。"她从屋里探出头来，手里举着几件衣服。

　　你信任的某个人已经背叛你了。

"你们是怎么进来的？"我问道。刚才我转动钥匙的时候，钥匙遇到了阻力。锁里的制栓移动了。我曾经学过撬锁这门卑鄙的技能，虽然我不是什么撬锁天才，但我至少能事先判断出门有没有锁上。

"噢，"塔琳咯咯地笑起来，"我假装成你，于是得到了你的一把钥匙。"

我真想在墙上踢上一脚。当然，人人都知道我有个孪生姐姐。当然，人人都知道凡人能撒谎。难道掌管钥匙的官员在将王宫里的套房钥匙交给别人之前，不该至少问一个那人可能会难于回答的问题吗？不过说实话，我自己也曾多次撒谎，从而骗得别人的钥匙。我几乎不能生塔琳的气，仅仅因为她做了同样的事。

这时候，我的小地毯上乱扔着卡丹的衣服，一张小桌上还堆着他沾着血迹的绷带。她们选择今晚闯进来，只怪我运气太差。

"我说服马多克将塔特没还清的债都转给你了。"塔琳宣布，"我还把你的外套、裙子和珠宝都带来了。"

我注视着那个小精灵墨水滴般的眼睛深处。"你是说马多克派她来监视我吧？"

塔特的嘴角翘了起来，我想起她掐人掐得多疼了。"你难道不是一个狡猾多疑的姑娘？你应该感到羞愧，竟然说出这种话。"

"你以前对我很好，我对你很感激。"我说，"要是马多克把你余下的债务给了我，我认为你早就还清了。"

塔特不快地皱起眉头。"马多克饶了我的爱人，虽然他完全有权要他的命。我向马多克立誓，要为他效劳一百年，这一百年就快结束了。不要侮辱我的誓言，认为你只消摆摆你的手，就能轻易解除我的誓言。"

她的话刺痛了我。"他派你来你很难过吗？"

"还没有。"她说，然后就继续干活了。

我径直走进卧室，抢在塔特之前捡起卡丹留下的带血的破布。经过壁炉时，我将破布扔进火炉里。炉火顿时蹿了起来。

"那么，"我问我姐姐，"你给我带什么来了？"

她向我的床上一指，她已将我的旧东西铺在我那新弄皱的床单上了。看见我过去几个月里没能拥有的衣服和珠宝，马多克为我买的东西，奥里安娜赞赏的东西，我心里感觉怪怪的。长袍、礼服、格斗服、紧身上衣。塔琳甚至带来了我以前潜入空空宫时常穿的土布衣服，以及我们偷偷溜回凡间时我穿的衣服。

瞧着这一切，我看见了一个既是我、又不是我的人。一个曾去上学但当时并不知道她在课堂上学习的东西会这么重要的孩子。一个想给她认识的唯一的爸爸留下好印象、一个想在至尊宫廷里赢得一席之地、一个仍然相信荣誉的姑娘。

我不确定自己现在还适不适合穿这些衣服。

尽管如此，我还是将它们挂进衣橱里，挨着我那两件黑色紧身上衣和唯一的一双高筒靴。

我打开我的一个首饰盒。里面装着我过生日时得到的耳环，一副金袖扣，三枚戒指——一枚镶着红宝石，是马多克在一次"血月狂欢会"上给我的；一枚上面刻着他的纹章，我甚至不记得自己曾得到过它；还有一枚细细的金戒指，那是奥里安娜给我的礼物。还有一些月长石项链、几大块石英石、一个雕花骨坠。我将那枚红宝石戒指套到左手手指上。

"我还带来了一些纸样。"塔琳掏出一本便笺簿，架着腿在我的床上坐下来。我们俩都不太擅长绘画，不过她的衣服纸样比较容易理解。"我想把它们拿去给我的裁缝。"

她想象我穿着各式各样的黑色高领外衣，以及两边开叉便于活动的裙子，肩部看上去好像装了铠甲。在几个纸样中，她还画了看上去似乎只有一条锃亮的金属袖子的款式。

"他们可以量我的尺寸，"她说，"你甚至不必去试穿。"

我久久地凝视着她。塔琳不喜欢冲突。面对我们生活中的所有恐惧和困惑，她的应对方式就是完全适应它们，就像一种会改变身体颜色，融入周围环境的蜥蜴。她是那种知道如何穿着和如何行事的人，因为她常常仔细观察别人并模仿他们。

她善于通过选择衣服来传递某种信息——即便她的草图的信息似乎是"离我远点儿，否则我就砍下你的脑袋"——我并不是说我不认为她想帮我，但她这样起劲地给我帮忙，尤其是在她的婚礼即将到来的时候，看上去似乎有些不正常。

"好了。"我说，"你想要什么？"

"你这话是什么意思？"她一脸无辜地问道。

"你想我们重新成为朋友。"我下意识地跟她说起了更现代的措辞，"我很欣赏这一点。你想要我参加你的婚礼，好极了，因为我也想去参加。可这样——这样就太过了。"

"我可以做好的。"她说，但她没有看我的眼睛。

我等着她说下文。好一会儿，我们俩都没有说话。我知道她看见了卡丹的衣服扔在地板上。她没有立即问这件事，这大概就是我得到的第一条线索，让我猜测她想要什么东西。

"好吧。"她叹了口气，"也不是什么大事，我只是有件事想跟你商量商量。"

"别开玩笑。"我说，但忍不住露出了微笑。

她飞快地瞟了我一眼，目光中流露出恼怒至极的神色。"我不想洛基当狂欢会总管。"

"我也不想。"

"但你可以做点儿什么！"塔琳在裙子里绕着双手，"洛基对激动人心的事情非常着迷。当上狂欢会总管，他就能创造这些——我甚至不知道该怎样措辞 —— 故事。他并不认为派对就只是吃喝玩乐和欣赏音乐，他更愿意将它当作一种可能会激发冲突的动力。"

"呃……"我说，想象那在政治上意味着什么。反正没有一点儿好处。

"他想看到他做的事会在我身上引起什么反应。"她说。

这是实话。比如，他想知道塔琳是否足够爱他，以至于能够眼睁睁地看着他追求我，自己则默默地站在一边忍受煎熬。我想他一定想弄清我是不是能跟塔琳一样，可事实证明我浑身带刺。

她继续说："还有卡丹的反应。还有至尊宫廷里的几个圈子的反应。他一直在跟云雀圈和椋鸟圈的成员谈话，试图发现他们的弱点，弄清他能挑起哪些争执，怎样挑起这些争执。"

"洛基可能会给云雀圈一些好处。"我说，"让他们写一首情歌。"至于椋鸟圈，要是他能跟他们在放荡上一较高下，我想他应该去跟他们较量一下，不过我还算明智，没有将这话说出来。

"听他说，有那么一会儿，这看起来似乎都很好玩，尽管这是个可怕的主意。"塔琳说，"他当上狂欢会总管会很糟糕。我不介意他有情人，可我不愿意他离开我。茱德，求求你，做点什么。我知道你想跟我说'我早跟你说过'，可我不管。"

我有更大的麻烦。我想这样告诉她。

"马多克几乎肯定会说'你不必嫁给他的'。我敢说，薇薇安也会这样说。事实上，我确定他们一定这样跟你说过。"

"你太了解我，所以你不会跟我这样说。"她摇了摇头，"我跟他在一起的时候，感觉就像一位故事里的女主角。而且是我的故事。可他不在的时候，事情就感觉不对劲了。"

我不知道该怎样回答她。我本可以指出，编故事的人大概是塔琳，她将洛基选为故事男主角，自己充当浪漫的女主角，当她不在故事中时，女主角也就消失了。

可我的确记得跟洛基在一起的感觉，我当时觉得自己很特别，很漂亮，是他精挑细选的意中人。现在回想这件事，我只觉得自己当初太愚蠢。

我想我能够命令卡丹剥夺洛基的这个头衔，但卡丹会恨我在这样无关紧要的私事上运用我的权力。这会让我看上去很软弱。而且洛基会猜到自己失去这个头衔是我在暗中捣鬼，因为我从没掩饰过自己不喜欢他。那样他就会知道，我对卡丹的影响力大大超出了合理范围。

塔琳抱怨的一切都会继续下去。无须至尊王的狂欢会总管这个头衔，洛基也能制造这种麻烦，这个头衔只是允许他将这种麻烦搞得更壮观。

"我会跟卡丹说的。"我撒了个谎。

她的目光转向散落在地板上的卡丹的衣服，脸上露出了笑容。

第十章

随着"狩猎者之月"的临近，王宫里的狂欢也越来越放荡了。人们举办派对的主旨发生了变化——它们变得更放纵，更疯狂。愈演愈烈的放荡行为不再需要卡丹出场批准。现在，谣言已经将他描绘成一个仅仅为了好玩就会向情人射箭的浪荡国王，由此开始，关于他的传说也就越来越不可思议了。

关于他年轻时的回忆——他骑着马来上课的样子，他打过的架，以及他的残忍行为——都经过了精挑细选。谣言越是可怕，也就越受欢迎。精灵们也许不会撒谎，但谣言在这里跟在别的地方一样，也会在野心、嫉妒和欲望的喂养下发展壮大。

一个个下午，我从睡在走廊里的精灵身上迈过去。他们并非都是大臣。仆人和侍卫似乎也成了同样一种疯狂能量的猎物，时常会被发现擅离职守去寻欢作乐。赤裸着身子的空境人在精灵国的花园里奔跑，曾经用来饮马的水槽里现在流淌着美酒。

我跟瓦西伯见了面，向他了解更多关于深海王国的信息，但他没有任何新消息。尽管我知道妮卡茜娅当时只是试图戏弄我，我还是将可能会背叛我的人列了个名单，仔细审查了一遍。有很多问题令我烦恼：谁会背叛我？为什么？罗本王的大使何时会来？该如何延长一年零一天的王位租期？我希望当初我用弓弩瞄准卡丹时已经问了他的真名。我研究我那些正在日渐腐朽的文件，喝毒药，制订了一千个防御计划，应对也许永远不会发生的攻击。

卡丹已经搬到埃尔德雷德的套房里了，那个地板烧坏了的套房从里面给闩住了。即便住在他父亲原来的套房里让他不舒服，他也没有任何表示。我到达的时候，他正懒洋洋地躺着，脸上神色木然，而仆人们正在搬动挂毯和长沙发，给按照他要求雕刻的一张新床腾地方。

他并非独自一人。一个大臣组成的小圈子跟他在一起——有几个我不认识，还有洛基、妮卡茜娅和我姐姐，此刻她因为喝了酒脸色红扑扑的，坐在壁炉前的小地毯上咯咯地笑着。

看到我来到门槛边，卡丹对他们说："走吧。"

"可是，国王陛下，"一个女孩说。她浑身涂着奶油色和金色，穿着一件浅蓝色礼服，两条长长的浅白色触须从眉毛外缘伸出来。"您的内政大臣只会给您带来沉闷的消息，那样沉闷的消息当然需要我们的欢乐来给您解毒。"

关于如何命令卡丹这件事，我已经仔细想过了。命令太多会惹恼他，命令太少，他又会轻易地敷衍我。不过，我很高兴我已经确保他绝不能拒绝接见我。我特别高兴的是，他绝对不能撤销我给他的命令。

"我一定会很快召你们回来的。"卡丹说，于是那些大臣开心地走了出去。一个大臣端着一个马克杯，里面装满了酒，杯子显然是从凡间偷来的。杯子上面写着三个大字：我统治。洛基好奇地瞥了我一眼。我姐姐离开时抓住我的手，满怀希望地捏了捏。

不等卡丹邀请，我就走到一张椅子前坐下来。我想借此提醒卡丹，他的地位并不在我之上。

"明天晚上就是'狩猎者之月'狂欢会了。"我说。

他手脚摊开，懒洋洋地坐在我对面的椅子里，一双黑眼睛注视着我，仿佛我才是那个应该小心的人。"要是你想知道细节，你应该把洛基留下。我几乎一无所知。那会是我的另一场表演。你做计划，我来演戏。"

"深海王国的欧拉在监视你——"

"每个人都在监视我。"卡丹说，手里拿着他的图章戒指，将它在手指间翻来覆去地不住把玩。

"看来你并不介意嘛。"我说，"你亲口说过，你不讨厌当国王。也许你还当得挺开心呢。"

他怀疑地瞧了我一眼。

我试图回应他一个真正的微笑。我希望自己能够令人信服。我需要令人信服。"我们可以做到两全其美。你的任期可以远远超过一年。你要做的只是延长你的誓言。让我指挥你十年、二十年，我们一起——"

"我不这样想。"他打断我说，"毕竟，你心里很清楚，让欧克坐上这个位子会有多危险。他只是长大了一岁。他还没有准备好。可是，再过几个月，你就不得不命令我退位，以便让他继位。或者，你也可以另作安排，但那个安排将需要我们彼此信任——而不只是我信任你，却没有希望得到你的信任。"

我痛恨自己竟然会天真地以为，他可能会同意保持现状。

他笑眯眯地瞧着我，脸上露出他最动人的微笑。"也许那时你会真心做我的内政大臣。"

我咬紧牙关。曾几何时，内政大臣这样尊贵的职位完全超越了我最疯狂的梦想。而现在，这个职位似乎是对我的羞辱。权力会传染。权力很贪婪。

"小心点，"我告诉他，"我能让剩下的几个月过得很慢。"

他的笑容并没有减退。"再多下几道命令吗？"他问道。我本该再告诉他一些关于欧拉的情况，但一想到他会得意扬扬地吹嘘妮卡茜娅给出的条件，我就感到无法忍受。我不可能容许他和妮卡茜娅之间的婚姻，不过现在我不想卡丹拿这件事取笑我。

"明天别把自己给喝死了。"我说，"还有，小心点我姐姐。"

"塔琳今晚看上去很不错呀。"他说，"脸蛋红扑扑的，嘴角含着笑。"

"那我们就设法确保她一直保持那样。"我说。

他双眉一挑。"你想让我引诱她离开洛基吗？我一定会试试的。我没法儿保证能取得怎样的结果，但你会发现这样试试也挺好玩的。"

"不，不要，千万不要，别那样做。"我说，没有在意他的话在我身上引起的热辣辣的恐慌。"我的意思只是她在场的时候别让洛基太过分了，仅此而已。"

他眯起眼睛。"难道你不该鼓励正好相反的事吗？"

也许对塔琳来说，尽快让她感受到洛基带给她的不幸会更好。可她是我姐姐，我绝不想亲手造成她的痛苦。我摇了摇头。

他在空中做了个含糊的姿势。"遵命。你姐姐会被包裹在绸缎和粗麻布里，我会尽量保护她的。"

我站起身来。"常务委员会希望洛基为格瑞森安排一个节目。要是能让那铁匠高兴，他也许会给你做个酒杯，杯里的酒永远也喝不完。"

卡丹抬起眼睛，透过睫毛古怪地瞅了我一眼，我猜不出其中有什么深意。接着，他也站起身来。他托起我的手。"世上最美好的东西，"他在我的手背上吻了一下，"莫过于得不到的东西。"

我脸上一红，浑身燥热不安。

我出来时，只见他的那个朝臣小圈子还待在门厅里，等着被召回他的套房。我姐姐看上去有些不安，但见我出来，她脸上立刻挤出一个灿烂的假笑。一个男孩已经给一首五行打油诗配上了音乐，此时正一遍又一遍、一遍快过一遍地演奏着。他们的笑声在门厅里回荡着，听上去就像乌鸦的叫声。

穿过王宫时，我经过一间屋子，里面聚集着几个大臣。我看到一个人坐在小地毯上，用巨大的壁炉里的炉火烤着一条鳗鱼。我定睛一看，那人原来是老至尊王埃尔德雷德的宫廷诗人兼内政大臣瓦尔·莫伦。

他周围坐着一圈精灵艺术家和音乐家。自从大多数王室成员遇害之后，他成了至尊宫廷派系之一的云雀圈的中心人物。他的头发里缠着黑莓刺，他正轻柔地唱着歌。跟我一样，他也是个凡人。他也许是疯了。

"来跟我们喝一杯吧。"一个云雀圈成员说，但我拒绝了。

"漂亮的茱德，漂亮的茱德。"瓦尔·莫伦望着我说，眼里闪烁着火光。他扯掉烧焦的鳗鱼皮，吃起柔软的白色鳗鱼肉来。他边吃边说："你为何还没来找我，听取我的建议？"

据说他曾是至尊王埃尔德雷德的情人。早在我和两个姐姐来到精灵世界之前，他就已经在至尊宫廷里待了很久了。尽管如此，他从没为我们凡人做过什么公益事业。他从没试图帮助过我们，从没试图亲近我们，让我们感觉不那么孤单。

"你有建议吗？"

他凝视着我，将烤鳗鱼的一只眼睛挤进嘴里。那眼睛闪着亮光，落在他的舌头上。他将眼睛吞入肚中。"也许吧。但这一点儿也不重要。"

我对猜谜厌烦透了。"那我来猜一猜。就算是我请教你，你也不打算给我建议吗？"

他哈哈大笑，笑声听起来干巴巴、空洞洞的。不知道他有多老。在那些黑莓刺下面，他看上去像个年轻人，不过，凡人只要不离开精灵国就不会变老。尽管我不能从他脸上的皱纹里看出他的年纪，但我能从他的眼睛里看出来。"噢，我会给你最好的建议，比任何人的建议都要好。可你不会注意到它的。"

"那你又有什么用呢？"我没好气儿地问道，准备转身离开。我没时间猜几行没用的打油诗究竟有什么含义。

"我是个杰出的杂耍艺人。"他说，在裤子上擦了擦手，将手上的污渍擦到裤子上。他将手伸进口袋里，掏出一块石头、三个橡子、一块水晶，还有一个似乎是许愿用的如愿骨。"杂耍，你看，只是保证同时有两个东西飞在空中。"

接着他便开始将那三个橡子抛上抛下，然后又加上了如愿骨。几个云雀圈成员用胳膊肘彼此推了推，愉快地悄声低语。"不论你加入多少东西，你也只有两只手，所以你只能扔两样东西。你不得不越扔越快，越扔越高。"他又加上了那块石头和水晶，这些东西在他两手之间飞快地旋转，我已经很难看清他手里扔的是什么。我不由得倒吸了一口凉气。

然后所有东西都掉了下来，叮叮当当地掉在石地板上。那块水晶摔得粉碎。一颗橡子滚到了火边。

"我的建议是，"瓦尔·莫伦说，"你要学着耍得比我更好，内政大臣。"

良久良久，我气得无法动弹。我感觉怒不可遏，感觉自己被这样一个人背叛了——这个人应该知道，我们凡人在这里做凡人有多么艰难。

我赶忙转身离开了，免得自己做出什么追悔莫及的事。

"我刚才已经预言了，你不会接受我的建议的。"他在我后面喊道。

第十一章

"狩猎者之月"这天晚上，整个至尊宫廷都来到牛奶森林。森林里的树木都裹在一团团巨大的丝网里，在我的凡人眼睛看来，那些丝网像极了飞蛾的卵囊，或者像蜘蛛用蛛丝裹起来的晚餐。

洛基让人用许多扁平的石头，以类似砌墙的方式，建成了一个形状粗糙的王座，用一大块岩石充当靠背，一块宽阔的石头充当座位。王座耸立在一片小树林前方。卡丹坐在王座上，王冠在他的额头上闪着微光。附近的一堆篝火烧着鼠尾草和蓍草[1]，恍惚间，他看上去似乎比他本人更加高大，仿佛是进入了神话，成了精灵世界真正的至尊王，而不是任何人的傀儡。

敬畏使我放慢了脚步，恐慌在我身后如影随形。

至尊王是一个活着的符号，一颗跳动的心，一颗星星，跟精灵国的未来息息相关。你一定注意到了，自从他的统治开始之后，这三座岛屿已经不一样了。风暴来得更快了，颜色更生动了一些，气味更浓烈了……他喝醉的时候，他的臣民也会莫名其妙地变得醉醺醺的。他的鲜血流淌的地方，就会有东西生长出来。

但愿他没有在我脸上看出任何异样。我走到他面前低头行礼，暗自庆幸有借口不用看他的眼睛。

---

[1] 蓍草：古代用来占卜的草。

"我的国王。"我说。

卡丹从王座上站起来，解开一件完全由闪亮的黑羽毛做成的斗篷。他的小拇指上戴着一枚闪闪发亮的新戒指，戒指上的红宝石反射着篝火的火光。这是一枚我非常熟悉的戒指。那是我的戒指。

我想起他曾在他的套房里握过我的手。

我咬牙切齿地偷偷瞥了一眼我的手——手上的戒指不见了。他偷走了我的戒指。我当时毫无察觉。这是蟑螂教他的。

不知道妮卡茜娅会不会将这视为背叛。这确实像是一种背叛。

"陪我走走。"卡丹说，然后牵起我的手，领着我走进人群中。淘气精灵和蟋蟀精，绿皮肤和棕皮肤，破烂的翅膀和精雕细刻的树皮衣服——精灵国所有的空境人今晚都盛装出席了。我们从两个男人身边经过，一个外套上缝着金叶子，另一个穿着绿色皮马甲，戴着一顶如蕨草一般向上卷起的帽子。地上铺着一张张毯子，毯子上堆满了一盘盘拳头大小的葡萄和红宝石般鲜艳的浆果。

卡丹领着我拐向森林边缘时，我问道："我们这是要去做什么？"

"我的每次谈话都有人议论，我觉得这很乏味。"他说，"我想让你知道，你姐姐今晚不在这里。我已经核实过了。"

"那洛基有什么计划？"我问道，不愿对他心存感激，也不想赞扬他偷我戒指的灵巧手法，"他一定指望今晚能让他名扬天下。"

卡丹扮了个鬼脸。"我不会让我漂亮的脑袋为这种事操心。这种事应该由你们这种人来做。就像有则寓言里讲的那样，蚂蚁们在泥土里辛勤劳作，而蚱蜢却用歌声送走夏天。"

"可冬天却一无所有。"我补充道。

"我什么也不需要。"他假装悲哀地摇着头，"我毕竟只是个注定会被牺牲的国王，好让小欧克在春天的时候接替我的位置。"

头顶上方，点亮的球灯飘浮在空中，发出温暖的魔法之光，但他的这番话却听得我栗栗危惧，浑身发抖。

我凝视着他的眼睛深处。他的一只手滑到了我的后腰上，似乎要将我拉到身边。一时间，我感到头晕目眩、意乱情迷，我们之间的空气中仿佛有什么东西闪着微光。

亲吻我，直到我感到恶心。

当然，他没有试图亲吻我。他没有被箭射到，没有喝得神志不清，内心也没有充满足够的自我厌恶。

"你今晚不该在这里，小蚂蚁。"他放开了我，"回王宫去吧。"说完便回到了人群中。他所到之处，大臣们纷纷向他鞠躬行礼。几个厚颜无耻的精灵女孩抓住他的外套，跟他调笑，试图拉他去跳舞。

很久以前，仅仅因为一个男孩不肯向他鞠躬，他就撕裂了那个男孩的翅膀。而今，对于臣民们的亲昵举动，他只是付之一笑。

什么让他发生了改变？是因为我的逼迫，他跟以前不一样了吗？是因为他离开了贝尔金吗？还是他根本就没有变，我只是看到了我想看到的？

我的皮肤还能感觉到他的手指留下的温度和压力。我真的出问题了，竟然想要我憎恨的东西，想要鄙视我的人。即便他也想要我，他仍然鄙视我。

我唯一的安慰是，他不知道我有这种感觉。

不论洛基策划了什么放荡的活动，我都必须留下来找到白蚁宫廷的代表。我给他们的罗本王承诺的帮忙完成得越早，悬在我的头顶上方的欠债就越早减少一件。况且，他们几乎不可能比以前更加放肆地冒犯我。

妮卡茜娅和格瑞森一起到达时，卡丹已经回到了他的王座上。格瑞森披着一件斗篷，领口别着一个飞蛾别针。

格瑞森说了一番无疑是歌功颂德的言辞，然后从口袋里掏出一样东西。那东西看上去像个耳环，但其实只是个耳坠。卡丹接过耳坠，举起来冲着亮光欣赏起来。我想这是格瑞森为精灵国服务以来制作的第一个魔法物件。

在他们左边的树上，我看见那只长着一张淘气精灵脸的猫头鹰利嘴龙正眨巴着眼睛俯视着下方。尽管我看不见，但我知道幽灵和其他几个间谍就在附近，从足够远的距离监视着狂欢会，一旦敌人采取行动，他们就会立马出现。

一个形似半人马的乐师走上前来，只不过他长着鹿的身体。他抱着一把里拉琴[1]，琴身雕成一个皮克西精灵的模样，精灵的两扇翅膀形成里拉琴顶部的曲线，琴弦看上去似乎由五颜六色的线制成。乐师一开始弹奏，琴身上雕刻的精灵就唱了起来。

妮卡茜娅慢悠悠地走向格瑞森所坐的地方。她穿着紫色长裙，在火光下反射着孔雀蓝的光。她的头发编成辫子盘在头上，额头上戴着一根链子，链子上悬着无数颗珠子，闪着紫色、蓝色和琥珀色光芒。

格瑞森转头看到她，脸上的表情登时亮了。我皱了皱眉。

杂耍艺人开始将一系列物件抛到空中——从活老鼠到闪亮的宝剑。美酒和浇着蜂蜜的蛋糕在人群中传递开来。

最后，我在人群中看到了白蚁宫廷的杜尔加。她那红得犹如罂粟花的头发一圈圈地盘在头上，背上斜背着一把双柄剑，银色长裙绕着她的身子随风飞舞。我走到她面前，尽量不露出畏惧的神色。

"欢迎。"我说，"什么好风吹得您大驾光临？您的国王有没有发现什么我可以——"

她瞥了一眼卡丹，打断了我的话。"罗本王想让你知道，即便是在低级宫廷里，我们也能听说一些事。"

---

[1] 里拉琴：尤指古希腊时期的一种弦乐器，琴身为 U 字形。

有那么一会儿，我紧张地回想着杜尔加可能会听说的事情。然后我想起来了，空境人一直在私下流传，卡丹仅仅因为一时兴起就射伤了他的一个情人。白蚁宫廷是少数几个既有西里成员，又有安西里成员的宫廷之一，我不确定他们是关心那个受伤的大臣呢，还是只是介意至尊王的性情可能有些不稳定。

"即便没有能撒谎的人，也仍有可能存在谎言。"我小心地说，"不论你们听说了什么谣言，我都能告诉你们事情的真相。"

"因为我应该相信你吗？我可不这样想。"她微笑道，"我们可以随时要求你兑现承诺，凡间女孩。例如，罗本王可以派我来做你的私人侍卫。"我身子缩了缩。她说的是侍卫，实际显然是间谍。"或者，也许我们可以借你们的铁匠格瑞森用用。他可以给罗本王做一柄能将誓言一刀斩断的魔剑。"

"我没有忘记我欠下的债。事实上，我希望你现在就让我偿还。"我说，完全恢复了我的权威，"可罗本王也不要忘了——"

她低吼了一声，打断了我的话。"还是确保你自己别忘了吧。"说完就大步走开了，丢下我在那里琢磨自己刚才说的那些话，哪一句不够聪明。我仍然欠着白蚁宫廷的债，我仍然无法加强自己对卡丹的控制。我仍然对谁可能背叛了我一无所知，仍然完全不知道该拿妮卡茜娅怎么办。

至少这次的狂欢会似乎并不比其他的狂欢会特别，尽管洛基那样自吹自擂。不知道我有没有可能实现塔琳的愿望，罢免他的狂欢会总管职务，仅仅因为他组织的狂欢会无聊乏味。

洛基仿佛能看穿我的心思似的，他拍了拍手，示意人群安静下来。音乐声渐次停下来，舞蹈和杂耍也停止了，就连笑声也止歇了。

"我还为你们准备了一个有趣的节目。"他说，"我们今晚要加冕一位君王，现在是时候了。欢笑女王。"

一个琉特琴手即兴演奏起了一首欢快的乐曲。人群中响起稀稀拉拉的笑声。

我感到一阵寒意传遍全身。我听说过这个游戏，尽管我没有亲眼见过。玩法很简单：偷来一个凡间女孩，用精灵美酒、精灵奉承和精灵亲吻将她迷得神魂颠倒，然后让她相信，她正光荣地戴着一顶王冠——其实是一直都在她那健忘的脑袋上堆积的侮辱。

要是洛基带了某个凡间女孩来戏弄她，那他将不得不提防会激怒我。我会命人将他捆起来扔到因斯维尔岛的黑岩石上，让美人鱼将他吞了。

我这样想着，只听得洛基继续说："不过，当然，只有国王才能加冕女王。"

卡丹从王座上站起身，踩着一块块石头走下来，向洛基身边走去。他那长长的大氅拖在身后，犹如一条蜿蜒滑行的蛇。

至尊王双眉一挑，问道："那么，她在哪儿？"他看上去似乎并不觉得这有什么乐趣，希望他能在这游戏开始之前就结束它。他能在这种游戏中得到什么满足感？

"你没有猜到吗？我们中间只有一个凡人。"洛基说，"啊，我们的欢笑女王不是别人，正是茱德·杜尔特。"

一时间，我的脑子一片空白。我无法思考。然后我看见洛基正咧开嘴笑着，至尊宫廷的空境人都在咧嘴而笑，我浑身的感觉都凝结成了恐惧。

"让我们为她欢呼吧！"洛基说。

空境人用他们非人类的声音欢呼起来，我不得不硬生生地将恐慌咽下去。我望向卡丹，发现他的眼里闪着危险的光芒——我在他那里得不到同情。

妮卡茜娅笑逐颜开，大喜过望，她旁边的铁匠格瑞森看上去显然很开心。杜尔加站在森林边缘观察我，看我将如何应对。

我想洛基最终还是做对了一件事。他承诺给至尊王带来欢乐，我深信卡丹现在一定满心欢喜。

我本可以命令他阻止这件事，让一切到此为止，可我不能这样做。他也知道这一点。也就是说，他想我大概会讨厌他要做的事，但还不足以讨厌到命令他，让我们真正的关系大白于天下。

当然，在公开我们真正的关系之前，我还有很多东西需要忍耐。

你会为这件事后悔的。我没有说出这句话，但我盯着卡丹，全部的心思都在想着这句话，以至于我感觉自己仿佛在将这句话喊出来。

洛基挥了挥手，一群小精灵拿着一件破旧难看的长裙和一个树枝编成的花冠走上前来。这个临时制作的花冠上绑着很多散发着恶臭的小蘑菇，这种蘑菇会产生一种腐臭难闻的尘埃。

我悄声咒骂了一句。

"这是献给我们的新女王的新礼服。"洛基说。

人群中响起零星的笑声和惊叹声。这是一个残酷的游戏，本来是对受到蛊惑的凡间女孩玩的，那样她们不会知道自己受到了嘲笑。她们那愚蠢可笑的样子正是这个游戏好玩的地方。她们以为他们给自己穿的长裙华丽非凡，从而满心欢喜。她们以为他们给自己的王冠镶满了光彩夺目的珠宝，脸上会露出贪婪和狂喜的神色。

多亏了达因王子给我设置的精灵符，精灵咒语对我不起作用。不过，即便有作用，至尊宫廷的成员也都能想到，至尊王的人类内政大臣一定戴着某种保护符——一串花楸果、一小捆橡树枝、一些灰烬，或者几根带刺的小树枝。他们知道我能看见洛基给我的究竟是什么东西。

整个宫廷都屏住了呼吸，一脸渴望地注视着我的反应。我相信他们以前一定从没见过一个知道自己正在受到嘲弄的欢笑女王。这是一种新游戏。

"告诉我们，你对我们的女士有什么看法。"洛基一脸怪笑地大声问道。

至尊王脸上的表情凝固了，但片刻之后，当他转向他的宫廷成员时，他的脸色平静下来。"我常常梦到茱德，这让我很不安。"他的声音远远地传了出去，"我经常做一个噩梦，在梦中，她的脸十分显眼。"

人群中响起一阵哄笑。我感到脸上一阵阵发烧，因为他这是在告诉他们一个秘密，用这个秘密来嘲笑我。

至尊王埃尔德雷德在位时，他的狂欢会古板、乏味、庄重，但一位新至尊王不仅仅意味着这片土地的复兴，也意味着至尊宫廷本身的复兴。我能看出，卡丹的任性多变和残忍冷酷令他的臣民很愉快。我是个傻瓜，竟然会被他的表象欺骗，以为他比以前有所改善。"我们中的一些人并没有发现凡人有什么漂亮的地方。事实上，你们中的一些人可能会坚称，茱德并不可爱。"

有那么一会儿，我甚至怀疑他蓄意激怒我，让我忍无可忍，命令他住口，从而向至尊宫廷暴露我们之间的交易。可是，不是这样的，我脑海中充满了雷鸣般的心跳声，令我几乎无法思考。

"可我相信那只是因为她的美貌很……独特。"卡丹顿了顿，人群中爆发出更多笑声，更响亮的讥笑声，"令人备受煎熬。令人恐慌。令人痛苦。"

"也许她需要一件新礼服，才能展现她的真正魅力。"洛基说，"只有这样的华服，才配得上她这样一个美人儿。"

那些小精灵走上前来，打算将那件破旧不堪的破布长裙套在我身上，空境人们见了无不喜笑颜开。

人群中爆发出更多笑声。我感觉浑身发烫，心中有个声音在催促我赶快逃走，可我只是一动不动地站在那里。我想让他们看看，我不可能被吓倒。

"等一下。"我提高声音叫道，以便我的声音能远远传出去。小精灵们犹豫不前。卡丹脸上的表情令人费解。

我俯身抓住裙摆，拉起裙子，将它从脑袋上脱下来。这是一件款式简单的裙子——没有紧身胸衣，没有夹子——所以轻而易举地就脱了下来。我站在人群中间，身上只穿着内衣，看他们敢不敢说什么。看卡丹敢不敢开口说话。

"现在，我准备好穿上我的新礼服了。"我说。人群中响起几声欢呼，仿佛他们不知道这个游戏的目的是侮辱人。洛基看上去似乎很开心，这倒让我大感意外。

卡丹走到我面前。一双眼睛死死盯着我，仿佛要一口把我吞了。我不确定自己能否忍受他的再次羞辱。幸运的是，他看上去似乎不知该说什么。

趁他能说话之前，我对他悄声说："我恨你。"

他托起我的下巴，俯下身来盯着我的脸。

"再说一遍。"他说。此时，那些小精灵给我梳了梳头，将那个丑陋的、散发着恶臭的花冠戴到我头上。他的声音很低。这句话只是说给我听的。

我挣脱了他抓住我下巴的手，但还是看到了他脸上的表情。当他被迫回答我的问题，承认自己想要我的时候，脸上就是这样的表情。他看上去似乎在承认他想要我。

一股电流传遍全身，我脑子里顿时一片迷茫，因为我既愤怒，又羞愧。我转过头去。

"欢笑女王，现在该你跳第一支舞了。"洛基说着将我推向人群。

长着爪子的手指抓住了我的胳膊。音乐响起来，响亮的、非人类的笑声在我耳边响起。人们重新跳起了舞，我也置身其中。随着强烈的鼓点，我的脚踏着地上的泥土，听着长笛的颤音，我的心跳加快了。我在人群中旋转，从一个人的手转到另一个人的手。有人推我，有人挤我，有人捏我，有人蹭我。

我试图摆脱音乐的控制，从舞蹈中抽身出来，可我做不到。当我试图拖着脚步离开时，总有几只手伸过来拉着我继续跳，直到音乐声再次将我迷住。所有的声音都变得模糊不清，眼前的一切——飞舞的衣服、墨水滴般闪亮的眼睛、过于尖利的牙齿——全都变成了一团疯狂的阴影。

我在音乐声中迷失了，失去了自我控制，仿佛又变回了一个孩子，仿佛自己没有跟达因做交易，没有给自己下毒，没有偷走王位。这不是魔法。我无法停下脚步，无法阻止自己的身体移动，即便心中的恐惧越来越强烈。我停不下来了。我会一直跳到鞋底的皮革磨破，跳到双脚鲜血淋淋，跳到精疲力竭，瘫倒在地。

"停止演奏！"我声嘶力竭地叫道，恐慌让我的声音听上去几乎像是尖叫，"我是你们的欢乐女王，至尊王的内政大臣，你们得让我选择舞曲！"

乐手们停止演奏。舞者们放缓了的舞步。这也许只是短暂的间歇，但就连这样的间歇，我刚才也怀疑自己能否得到。我浑身抖个不停，因为愤怒，因为恐惧，还因为刚才一直在跟自己的身体紧张地搏斗。

我打起精神，装出我穿着华服盛装而不是破衣烂衫的样子。"让我们跳起里尔舞[1]吧。"我说，尽量想象我的继母奥里安娜会怎样说这句话。这一次，我的声音正是我想要的那样——蕴含着冷静和威严。"我会跟我的国王共舞，因为他今晚给予了我这么多赞美和礼物。"

至尊宫廷成员一齐注视着我，湿润的眼睛闪着亮光。也许他们正

---

[1] 里尔舞：一种轻快的民间舞蹈，尤指苏格兰或爱尔兰舞蹈。

期待着欢笑女王说出这样的话，我确信在此之前，已经有无数凡人在不同的场合下说过这样的话。

我希望他们知道我在撒谎，从而心生畏惧。

毕竟，如果他们这样侮辱我，只是为了指出我是个凡人，那么我会这样回击：我也生活在这里，我了解这里的规则。也许甚至比你们更熟悉它们，因为你们生来就活在这些规则中，而我却不得不学习它们。我比你们更熟悉它们，是因为你们有更大的余地破坏规则。

"你要跟我共舞吗？"我问卡丹，蹲下身子行了个屈膝礼，声音中透着讥讽，"因为你认为我浑身上下有多漂亮，我就认为你浑身上下有多漂亮。"

人群中响起了一片窃窃私语。我在跟卡丹的这一回合交锋中得了一分。至尊宫廷里的所有人都不确定该如何反应。他们喜欢陌生的事物，喜欢惊喜，但也许他们正在犹豫，要不要喜欢这个惊喜。

尽管如此，他们看上去似乎还是被我这小小的把戏吸引了。

卡丹脸上的笑容看上去难以捉摸。

音乐再次响起时，他说："我很乐意。"随即将我揽入怀中。

我们一起跳过舞，那是在达因王子的加冕礼上。那时那场宫廷谋杀还没有开始。那时我还没用我的刀尖俘虏卡丹。当他带着我在牛奶森林里四处旋转时，不知道他有没有想起我们上次的共舞。

他的剑术也许不怎么熟练，但正如他向那个老巫婆的女儿承诺的那样，他是个技艺高超的舞者。我任由他带着我跳一些复杂的舞步，而我要是自己跳，一定早就将自己绊倒了。我的心跳得飞快，皮肤汗津津、滑腻腻的。

大量飞蛾像纸屑一般在我们头顶上方盘旋飞舞，越飞越高，仿佛不幸被星光吸引了。

"不论你对我做什么，"我怒不可遏，再也无法保持平静，"我都能加倍奉还。"

"噢，"他的手指紧紧抓住我的手指，"别误会，我一刻也没有忘记。"

"那这是为什么？"我质问道。

"你以为这样侮辱你是我的计划？"他笑道，"是我的主意吗？你这话听起来就像在说这是我的责任。"

"我不介意是不是你干的，"我说，愤怒屏蔽了别的感情，"可我介意你乐在其中。"

"看到你难堪，我为什么不该开心？是你欺骗了我。"卡丹说，"你把我当成个傻瓜来玩弄，现在我是傻瓜之王。"

"是至尊傻瓜之王。"我讥笑道。我们的目光相遇，忽然间，我们都震惊地意识到，我们的身体贴得太近了。我意识到了我皮肤的感觉，意识到了后腰上冒出的汗珠，意识到了我们的大腿紧紧贴在一起。我注意到我交叉的手指下面他脖颈的温度，注意到他的头发拂得我的脸麻酥酥的，注意到自己多想将双手插入他的头发里。我呼吸着他身体的味道——混合着苔藓、橡木和皮革的味道。我盯着他那暗藏危险的嘴唇，想象着他亲吻我的感觉。

这一切都错了。在我们周围，狂欢会重新开始了。有些宫廷成员不时朝我们这边瞥上一眼，因为他们总是在注意至尊王，但洛基的游戏已经结束了。

回王宫去。卡丹说了，可我对他的警告置之不理。

我想起卡丹说话时洛基脸上的表情，那是一种热切的表情。他刚才一直注视的人并不是我。我突然心下怀疑，也许我受辱只是个小插曲，只是他钓钩上的诱饵。

告诉我们，你对我们的女士有什么看法。

令我大感宽慰的是，这曲里尔舞结束时，乐师们再次暂停奏乐，望着至尊王，等待他示下。

我挣脱了他的怀抱。"我累坏了，陛下。请允许我离开。"

有那么一会儿，我不知道要是卡丹拒绝我的请求，我该怎么做。我给过他很多命令，可没有一个命令是为了让我自己好受些。

"你可以离开，也可以留下，只要你高兴就行。"卡丹宽宏大量地说，"欢笑女王无论走到哪里都会受到欢迎。"

我转身离开他，跌跌撞撞地走出狂欢人群，走过去靠在一棵树上，大口大口地呼吸着凉爽的海风。我的脸颊发烫，我的脸在发烧。

我站在牛奶森林边上，注视着海浪拍击岸边的黑色岩石。过了片刻，我注意到沙滩上有一些模模糊糊的形状，仿佛是阴影在自己移动。我眨了眨眼。不是阴影。那是塞尔基人，他们正从海里钻出来。至少有二十个。他们抛下身上的海豹皮，举起银光闪闪的利剑。

深海王国派人来参加"狩猎者之月"狂欢会了。

第十二章

我赶忙转身往回奔去，匆忙中身上的长裙被荆棘和灌木刮破了。我径直奔向最近的侍卫，看到我上气不接下气地跑来，仍旧穿着欢笑女王的破裙子，他显然大吃一惊。

"深海王国。"我气喘吁吁地说，"塞尔基人。他们来了。保护国王。"

他没有犹豫，也没有质疑我。他立刻将他的骑士召集到一起，在王座两侧站成一个半圆。侍卫们的举动，让卡丹看上去有些困惑，紧接着，卡丹的脸上闪过一丝明显的恐慌。毫无疑问，他想起就在贝尔金开始残杀王室成员之前，马多克如何命令侍卫们将王座平台围起来。

我还没来得及解释，塞尔基人就从牛奶森林中走了出来，他们光滑的身体几乎完全赤裸，只在脖子上围了一圈长长的海草和珍珠。音乐声戛然而止。欢笑声沉寂下去。

我伸手到大腿外侧，抽出一把挂在那里的很长的小刀。

"这是怎么回事？"卡丹站起来厉声问道。

一个塞尔基女人鞠了一躬，站到一边。深海王国的贵族们从她身后走出来。他们迈着双腿快步穿过小树林，一小时前我还不确定他们究竟有没有腿。他们穿着湿透了的礼服、紧身上衣和长筒袜，看上去一点儿也不尴尬。即便是身着华服，他们仍然显得凶神恶煞。

我在人群中搜寻妮卡茜娅的影子，但她和那个铁匠都不见了踪影。洛基坐在王座的一边扶手上，看上去完全是一副满不在乎的样子，仿佛他理所当然地认为，既然卡丹都可以做至尊王，那么当至尊王也没什么了不起。

"尊敬的陛下，"一个灰皮肤男人说，他穿着一件似乎是用鲨鱼皮做的外套。他的声音极其沙哑，听起来很奇怪，似乎是很久都没有说过话了。"深海王国的欧拉女王派我们来给至尊王送个信儿。请允许我们说出来。"

卡丹周围的半圈骑士挺直身子。

卡丹没有立即回答，而是坐了下来。"欢迎深海王国的臣民来参加我们的'狩猎者之月'狂欢会。尽情跳舞，畅饮美酒吧。千万别让人说我们不是慷慨的主人，即便是对不请自来的客人。"

那人跪了下来，但脸上的表情一点儿也不谦恭。"您太慷慨了。可是，在我们女王的消息送达之前，我们不能参加狂欢。您必须听我们说。"

过了片刻，至尊王才开口说："必须吗？好吧。"他漫不经心地做了个手势。"她有什么可说的？"

灰皮肤男子招了招手，一个女孩走上前来。她穿着一件湿透了的蓝色长裙，头发梳成竖起的辫子。当她张开嘴时，我看见她长着一口细细的、看上去有些凶残的尖牙。奇怪的是，那些牙齿竟然是半透明的。只听她声调平板地唱道：

海洋需要新郎，
陆地需要新娘，
双方彼此结合，
以防潮水暴涨。
拒绝海洋一次，
你将鲜血流淌；

拒绝海洋两次，

你将肉体消亡；

拒绝海洋三次，

你将失去王冠。

听到这样的歌词，在此聚会的陆地空境人，不论是朝臣还是请愿者，仆人还是贵族，全都吃惊得瞪大了双眼。

"这算是求婚吗？"洛基问道。我想他原本只是想悄声问卡丹，但在一片沉寂之中，他的声音传了出去。

"恐怕是威胁。"卡丹答道，目光炯炯地瞪视着那姑娘，那灰皮肤男子，以及所有人。"你们的信息已经送达。我现在没有打油诗回复你们——我的内政大臣无法同时做我的宫廷诗人，这是我的过错。但等我写出那样的打油诗之后，我会将那张纸揉成一团扔进海里。"

有那么一会儿，每个人都呆立原地，一动不动。

卡丹拍了拍手，将那些海洋人吓了一跳。"怎样？"他叫道，"跳起舞来吧！尽情欢乐吧！难道这不是你们来这里的目的吗？"

他的声音洪亮威严，充满了权威。他不再只是看起来像精灵国的至尊王，他听起来也像至尊王。

我浑身一颤，心中有了一种不祥之感。

那些穿戴着湿透了的华服和闪亮珍珠的深海人，用他们那苍白冰冷的眼睛注视着他。他们脸上的表情难以捉摸，我看不出卡丹的回答是否惹恼了他们。可是，当音乐声响起时，他们牵起彼此带蹼的手，快步走进狂欢人群，劲头十足地又蹦又跳，仿佛他们在水下就是这样娱乐狂欢的。

在这次意外事件中，我的间谍们一直都没有露面。洛基离开王座，搂着两个身体裸露最多的塞尔基人旋转起来。妮卡茜娅还是踪影全无。

我转头去找杜尔加，她也不知去向。我穿成这样，不好意思跟任何有官职的人说话。我将那个恶臭难闻的花冠从头上扯下来扔进了草丛里。

我考虑要不要脱掉身上这件破烂的裙子，可我还没做出决定，就看到卡丹向我招手，示意我去王座那边。

我没有鞠躬。毕竟，今晚我也是个名义上的统治者——一个不笑的欢笑女王。

"我刚才还以为你要走呢。"他厉声说。

"我原以为欢笑女王无论走到哪里都会受到欢迎。"我压低声音答道。

"召集常务委员会到我的王宫套房里开会。"他对我说，声音听起来冷淡、遥远、威严，"我会尽快从这里抽身去加入你们。"

我点了点头，转身离开。还没走出人群，我就意识到了两件事：第一，他向我下达了命令；第二，我服从了他的命令。

回到王宫后，我立刻派几个小侍从去召集常务委员会成员。我还派利嘴龙去给我的间谍们送信，让他们寻找妮卡茜娅的下落。我本该想到，她会在那里等着听卡丹的答复，但鉴于她对卡丹的感情如此犹疑不定，以至于用弩射一个跟她竞争的情人，她也许不愿意听卡丹的答复。

即便妮卡茜娅相信他会选择她，以避免一场战争，那也说明不了多少问题。

回到我的套房后，我赶忙脱去衣服开始洗澡。我想清除身上的烂蘑菇味、篝火的臭味，以及受到的羞辱。幸亏我的旧衣服又拿回来了。我套上一件颜色黯淡的褐色连衣裙，尽管这衣服对我的职位来说太简朴了，可它穿在身上很舒服。我近乎残忍地将头发拽到后面绑起来。

塔特不在这里，但她显然来过，因为我的套房很整洁，我的衣服都熨过而且挂起来了。

我的书桌上放着一个信封，上面写着：**至尊王军队的大将军写给国王陛下内政大臣的信。**

我撕开信封，里面的内容比信封上的字还要少：

立刻来作战室，不要等常务委员会。

我心里一沉。要是我假装没有收到这封信，干脆就不去呢？但那会显得我像个胆小鬼。

要是马多克仍然没有放弃设法让欧克登上王位的阴谋，那他不可能容许卡丹跟深海王国联姻。他不可能知道，至少在这件事上，我跟他的立场完全一致。这是让他暴露自己的好机会。

因此，我很不情愿地来到他的作战室。我对这间屋子很熟悉。屋里有一张很大的木桌（我小时候常在下面玩），桌面上摆着一张精灵世界地图，地图上有许多木雕小人，用来代表各个宫廷和军队。那是他的"玩偶"，薇薇安以前常常这样叫这些木雕小人。

我走进屋时，发现里面光线昏暗。一张桌上点着几截蜡烛头，桌边摆着几张硬椅子。

我想起自己曾蜷缩在其中的一张椅子里看书，而我旁边正酝酿着暴力阴谋。

此刻，马多克正坐在那张椅子里。听到我进来，他抬眼看了我一眼，站起身来，示意我坐他对面，仿佛我们是平等的同僚。他对我很细心，这很有意思。

那张战略板上只有几个小人。那是欧拉、卡丹和马多克，还有一个小人，我一开始没有认出来。但仔细一看，那竟然是我——我被雕成了一个小木人。我，内政大臣，间谍头目，封王者。

想想我都干了什么，竟然有资格登上这张战略板，我突然害怕起来。

"我收到了您的信。"我在一张椅子上坐下来。

"经过今晚的事，我想你最终可能会重新考虑一下你当初做出的某些选择。"

我刚要说话，他就举起一只爪子似的手阻止了我。"我要是你，"他继续道，"我的自尊可能会让我装出另外一副样子。空境人不能撒谎，这你也知道，用我们的舌头不行。可我们会骗人。说到自欺欺人，我们不输于任何凡人。"

我心中一凛，看来他知道我今晚被加冕为欢笑女王，受到整个宫廷嘲笑的事了。"您认为我不知道自己在做什么吗？"

"呃，"他小心地说，"我也不太确定。我看到的只是你受了那个最小也是最愚蠢的王子的羞辱。他承诺了你什么东西吗？"

我咬住我的脸颊里面，才没有疾言厉色地反驳他。不论我已经觉得自己多么卑微，要是他认为我是个傻瓜，那我就必须装成傻瓜。"我是至尊王的内政大臣，不是吗？"

整个宫廷的笑声仍在我耳边回响，我很难掩饰这一点。同样，我也很难掩饰头发中仍然黏着那些烂蘑菇恶臭的尘埃，我也无法抹去对卡丹那些恶毒用语的记忆。

令人备受煎熬。令人恐慌。令人痛苦。

马多克叹了口气，将双手放到身前的桌面上。"你知道埃尔德雷德为什么不喜欢他的这个小儿子吗？他刚出世，巴芬就从他的星座中看到了厄运。可是，只要他戴着至尊王冠，我就得像效忠他父亲那样效忠于他，因为我对至尊王冠立过誓。假如达因戴上至尊王冠，甚至是贝尔金戴上它，我也会同样效忠于他们。达因的加冕礼上出现过机会，改变天命的机会，可惜我没有抓住。"

他停了片刻。不论他怎样措辞，他的意思都是一样的。他之所以没有抓住机会，只是因为我抢走了他的机会。欧克没能当上至尊王，马多克没能利用他的影响力按照他的设想重塑精灵国的未来，这一切的罪魁祸首就是我。

"可是你，"马多克说，"你不受誓言约束。你可以撤销誓言……"

我想起上次常务委员会会议之后，我们一起离开时他对我说过的话：可你不受任何誓言约束。要是后悔走错一步棋，重走一次就是。我们还有游戏可玩。我看出来了，他是特意挑选这个时刻来详细解释他的计谋的。

"您想要我背叛卡丹吗？"我干脆把话挑明了。

他站起身，招呼我到战略桌边去。"我不知道你从深海女王的女儿那里得知了多少关于她的事，但深海王国以前跟陆地差不多，也有很多封地，塞尔基人和人鱼中间也有很多统治者。

"可是，欧拉掌权后，就将那些势力较小的统治者一个个地抓起来杀掉了，以便整个深海王国只听命于她。不过，大海里仍有少数统治者她还没能征服，有几个是因为势力太强，有几个是因为距离太远，当然第二种情况更普遍。一旦她将女儿嫁给卡丹，她一定会逼着妮卡茜娅在陆地上做同样的事。"

"谋杀较小宫廷的统治者吗？"我问道。

他面露微笑。"是所有的宫廷。也许一开始似乎是一系列意外——或是几个愚蠢的命令。也许再来一场大屠杀也说不定。"

我审视着他的脸。毕竟上一次大屠杀，他即便不是主谋，至少也是从犯。"难道您不赞成欧拉的执政理念？一旦您成为王位背后的力量，您难道不会效仿她的做法吗？"

"我不会试图让海洋也成为那样，"他说，"但她是想让陆地也臣服于她。"他伸手拿起那个代表欧拉女王的小人。"她相信绝对统治的威权下的和平。"

我注视着战略板。

"你原想引起我的重视。"他说，"你猜只有打败我，才能让我看到你真正的潜力。这是对的。你确实引起了我的重视，茱德。但我们最好还是停止彼此对抗，将精力集中到我们共同的兴趣上——那就是权力。"

这番话仿佛不祥地悬在空中。他的赞美听起来似乎是一种威胁。他继续说："但现在，回到我这边来。回来吧，在我认真对付你之前。"

"回来后会怎样？"我问道。

他若有所思地盯着我，仿佛在犹豫应该给我交多少底。"我有一个计划。时机成熟时，你可以帮我执行这个计划。"

"一个我没有参与制定的计划——您不打算给我讲详细些吗？"我问道，"要是我对已经拥有的权力更感兴趣呢？"

他露齿微笑了。"那我想我不太了解我的女儿。我了解的茱德会因为那男孩今晚的行为，将他的心挖出来。"

他当面提起我在狂欢会上受辱之事，我恼羞成怒，忍不住大声说："从我小时候起，您就任凭我在精灵世界里受人羞辱了。您容许空境人伤害我，嘲笑我，残害我的肢体。"我举起那只缺了指尖的手指，那是他的一个守卫硬生生地咬下来的。这只手的掌心还有一个伤疤，那是达因逼我用匕首刺穿自己的手掌留下的。"有一次，我受人蛊惑，被拉进狂欢会，可我只能独自哭泣。今晚我是受了羞辱，可以前的很多个晚上，我也默默地忍受了羞辱。在我看来，它们之间的唯一区别在于，以前我忍受的羞辱都是为了您，而今晚则是为了我自己。"

马多克看上去十分震惊。"我一直都不知道。"

"那是您不想知道。"我答道。

他将目光转向战略板，转向战略板上的那些小人，转向代表我的那个小人。"你这个理由是有力的一击，正好击中了我的要害，可我不太确定，这是否也是一记好的格挡。那男孩不值得——"

他本想继续往下说，但房门突然被推开了，蓝达林正站在门口探头往里张望，他的朝服看上去有些凌乱，似乎是匆忙穿上的。"噢，是你们两个。很好。会议就要开始了。快点儿。"

我刚迈出一步，打算跟着他一起去，马多克忽然伸手抓住了我的胳膊。他压低了嗓音。"你曾经试图告诉我们，这件事就要发生了。今晚我要求你做的，是用你内政大臣的影响力，阻止跟深海王国建立任何联盟。"

"好的。"我说，同时想起了妮卡茜娅、欧克，以及我所有的计划，"这我可以保证。"

第十三章

常务委员会成员聚集在至尊王那巨大的房间里，他们围坐在一张桌子旁，桌上镶嵌着绿石楠家族的标志——根须盘绕的花和荆棘。

尼瓦尔、蓝达林、巴芬和米克尔坐在桌旁，但法拉却站在屋子中央唱着一首小曲：

鱼儿，鱼儿，给她们装上脚，

娶一条鱼儿，生活多么甜蜜。

用煎锅煎她，挑出她的骨头，

在王座顶上，鱼血已经冰冷。

卡丹过于潇洒地倒在附近的一张长沙发上，完全无视那张桌子的存在。"这件事太荒唐了。妮卡茜娅在哪儿？"

"我们必须讨论这个提议。"蓝达林说。

"提议？"马多克嘲笑道，在一张椅子上坐下来，"他们以那种方式给出这个提议，不知道他该怎样娶那个女孩，因为不论他怎样做，都会显得是陆地怕了海洋，只能屈从于欧拉的要求。"

"也许这个提议是有些蛮横。"尼瓦尔说。

"我们该着手准备了。"马多克说，"要是她想要战争，那我们就给她战争。在我容忍精灵国在欧拉的震怒面前颤抖前，我会将大海里的盐都抽出来。”

我以前之所以害怕马多克，正是因为他会赶着我们冲向战争，可现在，他还没有鼓动战争，战争就自己来了。

“好吧。”卡丹闭着眼说，仿佛就要在那里睡着了，“那就不需要我做什么了。”

马多克的嘴角露出了微笑。蓝达林看上去有点慌乱。长久以来，他一直想让卡丹参加常务委员会的会议，可现在卡丹真的出席了，他却不太确定该怎么做了。

“你可以纳妮卡茜娅为妃，而不是娶她为妻。”蓝达林说，“然后跟她生一个继承人，让你们的继承人同时统治陆地和海洋。”

“那我岂不成了繁殖工具？”卡丹厉声问道。

“我想听听茱德的意见。”马多克说，这让我大感意外。

委员会的其他成员一齐转头看着我，马多克的话似乎将他们彻底弄糊涂了。在这样的会议中，我唯一的价值一直都是充当他们和至尊王之间的传声筒。现在，既然至尊王本人出席会议了，尽管他们料想我会发言，但我还是充当战略板上的木头小人为好。

“这究竟是为了什么？”蓝达林问道。

“因为我们以前没有注意听她的话。她曾告诉我们，深海女王打算不利于陆地。要是我们当初留心听她的话，那我们现在可能就不必仓促商议应对之策了。”

蓝达林不安地咧了咧嘴。

“这话也对。”尼瓦尔说，仿佛正在想办法解释我这种不吉利的预知能力。

“也许她会告诉我们她知道的别的事。”马多克说。

米克尔扬起了双眉。

“还有别的意见吗？”巴芬问道。

"茱德？"马多克向我示意。

我权衡了一下轻重，小心地说道："我说过，欧拉一直在跟贝尔金联系。我不知道他向她传递了什么信息，但海洋派人上岸来给他送礼物和消息。"

卡丹看起来很吃惊，而且显然感觉很不快。我意识到自己忘了告诉他贝尔金和深海王国的事，可我却告诉了常务委员会。"你是不是也早知道了妮卡茜娅的事？"他问道。

"我……"我嗫嚅道，不知该如何回答。

"她喜欢在委员会会议上隐瞒自己的想法。"巴芬说，狡猾地瞅了我一眼。

好像他们都没有听我说话是我的错。

蓝达林对我怒目而视。"你从没解释过你的消息从何而来。"

"要是你问的是我有没有秘密，那我也完全可以问你同样的问题。"我提醒他，"在上次的会议上，你对我的秘密毫无兴趣。"

"陆地的王子，水下的王子，"法拉说，"监牢的王子，无赖的王子。"

"贝尔金根本不是什么战略家。"马多克说，这几乎等于承认他是杀害埃尔德雷德的背后主谋，"但他有野心，而且还很骄傲。"

"拒绝海洋一次，你将鲜血流淌。"卡丹说，"我猜这是说欧克。"

我和马多克飞快地交换了一下眼神。在这件事上，我们俩立场一致：欧克的安全必须得到保证。我很高兴他在远离这里的内陆，同时受到间谍和骑士的保护。可是，要是卡丹对这句话的含义的猜测是对的，不知道欧克需不需要更多保护。

"要是深海王国计划偷走欧克，那他们也许已经许诺帮助贝尔金夺回至尊王冠了。"米克尔说，"具有王室血统的后裔，保留两个比保留三个更安全，因为加冕至尊王只需要一个王室后裔。三个就多余了，而且三个很危险。"

这是一种委婉的说法，它真正的含义是：在贝尔金试图暗杀卡丹之前，应该先将贝尔金杀了。

我不会介意看到贝尔金被处死，但卡丹一直坚决反对处死他的大哥。我想起他在影子会的巢穴里对我说过的话：我也许是个彻头彻尾的坏人，但我也有一个优点——我从没想过杀人。

"我会仔细考虑这个建议的，顾问们。"卡丹说，"现在，我希望能跟妮卡茜娅说话。"

"可我们还没有决定……"蓝达林的声音渐渐低了下去，因为他发现卡丹正目光灼灼地盯着他。

"茱德，去把她带来。"精灵国的至尊王说。这又是一个命令。

我咬牙切齿地站起来，向门口走去。幽灵在门外等我。"妮卡茜娅在哪儿？"我问道。

结果她竟然在我的套房里，跟蟑螂在一起。她穿着鸽灰色长裙，姿态优雅地坐在我的长沙发上，仿佛她在摆着姿势等别人给她画像。我心下暗想，不知道她早早离开狂欢会，是不是就是为了换衣服等待至尊王的接见。

见我进来，她说："什么风把你吹来了？"

"至尊王想见你。"我对她说。

她冲我古怪地笑了笑，站起身来。"但愿这是真的。"

我们沿着走廊往前走，站岗的骑士们注视着她从身边经过。她看上去既威严，又可悲。当卡丹的套房那两扇巨大的门打开时，她昂着头走了进去。

我离开时，仆人送了茶进来。茶壶放在一张矮桌中央。卡丹细长的手指擎着一杯热气腾腾的茶。

"妮卡茜娅，"他慢吞吞地说，"你母亲给你和我送来一条消息。"

妮卡茜娅看到还有其他委员会成员在场，注意到卡丹既没请她坐下，也没命人给她倒茶。她皱了皱眉，说："这是她的计划，不是我的。"

卡丹往前俯了俯身，脸上的睡意和厌烦一扫而空。他眼神空洞，看上去似乎充满了无穷的力量，浑身上下无一处不像个可怕的精灵国王。"也许吧，可我敢说你早知道她会这样做。别戏弄我。我们太了解彼此了，所以别跟我耍花招。"

妮卡茜娅垂下眼睛，长长的睫毛扫着脸颊。"她想要另一种联盟。"也许那些委员会觉得她既温顺，又谦恭，可我还没那么蠢。

卡丹站起身来，突然将手里的茶杯扔出去，茶杯在墙上撞得粉碎。"告诉深海女王，要是她再威胁我一次，她就会发现她的女儿成了我的囚犯，而不是我的新娘。"

妮卡茜娅看上去似乎悲痛欲绝。

蓝达林终于找回了自己的声音。"向深海女王的女儿扔东西，这是不合适的。"

"小鱼儿，"法拉说，"摘掉你的腿游走吧。"

米克尔放声大笑。

"我们不能草率行事。"蓝达林无助地说，"公主，让至尊王再考虑考虑。"

我本担心卡丹会觉得这件事可笑，或者感到得意，或者受到诱惑。可是，他显然怒不可遏。

"让我跟我母亲谈谈。"妮卡茜娅环顾四周，看看委员会成员，又看看我。最终，她放弃了劝说卡丹让我们离开的想法。她退而求其次，说话时只把目光集中在卡丹身上，仿佛我们根本不存在。"海洋环境严酷，欧拉女王的做法也一如波涛般冷酷。在她应该屈身请求的时候，她往往会施力强求，但这并不意味着她想要东西时没有认真思考。"

"那你会嫁给我？将海洋和陆地绑在一起，将你和我痛苦地绑在一起？"卡丹无比轻蔑地瞧着妮卡茜娅，那种轻蔑以前是专门留给我的。这种感觉就像整个世界翻转颠倒了过来。

妮卡茜娅没有退缩，反而上前一步。"我们会成为传奇的，"她告诉他，"传奇不必在乎幸福这种小事。"

说完，没等卡丹允许，她就转身走了出去。尽管没有接到命令，侍卫们还是退到一边给她让路。

"啊，"马多克说，"那丫头的样子就好像她已经是王后了。"

"出去。"卡丹说，委员们还没反应过来，他又在空中做了个疯狂的手势，"出去。出去！我知道你们希望继续商议，就当我不存在一样，那就去别的地方，去我不在的地方商议吧。快走，别再来烦我。"

"请原谅，"蓝达林说，"我们只是想——"

"出去！"卡丹说。见情势不对，就连法拉也默不作声，径直向门口走去。

"除了茱德。"他叫道，"你，等一会儿。"

你。我转身面对他，今晚受到的羞辱仍然火辣辣地留在我的皮肤上。我想到我所有的秘密和计划，想到我们跟深海王国开战意味着什么，想到我所冒的风险，想到我已经永远失去的东西。

我等着其他人离开，直到委员会最后一名成员也走了。

"你要是再命令我一次，"我说，"我会让你见识见识什么是真正的羞辱。比起我会让你做的事，洛基的那些游戏完全不值一提。"

说完我就跟在其他人后面走了出去。

在影子会的巢穴里，我思索着能够采取的行动。

杀死贝尔金。米克尔说得不错，这样深海王国就难以抢走卡丹头上的王冠。

*让卡丹娶别人。*我想起了马罗嬷嬷，几乎有点儿后悔当时干涉她的阴谋了。要是卡丹有一个巫婆的女儿做新娘，欧拉也许就不会提出这样一门充满武力威胁的亲事了。

当然，那样我会有别的问题。

一阵头痛从眼睛后面蔓延开来。我用手指捏住鼻梁按摩起来。

塔琳的婚礼转眼将至，再过几天欧克就要来了。在欧拉的威胁笼罩着精灵国之时，想到这件事我就头疼。在战略板上，欧克这枚棋子太有价值了；对贝尔金来说，他太需要欧克了；对卡丹来说，欧克太危险了。

我想起上次见到贝尔金时的情景，想起他对那个守卫的影响力，想起他那副满不在乎的样子，仿佛自己是个流亡的国王。不过，根据我从瓦西伯那里得到的情报，贝尔金那边并没有发生多少变化。他理直气壮地要求享受奢华之物，并继续招待来自海洋的访客，那些访客离开后会给他留下水坑和珍珠。不知道他们跟他说了什么，给了他怎样的承诺。虽然妮卡茜娅相信深海王国不会需要他，但他的希望一定正好相反。

然后我想到了另外一件事——那个女人想告诉我关于我母亲的事。她一直都在那里，如果她愿意出卖一条信息来换取自由，那她也许不介意出卖更多。

我正琢磨自己想要得到什么信息，忽然脑子里灵光一闪，想到比起从贝尔金那里得到信息，将信息送给他要有用得多。

要是我骗得那个女囚相信，我之所以暂时释放她，是为了听她讲我母亲的事，那我就可以假意透露一些信息给她了。一些关于欧克的信息，关于他的行踪或安保不力的信息。她散布这些信息时不是撒谎：她会相信她听到的是实情，说的也是实情。

可仔细一想，我意识到不行。这件事不能操之过急。现在我需要的是给那女囚一些更简单的信息让她去散布，一些我能控制和核实的信息，以确保她是个可靠的消息来源。

贝尔金想给卡丹传递消息。我要给他找到一个传递渠道。

影子会曾决定制作一份精灵国居民档案的副本，他们现在已经在实施执行这项计划了。可是，在我们现有的卷轴中，除贝尔金之外，没有关于遗忘之塔里任何囚犯的记录。我沿着走廊来到炸弹新掘出的办公室里。

她在屋里，正在向一幅《落日图》扔匕首。

"你以前就不喜欢它？"我指着画布问道。

"以前还算喜欢，"她说，"现在更喜欢了。"

"我需要遗忘之塔里的一名女囚。有足够的制服给我们的新成员穿吗？那里的骑士见过我的长相。瓦西伯虽然能帮我搪塞过去，可我不愿意冒险。最好伪造一份文件，无须多费口舌就将她弄出来。"

她皱起眉头，目不转睛地注视我。"你想要谁？"

"那里有个女人，"我拿过一张纸，尽量画出遗忘之塔底层的坐标方格，"她被关在一段石阶旁边。就是这里。她一个人关着。"

炸弹皱了皱眉。"你能说说她的样子吗？"

我耸了耸肩。"脸型瘦削，头上有角。我想她长得很漂亮。你们都很漂亮。"

"哪种角？"炸弹问道，脑袋歪向一侧，仿佛在考虑什么事，"直的还是弯的？"

我想了想那女囚角的位置，在头顶相应的位置比画了一下。"小角。我认为像山羊角。她还有条尾巴。"

"遗忘之塔里没有关着那么多空境人，"炸弹解释道，"听你的描述，这个女人……"

"你认识她？"我问道。

"我从没跟她说过话。"炸弹说，"可我知道她是谁——确切说是她过去是谁。她是埃尔德雷德的情人，给他生了个儿子。她是卡丹的母亲。"

第十四章

蟑螂领着那个女囚进来时，我正用指甲敲着达因原来的书桌。

"她名叫阿莎，"蟑螂说，"阿莎夫人。"

阿莎瘦骨嶙峋、脸色苍白，苍白得似乎有点儿发灰。她看上去不太像我在那个水晶球里看到的那个咯咯娇笑的女人。

她环顾四周，脸上又是狂喜，又是困惑。能离开遗忘之塔，她显然很高兴。她贪婪地注视着周围的一切，仿佛要将这间相当沉闷的屋子的每一个细节都记在心里。

"她犯了什么罪？"我问道，故意假装不认识她，希望这样能让她开始游戏，暴露更多的真实面目。

蟑螂心领神会地咕哝了一声。"她曾是埃尔德雷德的妃子，后来他厌倦了她，就把她扔进了遗忘之塔。"

原因无疑不止这些，不过我只知道，她涉嫌谋害至尊王的另一个情人，而且卡丹也多少卷入其中。

"太倒霉了。"我说，指了指书桌前面的椅子。五个月前，卡丹就曾被绑在这张椅子上。"过来坐在这里。"

我在她的脸上看见了他的脸。他们都有那种不可思议的颧骨和柔软的嘴唇。

她坐下来，目光猛然转向我。"我渴得厉害。"

"现在吗？"蟑螂问道，黑色舌头舔了舔嘴角，"也许一杯酒能让你解渴。"

"我还浑身发冷。"她对他说，"冷到骨头里，像大海一样冷。"

蟑螂跟我对望了一眼。"你跟我们的影子女王待在这里，其余的事我来解决。"

我不知道自己做了什么，能配得上这样一个奢侈的头衔。恐怕这样的头衔安在我头上，就像在一个庞大的巨怪头上安上"小不点儿"这个绰号一样滑稽。但这头衔似乎没有给她留下什么印象。

蟑螂走出去，让我们单独留下。我的目光跟随了他片刻，想着炸弹和她的秘密。然后转头看着阿莎夫人。

"你说过你认识我母亲。"我提醒她，希望能用这事将她从遐想中吸引出来，直到我想出办法，从她那里套出我必须知道的正确消息。

她脸上微露讶异之色，仿佛她的注意力完全被周围环境分散了，以至于忘记了自己被带到这里的原因。"你长得太像她了。"

"她的秘密。"我提示道，"你说过你知道关于她的秘密。"

她的脸上终于露出了微笑。"伊娃发现，离开了她原来习惯的一切，生活太乏味了。噢，她最初来到精灵世界时觉得很有趣——情况总是如此，但人类最终还是会想家。我们以前常常偷偷溜出精灵国，飞越大海，回到凡间去拿那些她想念的小东西：软巧克力条、香水、连裤袜。当然，那是认识贾斯汀之前的事。"

贾斯汀和伊娃。伊娃和贾斯汀。我母亲和我父亲。想到以前阿莎甚至比我更了解我的父母，我就觉得胃里一阵翻腾。

"当然。"我喃喃地说。

她从书桌对面俯过身来。"你长得像她。像他们两个。"

你和他看起来也很像。我想。

"我敢说你听说过那个故事。"阿莎说，"他们中的一个，或者说他们两个如何杀死一个女人，焚烧她的尸体，好让马多克误以为伊娃死了，而不是失踪。我能告诉你这件事。我能告诉你那是怎么发生的。"

"我带你来这里，就是为了让你做这件事。"我告诉她，"让你把你知道的都告诉我。"

"然后将我扔回遗忘之塔里吗？不，我的信息是有代价的。"

我还没来得及回答门就开了，蟑螂端着一个托盘走进来，托盘上堆满了奶酪和黑面包，还有一杯热气腾腾的加香果酒。他肩上披着一件披肩，将盘子放下后，他将披肩像毯子一样披在阿莎夫人身上。

"还有其他要求吗？"他问道。

"她刚刚只提出这些要求。"我对他说。

"还有自由。"她说，"我希望离开遗忘之塔，我希望安全地离开因斯木尔岛、因斯维尔岛和因斯麦尔岛。而且，我要你保证至尊王永远也不会注意到我被释放了。"

"埃尔德雷德死了，"我告诉她，"你没有什么可担心的了。"

"我知道现在的至尊王是谁。"她厉声更正我，"一旦我获得自由，我不想让他发现我。"

蟑螂扬起了双眉。

接着是一阵沉默。她喝了一大口酒，咬下一大块奶酪。

我突然想到，卡丹很可能知道他母亲被送到了什么地方。他当上至尊王之后，并没有设法将她弄出来，甚至没有去见她一面，那么，他一定是故意这样的。我想起水晶球里那个男孩，想他崇敬地瞪大眼睛瞧着她背影的样子。不知道这其中发生了什么变故。我几乎想不起我母亲的样子了，可要是能再见到她，哪怕只是一小会儿，我也愿意付出很多。

"告诉我点儿有价值的事。"我说，"我会考虑的。"

"那我今天什么也得不到吗？"阿莎夫人追问我。

"我们不是给你吃的，还把自己的衣服给你穿了吗？而且，在你返回遗忘之塔之前，你可以在皇家花园里转一圈。闻闻花香，踩踩青草。"我对她说，"我想先把我的想法说清楚：我不会恳求你给我讲什么安慰人的回忆或爱情故事。要是你有更好的东西给我，那我也许会找到什么东西给你。不过，别以为我多需要你。"

她噘起了嘴。"好吧。你母亲怀着薇薇安的时候，有个巫婆从马多克的领地上空经过。那巫婆沉迷于预言，用蛋壳预言了未来。你知道她说了什么吗？她说伊娃的孩子注定会是一件伟大的武器，贾斯汀无论如何也造不出那样伟大的武器。"

"薇薇安？"我问道。

"只是说她的孩子。"阿莎说，"不过，伊娃当时一定认为，那巫婆说的孩子，就是她肚子里正怀着的孩子。也许这就是她离开的原因：保护那个孩子，让其摆脱命运的安排。可是谁也逃不脱命运的安排。"

我闭紧嘴巴，没有作声。卡丹的母亲又喝了口酒。

我要不动声色，脸上不能流露出任何感情。"还不够。"我说，将注意力集中到接下来要说的话上，我希望这条信息会自动传递给贝尔金，希望我已经找到一条途径来骗过他。"要是你想到什么更好的东西，就给我送个信。我们的间谍会监视并截获进出遗忘之塔的消息——通常在它们被传递到王宫的时候。不论你送出什么信息，不论送给谁，一旦信息离开守卫的手，我们就会看到。要是你想到任何更有价值的东西，很容易让我知道。"

说罢，我起身出了屋。蟑螂跟着我走进走廊，一只手放到我的胳膊上。

我默默地站了良久，试图理清头绪。

他摇了摇头。"来这里的路上，我问了她几个问题。看来宫廷生活迷住了她，至尊王的垂青将她弄得稀里糊涂，狂欢会上的歌舞和美酒让她心醉神迷。于是她将卡丹留给一只黑猫哺育，那只黑猫的猫崽生下来就是死胎。"

"他是喝猫奶活下来的？"我惊呼道。蟑螂横了我一眼，仿佛我完全没有理解他给我讲的这件事的重点。

"她被关进遗忘之塔后，卡丹被送到了贝尔金那里。"他说。

我再次想起自己在埃尔德雷德的书房里拿着的那个水晶球，想起卡丹穿着一身破衣服，望着我房间里的那个女人，寻求她的肯定，而这种肯定只有在他作恶时才能得到。这个被人遗弃的王子，自幼受到猫奶和残酷的影响，孤零零的，像个小幽灵似的在王宫里游荡。我想起自己蜷缩在空空宫塔楼里的椅子下面，目睹贝尔金蛊惑一个凡人鞭打自己的弟弟，惩罚他剑术拙劣。

"带她回遗忘之塔。"我对蟑螂说。

他双眉一皱。"你不想再听些关于你父母的事吗？"

"她讲起那些事自己就非常享受。我将来会从她那里得到这些信息的，而且还不需要像现在这么多的讨价还价。"另外，我刚刚种下了一颗更重要的种子，现在我必须看看它能否发芽生长。

他冲我淡淡地笑了笑。"你喜欢这样，对吗？跟我们玩游戏？牵着我们身上的绳子，看我们跳舞跳得怎样？"

"你说的是空境人？"

"我想你也乐意那样对待凡人，只不过你先在我们中间做这样的练习。"他听起来似乎没有反对的意思，可我仍然感觉到了这样的含义。"也许我们中的某些人提供了一种特别的风味。"他的目光顺着他那弯曲的地精鼻子俯视我。

"这是种赞美吗？"我问道。

他的脸上绽放出笑容。"反正不是侮辱。"

第十五章

第二天，我的礼服被人送过来了，有好几箱，一同送来的还有几件外衣、可爱的小夹克、天鹅绒裤和高筒靴。这些服装看上去仿佛属于某个凶恶的人，某个既比我好又比我坏的人。

我开始打扮起来，还没穿戴好，塔特就进来了。她非得将我的头发梳到脑后，用一把新发插固定起来。发插雕刻成蟾蜍形状，一只眼睛用一颗猫眼石做成。

我看着镜子里穿着银色绲边的黑色外套的自己，想这件衣服一定是塔琳精心之择。我只想想这件事，此外什么都不想。

她曾说过她有些恨我，因为上流精灵羞辱她时，我总是那个会看到一切的人。不知道是不是因为同样的缘故，她想忘掉我跟洛基之间的事才这样难，因为她目睹了那些事。每次见到她，我都会不由自主地想起，被人当作傻瓜愚弄是什么滋味。

然而，看着这些新衣服，我想到了塔琳的所有好处。毕竟还是塔琳了解我，理解我的希望和恐惧。我也许没有告诉过塔琳，我做过哪些可怕的事，掌握了哪些可怕的技能，但从她给我挑选的这些衣服来看，就像我告诉过她似的。

我穿上新衣服，前去参加一次临时召开的常务委员会会议。会上，他们辩论来辩论去，还是不确定妮卡茜娅有没有将深海王国激怒了卡丹的消息带给欧拉，也不确定鱼能不能飞（这个问题是法拉提出来的）。

"她有没有去告诉欧拉都不重要，"马多克说，"至尊王已经清楚地表明了立场。如果他不娶妮卡茜娅，那我们只能认为欧拉会兑现她的威胁。就是说她会设法让他流血。"

"你说的进展太快了。"蓝达林说，"难道我们不该认为陆地和海洋之间的协定可能还有效吗？"

"这样认为有什么好处？"米克尔问道，斜睨了尼瓦尔一眼，"安西里宫廷不是靠愿望活下来的。"

尼瓦尔这位西里代表噘起她那昆虫似的小嘴。

"星象表明，这是一个巨变的时代。"巴芬说，"我看到一位君主即将到来，但这个迹象究竟是表明卡丹将被废黜，还是欧拉将会被推翻，还是妮卡茜娅将成为王后，我也说不好。"

"我有个计划。"马多克说，"欧克不久就要回精灵国来了。当欧拉派她的人来抓他时，我就将计就计，把她引出来。"

"不行！"我忽然说，所有人都吃惊地转头看着我，"你不能拿欧克当诱饵。"

我突然发难，似乎并没有怎么冒犯到马多克。

"表面上看好像是那样——"

"因为事实就是那样。"我瞪着他说，想起我最初之所以不想让欧克当至尊王，就是因为不想让马多克做摄政王。

"要是欧拉计划抓住欧克，那我们就能知道她打算何时动手，总比等着她开始行动更好。而要知道她打算何时动手，最好的方法就是制造一个机会。"

"要是我们彻底扼杀这样的机会，而不是制造机会呢？"我说。

马多克摇了摇头。"那不过是米克尔刚才警告过的不切实际的愿望。我已经写信给薇薇安。他们计划一周之内到达这里。"

"欧克不能来这里。"我说，"以前这里就够糟的了，何况是现在？"

"你以为凡间就安全吗？"马多克嘲笑道，"你以为深海王国不能去那里找他？欧克是我儿子，我是精灵国的大将军，我知道怎么履行我的职责。你要是喜欢，可以采取任何措施来保护他，但把其余的事交给我。现在不是打击勇气的时候。"

我咬牙切齿地说："勇气？"

他目不转睛地注视着我。"拿自己的生命去冒险很容易，对不对？跟危险和平共处也很容易。但战略家有时必须让别人冒险，甚至是我们所爱的人。"他意味深长地望了我一眼，也许在提醒我曾给他下毒的事，"为了精灵国的利益。"

但我再次咬住了舌头。当着整个委员会，我不想将这样的谈话继续下去。尤其是因为我也不确定自己对不对。

我需要进一步了解深海王国的计划，我需要尽快这样做。要是除让欧克冒险之外还有别的选择，我就要尽快找出来。

关于至尊王的私人卫队，蓝达林又问了一些问题。马多克想让那些低级宫廷派来更多军队，超出平常的配额。尼瓦尔和米克尔都表示反对。我对他们的话听而不闻，竭力抓住自己的思绪。

会议结束时，一个小侍从给我送来两条消息。一条来自薇薇安，消息送到了王宫，她要我在一天之内去接她、欧克和希瑟来参加塔琳的婚礼——甚至比马多克提到的时间更早。一条来自卡丹，他要我立刻去王座大厅。

我低声咒骂着，起身准备离开。蓝达林忽然抓住我的袖子。

"茱德，"他说，"请允许我给你一个建议。"

不知道我是不是要挨骂了。

"内政大臣不仅仅是国王的传声筒。"他说，"你也是他的双手。要是你不喜欢跟马多克将军共事，那就另找一个大将军，一个以前没有犯过叛国罪的人。"

我知道蓝达林跟马多克在常务会议上常常意见不合，可我从没想过他想剪除马多克的职务。不过，蓝达林并不比马多克更让我信任。

"这是个有趣的想法。"我说，希望我这话听起来不置可否。然后我就溜走了。

我走进王座大厅时，卡丹正懒洋洋地斜靠在王座上，一条长腿搭在王座扶手外面。

睡眼蒙眬的狂欢者还在大厅里纵情享乐，一张张桌子上仍高高地堆着美酒佳肴，空气中弥漫着新翻出的泥土和新泼洒的美酒的味道。我走向王座平台时，看到塔琳睡在一张小地毯上。在她旁边，一个我不认识的皮克西男孩沉睡着，他那大大的蜻蜓翅膀不时颤动一下，似乎他在做噩梦。

洛基坐在王座平台边上冲着乐手们大喊，看上去神志很清醒。

卡丹神情沮丧地换了个姿势，双腿踩到地板上。"这里到底出了什么问题？"

一个下半身长着鹿身的男孩走上前来，我认出他曾在"狩猎者之月"狂欢会上演奏过。他颤声说："请原谅，尊敬的陛下，只是我的里拉琴被人偷了。"

"那我们在这里争论什么？"卡丹说，"一把里拉琴要么在这里，要么不见了，对不对？要是不见了，换一个小提琴手演奏就是。"

"是他偷的。"那男孩指着另一个乐手说，那人的头发好似一团乱草。

卡丹转头看着那个小偷，不耐烦地皱起眉头。

"我有把里拉琴，琴弦是用那些不幸夭折的漂亮凡人的头发做的。"那个头发像乱草的精灵结结巴巴地说，"我花了几十年时间组装它，而且维护它也很费事。我演奏它时，其中蕴藏的凡间的声音就会悲哀地唱歌。它甚至可能把您惹哭，请您恕罪。"

卡丹做了个不耐烦的手势。"你吹完牛了，那这件事的问题究竟出在哪里？我问的不是你的乐器，而是他的。"

头发像乱草的精灵看上去似乎脸红了，他的皮肤变成了一种更深的绿色——我想那其实不是他皮肤的颜色，而是他血液的颜色。"他昨天借了我的琴，"他指着那个半鹿男孩说，"结果他就着迷了，一直弹，一直弹，最后把我的琴弹坏了。我拿他的琴只是作为赔偿，因为虽然他的琴不如我的，可我必须有件乐器来演奏。"

"你应该惩罚他们两个，"洛基说，"因为他们拿这样的小事来麻烦至尊王。"

"怎样？"卡丹转向那个首先声称自己的里拉琴失窃的男孩，"要我提出我的裁决吗？"

"先别，求您了。"半鹿男孩说，耳朵紧张地抽动着，"我弹奏他的里拉琴时，那些头发被他做成琴弦的死人跟我说话了。他们是那把琴的真正主人。我毁了它，就是为了救他们。您看，他们被困在里面了。"

卡丹猛地倒回王座靠背上，脑袋沮丧地后仰着，王冠也给弄歪了。"够了，"他说，"你们两个都是小偷，而且你们两个的手段都不太高明。"

"可您不懂他们受的折磨，他们的尖叫——"半鹿男孩猛地抬手捂住嘴，因为他想起自己是在跟至尊王说话。

"难道你没听说过，美德的回报就是美德本身吗？"卡丹愉快地说，"因为除此之外，美德没有任何回报。"

半鹿男孩的蹄子刨了刨地。

"你偷了里拉琴，结果你的里拉琴也被偷了。"卡丹柔声说，"这看起来甚至称得上公正。"他转向那个头发像乱草的乐手，"这是你自己处理的，所以我只能假定你对这样的安排很满意。可你们两个都惹恼了我。把那把琴给我。"

两个乐手看上去都不高兴，但头发像乱草的乐手走上前来，将他的里拉琴交给一名侍卫。

"你们俩都有机会演奏它，谁演奏得好，琴就归谁，因为艺术比德行或邪恶更重要。"

半鹿男孩开始演奏时，我小心地走上王座平台的台阶。我没想到卡丹对这事这么关心，竟然有耐心听这两个乐手演奏。我无法判断，他是做出了英明的裁决呢，还是他只是个傻瓜。我不由得再次担心起来，也许对于他行为的真实意图，我的解读只是自以为是。

琴声动人心魄，一种麻酥酥的感觉掠过我的周身皮肤，然后一直深入我的骨髓。

"陛下，"我说，"您有事找我？"

"啊，是的。"卡丹那犹如渡鸦翅膀般油亮的黑发垂到一只眼睛前方，"这么说我们开战了？"

一时间，我还以为他是在说我们之间。"没有，"我说，"至少到下个满月之前不会。"

"你不能跟海洋作战。"洛基说，仿佛这是什么至理名言。

卡丹轻笑了一声。"你可以跟任何事物作战。不过，能不能战胜又是另一回事了。对不对，茱德？"

"茱德是个真正的赢家。"洛基说，随即咧嘴一笑。然后看着两个乐手拍了拍手。"够了。换人。"

见卡丹没有反对，半鹿男孩很不情愿地将里拉琴递给头发像乱草的精灵。新的一波琴声穿透了灵境丘，琴声曲调狂野，令我心跳加速。

"你刚才就该走了。"我对洛基说。

洛基咧嘴一笑。"我发觉自己待在这里很舒服。"他说，"你一定没有什么太私人或太机密的事情要跟国王说。"

"可惜你永远也不会知道。走开。现在就走。"我想起蓝达林的建议，想起他的提醒——我拥有权力。我也许有权力，可我依然无法摆脱一个狂欢会总管，哪怕是半个小时，更别提一个多少还是我父亲的大将军了。

"走开。"卡丹对洛基说，"我叫她来不是给你寻开心的。"

"你太不慷慨了。要是你真在乎我，你就会那样做。"洛基说着跳下了王座平台。

"把塔琳送回家去。"我在他身后喊道。要不是因为塔琳，我会在他的脸上狠揍一拳。

"我想他喜欢你这样。"卡丹说，"气得满脸通红。"

"我才不在乎他喜欢什么呢。"我气愤地说。

"你好像对很多东西都不在乎。"他干巴巴地说，从他脸上，我看不出这话的真正用意。

"你让我来做什么？"我问道。

他双腿在王座边上一磕，站起身来。"你，"他指着半鹿男孩说，"你今天运气好，拿着这把里拉琴。你们两个以后千万别再让我看到了。"半鹿男孩向他鞠了一躬，头发像乱草的精灵面露不愉之色。卡丹转向我说："跟我来。"

面对他这种颐指气使的态度，我勉强做到置之不理，跟着他转到王座后面，下了王座平台。那里的石墙上有道小门半掩在常春藤里。我从没来过这里。

卡丹拂开常春藤，我们走了进去。

里面是间小屋，显然是用于亲密的会面或幽会的。四周的墙壁上覆盖着苔藓，上面还有一些发光的小蘑菇，在我们身上投下苍白的光。

屋里有张低矮的长沙发，来人或坐或躺，视情形而定。

我们很久没有单独在一起了。卡丹向我走近一步，我的心咯噔了一下。

他扬起双眉。"我哥哥给我送了封信。"说着从衣兜里拿出来展开：

你要是想保住脑袋，那就来找我一趟。

在你的内政大臣的脖子上拴根绳子。

"那么，"他将信递给我看，"你最近在忙些什么？"

我吁了口气。看来阿莎夫人很快就把我给她的信息传递给了贝尔金，而贝尔金也很快就采取了相应的行动。一个针对我的行动。

"我截留了一些给你的消息。"我承认道。

"也不打算跟我提起，"卡丹直视着我，眼里虽然没有明显的怨恨，但显然也称不上愉快，"就像你没告诉我贝尔金和欧拉的会面，以及妮卡茜娅针对我的计划一样。"

"你看，贝尔金当然想见你。"我试图转移他的注意力，让他不再关注我没有告诉他的事——那样的事还多着呢！"你是他弟弟，他当初还收留过你。只有你有权释放他，而且你也可能会那样做。我想，你要是有心原谅他，随时都可以跟他谈。你不需要他的劝告。"

"那出了什么问题？"卡丹挥舞着那张纸问道，现在听起来真的动了怒，"我怎么会收到这个？"

"我给了他一个消息源，"我说，"这让我有回转的余地。"

"那我该回复一下这封信了？"他问道。

"派人用铁链将他锁来。"我从他手里接过信塞进口袋里，"我想知道，通过一次短短的谈话，他想从你这里得到什么，尤其是在他还不知道你已经注意到了他在跟深海王国勾结的时候。"

卡丹眯起眼睛。这件事最糟的是我刚刚又欺骗他了。欺骗的方式是省略。我的信息来源，现在我能利用的那个人，是他的母亲。可我隐瞒了这个信息。

我以为你想要我自己处理这件事。我想说，我以为应该由我来统治，而你只需要寻欢作乐，所以这件事就该这样处理。

"我怀疑他会试图冲我大嚷大叫，直到我满足他的要求。"卡丹说，"我们可以设法激得他说漏一些秘密。只是有可能，但可能性不大。"

我点了点头，脑子中忽然灵光一闪，想到一步棋，这不得不归功于我做过的那些战略游戏。"妮卡茜娅心里还藏着一些事情没有说出来。让她把那些事都说出来，然后再用那些信息去对付贝尔金。"

"嗯，可是，要是对一个海洋的公主上拇指夹 [1]，我想在政治上不太合适。"

我再次凝视他，凝视着他那柔软的嘴唇和尖尖的颧骨，凝视着他那俊美但残酷的脸庞。"不是拇指夹。是你。你去找妮卡茜娅，去迷住她。"

他的双眉扬了起来。

"噢，别装模作样了，"我说，脑子中的计划已经成形，我虽然憎恨这个计划，可我知道它一定能成功，"我每次见到你，你身边几乎都有美貌的大臣环绕。"

"我是国王。"他说。

"他们早就已经成天围着你转了。"不得不这样解释，我感到很沮丧。他当然注意到了空境人对他的反应。

他做了一个不耐烦的手势。"你是说当初我还是王子的时候？"

"动动脑子。"我说，心下又恼火，又尴尬，"我相信你一定能

---

[1] 拇指夹：旧时的一种刑具。

133

从她嘴里套出一些秘密。她想要你。这事应该不难。"

他的双眉似乎扬得更高了。"你真要我那样做?"

我吸了口气,意识到自己将不得不说服他这样做会有成果,意识到我知道有件事可能会说服他。"那天从密道发弩箭射你亲吻着的那个姑娘的人,就是妮卡茜娅。"我说。

"你是说她当时想射死我?"他问道,"老实说,茱德,你还有多少秘密瞒着我?"

我又想到了他的母亲,可我忍住没说。这样的秘密太多了。"她射的是那个姑娘,不是你。她看到你跟别人一起躺在床上,心生嫉妒,射了两箭。不过她的箭术太差劲儿了。这对你来说虽然不幸,但对其他人来说都是幸事。现在你相信她想要你了吧?"

"我不知道该相信什么。"他说,显然生了气,也许是生妮卡茜娅的气,也许是生我的气,也许是生我们俩的气。

"她本想偷偷去你床上,给你个惊喜。给她她想要的东西,得到我们需要的信息,从而避免一场战争。"

卡丹大步走到我面前,近得我能感受到他的呼吸吹动了我的头发。"你是在命令我吗?"

"不,"我吃了一惊,不敢正视他的眼睛,"当然不是。"

他用手指托起我的下巴,让我仰起头,直视他那黑色的眸子深处,我能看见里面木炭一般滚烫的怒火。"你只是认为我应该这样做。我能做到。我会做好。好吧,茱德。告诉我该怎么做。要是我这样走到她面前,盯着她的眼睛深处,你觉得她会喜欢吗?"

我的整个身体都警觉起来,令人恶心的欲望令我全身充满活力,程度之强又让我感到很难为情。

他知道了。我知道他知道了。

"也许吧。"我说,声音有些颤抖,"你平常怎么做就怎么做。"

"噢，那现在就来吧。"他说，声音中充满了几乎无法抑制的愤怒，"既然你想让我糟蹋自己，那至少让我感受一下你的建议的好处。"

他那戴着戒指的手指滑过我的脸颊，滑过我的嘴唇，最后滑到我的喉咙上。我感到一阵阵眩晕，几乎难以自持。"我该这样抚摩她吗？"他问道，睫毛垂了下来，投下的阴影勾勒出他的面部轮廓，让他那锋利的颧骨看起来犹如荒凉的礁石。

"我不知道。"我说，可我的声音背叛了我。那声音尖利急促，听起来完全不像我。

他将嘴唇凑到我的耳边，亲吻了我的耳朵。他双手拂过我的双肩，我不禁浑身一颤。"那你喜欢这样吗？我该这样引诱她吗？"我能感受到他的嘴唇在我的皮肤上轻声呢喃。"你觉得这样会有作用吗？"

我将指甲抠进掌心的肉里，以免自己不由自主地攻击他。我紧张得浑身颤抖。"是的。"

然后，他的嘴唇贴到了我的嘴唇上，我的嘴唇分开来。我闭上眼睛抵御自己将要做的事。我将手指伸进他的黑色卷发里面反复缠绕。他似乎不是因为生气才亲吻我，他的亲吻很温柔，充满了渴望。

一切都变慢了，变得湿漉漉、火辣辣的。我几乎无法思考了。

这件事曾让我既渴望，又害怕，既然它现在已经发生了，我不知道自己还会不会想要别的东西。

我们跌跌撞撞地退向那张低矮的长沙发，他让我的身子躺在靠垫上，我将他拉到我身上。我从他脸上的表情中看出了自己的表情：既吃惊，又有点儿恐惧。

"再跟我说一遍你在'狩猎者之月'狂欢会上说过的话。"他说着爬到我身上，我们的身体贴在了一起。

"什么？"现在我脑子几乎一片空白。

"说你恨我。"他声音沙哑地说，"告诉我你恨我。"

"我恨你。"我说，但这几个字听起来却像是情话。我说了一遍又一遍。仿佛这是一种祷告，一种魔法，一种抵御自己真实感觉的措施。"我恨你。我恨你。我恨你。"

他更用力地亲吻我。

"我恨你。"我轻声说，将我的话直接送进他的嘴里，"我恨死你了，以至于有时候什么别的都想不到。"

听到这话，他的喉咙里发出一声刺耳的低哼。

他的一只手滑到了我的腹部上，抚摩着我腰腹部位的肌肤。他再次轻吻我，我感觉自己仿佛正从悬崖上坠落下来，正从一座高山上滑落下来。他的每一次触摸都加大了我下滑的冲力，直到最后将我摔得粉身碎骨。

这是我从没有过的感觉。

他开始解我紧身上衣的扣子，我竭力不让身体僵硬，竭力不让他看出我毫无经验。我不想要他停下来。

这就像精灵符给人的感觉。这给人一种邪恶的快感，就像偷偷溜出一栋房子；又给人一种反叛的满足感，就像在偷什么东西。这让我想起自己用匕首刺穿手掌之前的那一刻，我对自己的自我背叛能力感到惊奇。

卡丹抬起身子以便脱去外衣。我也扭动着身子，试图脱掉自己身上的外套。他瞧着我眨了眨眼，仿佛我们之间隔着一片迷雾。"这毫无疑问是个坏主意。"他说，声音中透着不可思议。

"是的。"我对他说，同时踢掉了脚上的靴子。

我穿着长筒袜，可我想不出该如何优雅地脱掉它。当然，我也没去想。我身上缠着乱糟糟的衣物，感觉自己像个傻瓜，我意识到自己可以现在停下来。我可以拿起我的东西离开。可我没有。

他一下就将他那件别着金袖扣的白衬衫从头上扒了下来，动作非常潇洒，露出了身上光滑的皮肤和伤疤。我的双手不住颤抖。他抓住我的手，亲吻着我手上的骨节，神态中透着几分崇敬。

"我有好多谎言想对你说。"他说。

他的指尖掠过我的皮肤，一只手滑到了我的大腿之间，我浑身颤抖，一颗心怦怦乱跳。我学着他的样子，摸索着他马裤上的扣子。他帮着我褪下他的马裤，他的尾巴卷起来贴着腿，然后拧过来卷住我的腿，轻柔得仿佛在我的腿边呢喃。我伸出手来，手指滑过他平坦的腹部。我不让自己的动作显得犹豫，可谁都能看出，我显然没有经验。隔着手掌上的老茧，我感觉到他皮肤滚烫。他的手指灵活异常。

一时间，各种感觉如潮水般涌来，仿佛就要将我淹没了。

他睁开双眼望着我，我满脸绯红，喘息不定。我试图阻止自己发出那些令人尴尬的声音。比起他抚摩我的方式，他这样直直地看着我显得更加亲密。我讨厌他知道接下来该做什么，而我却不知道。我讨厌变得脆弱。我讨厌自己仰起头，露出自己的喉咙。我讨厌自己紧紧抱住他的方式。我的一只手的指甲陷进了他的背里，脑子里思绪纷飞，最后只剩下一个念头：我太喜欢他了，我以前从没这样喜欢过任何一个人。在他对我做过的所有事中，让我这样喜欢他是他目前为止做过的最坏的事。

第十六章

作为一个间谍，作为一个战略家，甚至作为一个人，最难做的一件事就是等待。我想起幽灵给我上过的那些课：他让我手里拿着一张弩坐上几个小时，其间一直要全神贯注，等待最好的射击时机。

因此，胜利多半来自等待。

不过，取得胜利的另一个部分，是在机会到来之际果断射击。释放所有的冲力。

重新回到我的套房，我提醒自己这一点。我没有资格分心。明天，我需要将薇薇安和欧克从凡间接来，我需要想出一个计划，这个计划要比马多克的更好，或者想出一个办法，让马多克的计划对欧克来说更安全。

我集中精力想该对薇薇安说的话，而不是想卡丹。我不想琢磨我们之间发生的事。我不想回想他的肌肉如何伸展，他的皮肤摸起来是什么感觉，他那些轻柔的叹息，以及他的嘴唇滑过我的嘴唇时的感觉。

我当然不想回想，我将自己的舌头咬得多紧才没有发出任何声响。或者我没有经验这事是多么明显，我对我们刚才做过的事都一无所知，更别提我们没有做过的事了。

每次想起这件事，我都尽可能猛烈地将那些记忆推开。一并推开的还有那种巨大的脆弱感，以及那种暴露了自己痛处的感觉。我不知道该怎样做，才能在再次面对卡丹时不像个傻瓜。

要是我不能处理深海王国的问题，不能处理卡丹的问题，那我也许能处理点儿别的事。

我穿上一套深色衣服，一双高筒皮靴，将几把匕首绑到手腕和小腿上，感觉轻松了许多。做体力上的工作对我来说是一种放松。我穿过森林，展开"猫步"，偷偷溜进一座疏于保卫的房子。当房子的主人进屋时，他还没来得及说话，我的匕首就已顶住了他的喉咙。

"洛基，"我甜甜地说，"吃不吃惊？"

洛基转向我，脸上灿烂的笑容凝固了。"我的小花朵，这是怎么回事？"

我大吃一惊，过了片刻，我意识到他把我当成塔琳了。难道他真的分不清我和塔琳吗？

我的心本该沉在一口苦井里，但这个念头却让我高兴起来。

"要是你认为我姐姐会用一把刀顶着你的咽喉的话，那你也许应该推迟婚礼。"我对他说，退后一步，用刀尖指着一把椅子，"过去坐下。"

他正要坐下，我在椅子上踢了一脚，椅子向后滑出，他四仰八叉地摔倒在地。他翻身坐起，对我怒目而视。"真没骑士风度。"他只这么说了一句，但他脸上露出一种以前不曾有过的神情。

恐惧。

五个月来，我一直在努力运用自己一生习得的约束力来忍气吞声。努力假装自己只拥有点滴的权力，拥有一个重要仆人的权力，同时还得牢记自己在掌控局势。这是一种平衡的艺术，让我想起了瓦尔·莫伦说过的关于杂耍的教训。

我已经容忍过洛基的状况不受控制了。

我一脚踏住他的胸口，并稍稍用力，提醒他我要是用力踢，就能踢碎他的骨头。

"我已经对你客气得够久了。我不会再跟你玩语言游戏了，也不会再跟你猜谜了。羞辱至尊王是个很坏的主意，而羞辱我是个可怕的主意。玩弄我姐姐更是愚蠢。你是不是以为我太忙了，没时间报复你？听着，洛基，我想让你明白一点：我会抽时间的。"

洛基的脸变白了。他显然不确定该如何理解现在的我。他知道我曾刺过瓦莱里安一刀，但不知道我杀了瓦莱里安，而且从那以后我一直在杀戮。他完全不知道我先是成了间谍，后来又成了间谍首脑。就连我跟塔琳之间的决斗，他也只是略有耳闻。

"让你做欢笑女王只是个玩笑。"洛基说，从地板上凝视着我，狐狸眼睛里透着一点欢愉的神色，嘴角挂着一丝笑容，仿佛在用意志力影响我，要让我跟他一起笑似的。"好了，茱德，让我起来。难道你真要我相信，你会伤害我吗？"

我装出甜美的声音说："你曾经指责我在玩一个了不起的游戏。你当初是怎么说的？'国王和王子的游戏，女王和王冠的游戏'？可要把这游戏玩好，我必须冷酷无情。"

他挣扎着要爬起来，可我脚上加劲，将匕首换到另一只手里。他不再动了。"你以前一直喜欢故事。"我提醒他，"你说过，你想创造故事的火花。那么，一个女孩杀死她孪生姐姐的未婚夫一定会是个好故事，你说呢？"

他闭上眼睛，伸出空空的双手。"好吧，讲和，茱德。也许我玩得有点过火了。可我说什么也无法相信，你会因为这事杀了我。你姐姐会伤心欲绝的。"

"与其最后成为寡妇，还不如干脆就别当新娘。"我说，但我的脚也离开了他的胸口。他慢慢地爬起身，拍去身上的尘土。他一站起来就在屋子里四处打量起来，仿佛他躺在地上看过自己的庄园之后，起身后反而不大认得出来了。

"你说得对。"我继续说，"我不想伤害你。我们会成为一家人。

你会成为我姐夫，我会成为你的小姨子。让我们做朋友吧。不过，在此之前，你需要为我做三件事。

"首先，别再试图让我难受了。别再试图将我变成你故事中的角色。选择别的目标来编织你的故事。

"其次，不管你跟卡丹之间有什么问题，不管是什么驱使你那样玩弄他，不管是什么让你觉得抢走他的恋人，然后又为了一个凡间女孩抛弃她——就好像你想让卡丹知道，他最珍视的东西对你来说一钱不值——这件事很好玩，忘了它。不管是什么让你决定选我当欢笑女王，用你怀疑卡丹可能拥有的感觉来折磨他，以后别再这样干了。他是至尊王，这样做太危险。"

"是危险，"洛基说，"但也好玩。"

我并没有笑。"当着所有大臣的面羞辱至尊王，大臣们就会散布谣言，他的臣民就会忘记对他的恐惧。用不了多久，那些较小的宫廷就会认为他们可以挑战他的权威。"

洛基试图将那把踢坏的椅子立起来，但他很快就看出那椅子再也立不住了，便将它靠在附近的一张桌子上。"噢，很好，你很生我的气。可你想想，你可以做卡丹的内政大臣，而且你显然用你的屁股、嘴唇和温暖的凡间皮肤迷住了他，但我知道，不论他给了你什么承诺，你内心里还是恨他。你会愿意看到他在他的整个宫廷面前出丑。哎呀，要是你没有穿着破裙子受人嘲笑，而我策划了这件事，你也许已经原谅我对你犯下的所有错误了。"

"你错了。"我说。

他微笑道："骗子。"

"即便我曾经喜欢过你，"我说，"现在也必须结束了。"

他似乎在评估我这话有多重的分量，以及我究竟有多大能力。我确信他以为眼前这个姑娘，还是他当初带回家、亲吻并欺骗过的那个姑娘。他一定在想——也许不是第一次想——我能当上内政大臣是多么幸运！我是怎样弄到精灵国的至尊王冠，从而策划了让我弟弟给卡丹戴上至尊王冠的这出戏呢？

"最后一件事，"我说，"你要对塔琳忠诚。你结了婚后，要是想找其他情人，那在你找的时候，她最好能跟你一起，而且最好能参与其中。要是不能做到参与其中的每个人都觉得好玩，那这事就不要发生。"

洛基瞪大眼睛茫然地望着我。"你是在指责我不在乎你姐姐吗？"他问道。

"要是我真相信你不在乎塔琳，我不会跟你说这些话的。"

他长叹一声。"因为你会直接杀了我吗？"

"要是你玩弄塔琳，马多克会杀了你。我甚至没有机会杀你。"

我将匕首插回剑鞘，径直朝着房门走去。

"你那些不可理喻的家人有一天可能会吃惊地发现，并不是一切都可以用谋杀来解决。"洛基在我身后喊道。

"真要是那样，我们才会吃惊呢。"我大声答道。

第十七章

薇薇安和欧克离开后的五个月里，我只去过凡间两次。一次是去帮着他们布置公寓，一次是去参加希瑟为庆祝薇薇安的生日而举办的酒会。酒会上，我和塔琳尴尬地坐在一张长沙发的边上，吃着奶酪和油渍橄榄。那些上大学的姑娘只允许我们抿几小口希拉葡萄酒，因为我们"年龄太小，没有达到法定的饮酒年龄"。整个晚上我都神经紧张，坐立不安，不知道我不在时，精灵国那边会发生什么麻烦。

马多克送给薇薇安一个礼物，塔琳忠诚地拿着它飞越大海。那是一个装着盐的金碟子，碟子里的盐永远也不会用光。把碟子翻过来，里面的盐又满了。我觉得这是一个令人不安的礼物，但希瑟只是付之一笑，仿佛它只是一种底部有机关的新鲜物件。

她并不相信魔法。

希瑟会对塔琳的婚礼有何反应，谁也猜想不到。我只希望薇薇安至少已经警告过她婚礼上可能发生的一些事。否则，她可能会同时听到这样两条消息：一是美人鱼是真的，二是美人鱼出来抓我们来了。我并不认为"突然听到"是了解这种事情的理想方式。

过了午夜，我和蟑螂乘坐一艘用河边的灯芯草和微风做成的小船渡过大海。小船上还载着几个凡人，他们一直在影子会的巢穴里挖掘新的房间。刚过黄昏，我们就把他们从床上带走，黎明即将到来之时，我们再把他们送回去。他们醒来时，会发现床单上撒满了金币，衣兜里装满了金币。不是精灵金子，精灵金子会像蒲公英的绒毛一样从树叶和石头上被吹走，而是真正的金子——那是一个月的工资，作为他们被拐走一个夜晚的报酬。

你也许会认为我冷酷无情，竟然允许这种事情发生，更别说还是我亲自下的命令了。也许我的确冷酷无情，但那是他们自己同意的交易，即便他们不知道自己是在跟谁做交易。我可以保证，第二天早晨他们醒来时，留给他们的除了那些金币就是疲惫。他们不会记得自己前往精灵国的旅程，我们也不会再次拐走他们。

旅途中，当大海的浪涌和海风推着我们前往目的地时，他们安静地坐在小船上，迷失在自己的梦里。头顶上方，利嘴龙随小船飞行，监视着可能出现的麻烦。我凝视着海浪，心里想着妮卡茜娅，想象着长着蹼的手攀上船舷，海洋人争先恐后地爬上来的情形。

你不能跟海洋作战。洛基曾这样说。我希望他是错的。

靠近岸边时，我爬出小船，走进没到小腿的冰冷海水中，踏上黑色的岩石，然后手脚并用地爬过去。接着，蟑螂在小船上施的魔法消退了，它渐渐变得四分五裂。利嘴龙向东方飞去，去找寻下一批合适的工人。

然后，我和蟑螂将每个凡人送回他们的床上，如果他们的床上还睡着一个爱人，我们在放金子时动作就轻一些，以免惊醒了他们的爱人。我感觉自己就像童话故事里的精灵，能偷偷溜进凡人的家里，喝掉牛奶里的奶油，或者在孩子们的头发里编上魔法发髻。

"这通常是件孤单的事情。"我们结束时，蟑螂对我说，"有你相陪，我感到很愉快。不过从黎明到他们醒来还有几个小时——跟我来吃晚餐吧。"

没错，现在就去接薇薇安、希瑟和欧克还太早了。而且我也的确饿了。这些天我倾向于等到饿极了才吃东西。我感觉自己就像一条蛇，要么快饿死了，要么刚刚吞了一只老鼠。"好啊。"

　　蟑螂建议我们去一家小饭馆。我没有告诉他自己从没去过小饭馆，而是跟着他穿过森林。大马路对面有栋房子，屋里灯火辉煌，闪烁着铬发出的亮光。房子旁边立着一块招牌，表明它二十四小时营业。招牌过去是个巨大的停车场，那里停着几辆大卡车，尽管如此，停车场里并不显得如何拥挤。此时还是凌晨时分，路上几乎没什么车，我们轻松地穿过了大马路。

　　进屋后，我顺从地走进蟑螂选择的雅座。他打了个响指，我们旁边的一个小盒子仿佛活了似的，开始大声播放音乐。我吃了一惊，身子不由得往后一缩，他见状哈哈大笑。

　　一个女招待走到我们桌边，耳朵上夹着一支钢笔，笔帽被咬得体无完肤，就像是电影里的场景。"喝点儿什么？"她说，听上去含混不清，隔了片刻，我才意识到这句话是个问题。

　　"咖啡。"蟑螂说，"黑得就像精灵国至尊王的眼睛。"

　　女招待瞪大眼睛望着他，过了好一会儿，才眨了眨眼，在她的便笺簿上草草写下几个字，然后又抬头望着我。

　　"跟他一样。"我说，不确定他们还有什么别的。

　　女招待离开后，我翻开菜单看里面的图片。原来他们什么都有。有成堆的食物：一堆鸡翅膀，上面浇着油亮油亮的浓汤，旁边还放着几小罐白色调味汁；一堆炸薯块，炸得恰到好处，上面还有爽脆的香肠和鼓着气泡的煎蛋；还有一堆烤饼，比我摊开的手掌还要大，上面涂着黄油和发亮的糖浆。

　　"你知道吗？"蟑螂问道，"你们人类曾一度相信，空境人来把凡间食物里的营养成分带走了。"

　　"是真的吗？"我问道，随即咧嘴一笑。

　　他耸了耸肩。"有些技巧也许已经随着时间消失了。但我承认，凡间的食物里的确包含了大量营养。"

女招待端着两杯热咖啡回来了。我一面捧着杯子暖手，一面看着蟑螂点了炸泡菜、水牛城辣鸡翅、一个汉堡和一杯奶昔。我点了一份蘑菇鸡蛋饼和一种叫作胡椒奶酪的菜品。

我们默默地坐了一会儿。我看着蟑螂撕开几小袋白糖倒进他的杯子。我没有往咖啡里加任何东西。我已经习惯了薇薇安以前常常买给我的那种上面有发泡奶油的咖啡，但我现在喝这种滚烫的苦咖啡能够让我精神振奋，我感到很满意。

黑得就像精灵国至尊王的眼睛。

"那么，"蟑螂说，"你什么时候告诉至尊王他母亲的事？"

"她不想让我告诉他。"我说。

蟑螂皱起眉头。"你在影子会里做了一些改进。你很年轻，很有雄心，也许只有年轻人才有你这样的雄心壮志。我通过三个标准评判你，而且只通过三个标准——你对我们有多公正、你有多能干、你想给这个世界带来什么。"

"那阿莎夫人跟这些有什么关系？"我问道，这时女招待端着我们的食物回来了。"我十分肯定是有关系的。你不会随便问什么问题。"

我的鸡蛋饼十分巨大，仿佛用了整整一个鸡舍的鸡蛋。那些蘑菇的形状完全一样，仿佛是将真正的蘑菇磨碎，然后再用饼干模子做出来似的。它们的味道也完全一样。食物很快就摆了满满一桌，蟑螂的摆在一边，我的摆在另一边。

他咬了一口鸡翅，用他的黑舌头舔了舔嘴唇。"卡丹是影子会的一员，我们可以玩弄这个世界，可我们不能彼此玩弄。隐藏来自贝尔金的消息是一回事。可卡丹母亲——他是不是连他母亲还没死都不知道？"

"你这是在毫无来由地给他的生活增添悲剧。"我说，"我们没有理由相信他不知道。他也不是我们中的一员。他根本就不是间谍。"

蟑螂咬掉鸡骨头上的最后一块软骨，用牙齿咬碎。他吃完了整盘鸡翅后，将盘子推到一边，开始吃炸泡菜。"你跟他做了一个交易，让我训练他，我已经将他置于我的保护之下了。变戏法、扒窃、小魔法，这些他都很擅长。"

我想起卡丹懒洋洋地坐在他套房被烧毁的残骸里，一枚硬币在他修长的手指间滚来滚去的情景。我对蟑螂怒目而视。

他只是哈哈大笑。"别这样看着我，是你跟他做的交易。"

我几乎想不起这件事了，因为我当时只是专注于让卡丹同意为我效劳一年零一天。只要他宣誓效忠于我，我就能让他登上王位。为了达到这个目的，我答应了他很多要求，远远不止同意他学习间谍技术而已。

但想到他遇刺的那天晚上，他玩硬币把戏的那天晚上，我不由得回忆起他躺在我的床上，心醉神迷地凝视着我的眼神，那眼神同样令人心醉，令人不安。

亲吻我，直到我感到恶心。

"他在演戏，对不对？"蟑螂继续说，"因为如果他是精灵国真正的至尊王，是我们将追随他到世界末日的至尊王，而我们却一直在为他治理这个王国，那我们对他就多少有点儿不敬。但如果他是在演戏，那他就当然是间谍，而且比大多数间谍更好。那样他也就是影子会的成员。"

我将滚烫的咖啡一饮而尽。"我们不谈论这个问题。"

"不能在家里谈。"蟑螂说，冲我眨了眨眼。"所以我们才来这里。"

我让卡丹去引诱妮卡茜娅。是的，我想我一直对精灵国的至尊王"有点儿不敬"。蟑螂是对的：面对我的请求，卡丹没有端出至尊王威严的架子。但这并不能成为他受到冒犯的理由。

"好吧。"我让步了。"我会想办法告诉他的。"

蟑螂咧嘴一笑。"这里的食物很好,对不对?有时候我很怀念凡间。但不论是行善还是作恶,我在精灵国的工作都还没有完成。"

"希望是行善。"我说,咬了一口跟鸡蛋饼一起上的土豆泥饼。

蟑螂鼻子里哼了一声,继续吃他的奶昔。他其他的盘子都空了,堆在一边。他端起他的马克杯敬酒。"为好事最终成功干杯!只不过我们得先得到一些好处才行。"

"我想问你件事,"我说,端起我的马克杯跟他的杯子叮地碰了一下。"关于炸弹的事。"

"别让她卷进这件事。"他审视着我说,"要是你能做到,也不要让她参与你针对深海王国的计划。我知道你总是把你的脖子伸出来,好像你喜欢斧子似的。但要是你的断头台旁边非得还有一根脖子,那就选择一根不那么漂亮的脖子。"

"也包括你的?"我问道。

"我的确实好得多。"他赞同道。

"因为你爱她?"我问道。

蟑螂皱着眉望着我。"我爱她?要是我真爱她,你会骗我说选中我的机会更大吗?"

"不——"我刚开口就被他打断了。

"我喜欢聪明的谎言,"他说,站起来将一摞摞银币摆到桌子上,"我甚至喜欢聪明的骗子,这对你有好处。但有些谎言并不值得说。"

我咬住嘴唇,因为我无论说什么,都会泄露炸弹的秘密。

吃完晚餐,我们分了手,我们的口袋里都装着千里光草。我目送蟑螂离开,心里想着他对卡丹的看法。一直以来,我潜意识里都在竭力否认卡丹是精灵国合法的至尊王,以至于我完全忘了问自己,他是否认为自己是至尊王。要是他不这么认为，那是不是意味着他认为自己是我的一个间谍。

我迈开步子，朝着我姐姐的公寓走去。以前，我曾穿着凡间的衣服在购物中心闲逛，模仿人类的行为方式，以免惹人怀疑。但事实证明，穿着紧身上衣和马靴来到缅因州，只不过会引来几道好奇的目光，你不用担心人们会怀疑你来自另一个世界。

也许我是某个中世纪庆祝活动的一部分，我经过的一个女孩时，她就这样问我。几年前她参加过那样的活动，非常喜欢其中的骑马比武项目。她在那里享用了一只很大的火鸡腿，还第一次尝试了蜂蜜酒。

"那酒喝了上头。"我告诉她。她表示赞同。

一个拿着报纸的老爷子看到我后评论说，我一定是在公园里训练莎士比亚的戏剧。几个坐在台阶上的粗人冲我大喊，说万圣节前夜 [1] 在十月份。

毫无疑问，空境人早就懂得了这样一个事实：他们不必欺骗人类，人类会自己欺骗自己。

脑子里想着这句话，我穿过长满了蒲公英的草坪，走上石阶，来到我姐姐的公寓门前。我敲了敲门。

希瑟开了门。她粉红色的头发新染过，显然是为参加塔琳的婚礼准备的。有那么一会儿，她看上去似乎吃了一惊——也许是因为我的穿着，然后面露微笑，将门开大了一些。"嗨！谢谢你愿意开车来。我们的行李基本上都打了包。你的车够大吗？"

---

[1] 万圣节前夜是 10 月 31 日。

"当然。"我撒了个谎，有点儿绝望地环顾厨房，寻找薇薇安。要是我的大姐什么都没有告诉希瑟的话，那她认为事情会如何进展呢？要是她也相信我有一辆车而不是几根千里光草呢？

"茱德！"欧克喊道，从桌旁他的座位上跳了下来。他张开双臂搂住我。"我们能去吗？我们要走了吗？我在学校里给每个人都做了礼物。"

"我们先听听薇薇怎么说。"我对他说，用力抱了抱他。他比我记忆中的样子更结实了。就连他头上的两支小角似乎也长了一些，尽管几个月的时间它们不可能长那么多，不是吗？

希瑟拨开一个开关，咖啡壶轧轧地工作起来。欧克爬上一张椅子，将像糖果一样五颜六色的麦片倒进一个碗里，然后便干吃起来。

我侧身走过去，径直走向另一间屋。屋里摆着希瑟的书桌，桌上堆着许多草图、记号笔和颜料。书桌上方，她的几幅作品用胶带粘在墙上。

除了画漫画，希瑟还在一家复印店兼职，以维持生活。她相信薇薇安也有工作，这可能是谎言，也可能不是。凡间有空境人可做的工作，只不过不是那种你能告诉你人类女友工作。

特别是你从不提起自己不是人类的话。

她们的家具基本都是从停车场大拍卖、遇难船只打捞地和路边淘来的。墙上布满了各种装饰品：有绘着滑稽大眼睛动物的旧碟子；绣着不吉利词语的十字绣；希瑟收集的迪斯科舞曲纪念品，多半是她的作品；还有欧克的蜡笔画。

其中的一幅画里，薇薇安、希瑟和欧克在一起。欧克把画画成了他眼中能看到有样子——希瑟有棕色的皮肤和粉红色的头发，薇薇安有苍白的皮肤和猫眼，他自己的头上长着两支小角。我敢说希瑟一定认为这幅画很可爱——欧克将自己和薇薇安描绘成怎样的怪物啊！但我敢说她认为这是欧克创造力的体现。

事情一定会变得很糟糕。我已经准备好听希瑟冲我大姐大喊大叫了——这是薇薇安自找的。可我不想希瑟伤害欧克的感情。

我在薇薇安的卧室里找到了她，她还在收拾行李。这间屋子比我们成长的那些房间小一些，而且远远没有公寓里的其他屋子整洁。她的衣服扔得到处都是。床头板上挂着几条围巾，床脚板的杆子上套着几个手镯，床底下露出几双鞋子。

我在床上坐下来。"希瑟认为她今天要去哪里？"

薇薇安冲我咧嘴一笑，嘴咧得很开。"你收到了我的消息——看来蛊惑鸟儿做些有用的事终归还是可能的。"

"你不需要我。"我提醒她，"你完全能够变出你们需要的千里光马——这件事我可做不到。"

"希瑟相信我们要去参加我妹妹塔琳的婚礼，我们住在一座岛上（我们确实住在一座岛上），那座岛在缅因海岸对面（我们也确实在缅因海岸对面）。看见没？一句假话也没说。"

我开始理解我为什么会被卷进来了。"她说她想开车去时，你说你妹妹会开车来接你们。"

"哦，她以为那里会有渡船，我既没办法赞同，也没办法反对。"薇薇安诚实地说，那种满不在乎的诚实总是让我又爱又恨。

"那你现在必须告诉她一些更真实的事实。"我说，"或者——我有一个提议。别告诉她。能拖多久就拖多久。别去参加婚礼。"

"马多克说过，你会这样说的。"她皱起眉头对我说。

"这事太危险了——原因很多，很复杂，我知道你也不会关心。"我说，"深海王国的女王想让她女儿嫁给卡丹，她在跟贝尔金合作，贝尔金有自己的打算。她也许在玩弄他，但鉴于她比他还坏，所以这也没有好处。"

"你是对的。"薇薇安说，"可我不在乎。政治真无聊。"

"可欧克有危险。"我说，"马多克想利用他做诱饵。"

"那里总是有危险。"薇薇安说，将一双靴子扔到几件皱皱巴巴的裙子上，"精灵世界就是一个危险的大老鼠夹。但我要是让这一点阻止我们回去，那我怎样才能当面见到我那死心眼儿的父亲？

"更别提我那死心眼儿的妹妹了。我妹妹要保护我们的安全，而我父亲要策划他的阴谋。"薇薇安继续说，"至少他是这样说的。"

我哀叹了一声。这完全是马多克的行事风格：给我安上一个我无法否认的名头，但这符合他的目的。这也完全是薇薇安的行事风格：对我的意见置之不理，还觉得自己更明白该如何做。

你信任的某个人已经背叛你了。

我对薇薇安的信任超过了其他任何人。我如此信任她，以至于把欧克交给她照管，把真相告诉她，把我的计划告诉她。我之所以信任她，是因为她是我的大姐，因为她不喜欢精灵世界。我忽然想到，要是她背叛我，那我就彻底完了。

真希望她别总提醒我，她跟马多克保持着联络。"你信任爸爸？这可是个变化。"

"他不擅长很多事，可他知道如何策划阴谋。"薇薇安说，这话听起来并不怎么令人安心。"好了，跟我说说塔琳。她真的很兴奋吗？"

我该怎么回答呢？"洛基设法当上了狂欢会总管。她不太喜欢他的这新头衔，或者说新行为。我想他这样到处鬼混，部分原因就是想激怒她。"

"听起来真'有趣'啊。"薇薇安说，"继续。"

希瑟端着两杯咖啡走进来。我们住了口。她将咖啡分别递给我和薇薇安。"我不知道你喜欢哪种口味，"她说，"于是我就按薇的口味做了。"

我啜了一口。太甜了。我早晨已经喝了很多咖啡了，可我还是喝了几口。

黑得就像精灵国至尊王的眼睛。

希瑟倚在门上问道："你收拾好了吗？"

"差不多了。"薇薇安瞅了一会儿她的手提箱，又往里面扔了一双雨靴，然后环顾四周，仿佛在想箱子里还能塞进什么东西。

希瑟皱起眉头。"我们只去一周，你要带这么多东西？"

"只有最上面是衣服。"薇薇安说，"下面主要是给塔琳的东西，那些东西在……在岛上很难买到。"

"你觉得我准备的衣服可以吗？"

我理解希瑟的担忧，因为她从没见过我的家人。她以为我们的爸爸很严厉。她什么都不知道。

"当然。"薇薇安说，然后转头看着我，"是件性感的银色长裙。"

"想穿什么就穿什么吧。真的。"我对希瑟说，想到在精灵世界里，你可以穿礼服，穿破衣烂衫，甚至可以什么都不穿。她要面对的问题比穿着可严重得多。

"动作快点儿，不然可能会赶上塞车。"希瑟说完便走了出去。我听见她在另一间屋里跟欧克说话，问他要不要再喝点儿牛奶。

"那么，"薇薇安说，"你刚才说……"

我长叹一声，用我的咖啡杯指了指门口，用眼神示意。

薇薇安摇了摇头。"说吧。一旦我们到了精灵世界，你就不能跟我说这些话了。"

"你都知道了。"我说，"洛基会给塔琳带来痛苦的。可她不想听到这样的话，尤其是不想听我这样说。"

"你们曾经为了他比过一次剑。"薇薇安指出这一点。

"没错。"我说，"我有点儿感情用事。确切说是看上去似乎有

153

点儿感情用事。"

"可你知道我在奇怪什么吗？"她说，合上她的手提箱，坐在箱子上往下压。她抬起一双猫眼望着我，那眼睛跟马多克的一模一样。"你能操纵精灵世界的至尊王服从你，可你却找不到一个办法操纵一个傻瓜，让他给你的姐姐带来快乐。"

这不公平，我想这样说。事实上，我来这里之前做的最后一件事就是威胁洛基，命令他结婚后不要玩弄塔琳——否则就别跟她结婚。不过，薇薇安这话还是令我难以释怀。"这事没有那么简单。"

她叹了口气。"我想什么事都不简单。"

第十八章

我一手牵着欧克，一手拎着他的小手提箱，走下台阶，向着空荡荡的停车场走去。

我回头仰望希瑟。她身后拖着一个袋子，还拿着一把松紧绳，她说要是我们需要将手提箱放到车顶上的行李架上，那些绳子可能会派上用场。我甚至没有告诉她我们没有车。

"那么——"我望着薇薇安说。

薇薇安面露微笑，一只手伸到我面前。我从口袋里掏出那些千里光草递给她。

我简直不敢看希瑟的脸。我转过身去看欧克。他在草丛中采摘有四片叶片的三叶草，毫不费力地找到一大把，将它们做成一束花。

"你们在做什么？"希瑟一脸困惑地问道。

"我们不打算开车去。我们要飞着去。"薇薇安说。

"那我们要去机场吗？"

薇薇安咯咯地笑起来。"你会喜欢这样飞的。我们将骑上会飞的骏马，它们会载着我们到我命令它去们的地方。"

我身后响起一声窒息般的惊呼。接着响起了希瑟的尖叫声。我不由自主地转过身去。

公寓楼前出现了几匹千里光骏马——都是饿鬼似的黄色矮马，长着蕾丝状鬃毛和祖母绿色眼睛，就像陆地上的海马。看到那些杂草变成几匹打着响鼻、喷着鼻息的活物，希瑟用双手捂住了嘴。

"给你个惊喜！"薇薇安说，继续装出一副若无其事的样子。欧克显然一直在期待这个时刻，当即解除了自己的魔咒，露出了头上的两支小角。

"看哪，希瑟！"他说，"我们有魔法。你吃惊吗？"

希瑟望了望欧克，又望了望那些怪异的千里光矮马，然后一屁股坐到了她的手提箱上。"好吧，"她说，"这也许是某种该死的恶作剧，可你们中的一个必须告诉我这到底是怎么回事，否则我就回屋去，把你们都锁在外面。"

欧克顿时泄了气。他满心以为希瑟见了他的样子会很高兴。我伸出一只胳膊搂住他，在他肩膀上捏了捏。"来吧，宝贝儿，"我说，"我们先把行李搬到马背上，那样她们才能跟着来。妈妈和爸爸都盼着见到你呢。"

"我想他们。"他对我说，"也想你。"

我把他抱起来，在他柔软的脸蛋上亲了一下，然后将他放上马背。他从我的肩膀上方望着希瑟。

在我身后，我能听见薇薇安开始跟希瑟解释。"精灵世界是真的。魔法也是真的。看见没？我不是人类，我弟弟也不是。我们要带你去一个魔法岛屿，在那里住一个星期。别害怕。我们并不可怕。"

我从希瑟手里拿走了那些松紧绳，而薇薇安炫耀起了她的尖耳朵和猫眼睛，试图向希瑟解释我们为什么从来都没有透露过一点真相。

毫无疑问，我们的确很可怕。

几小时后，我们已经在奥里安娜的客厅里了。希瑟看上去仍然一脸的困惑和担忧。她在客厅里走来走去，瞪大眼睛看着墙上那些奇怪

的艺术品，以及帷幔上那些编织而成的不祥的甲虫和荆棘图案。

欧克坐在奥里安娜怀里，让她用双臂轻轻搂着自己，仿佛又变回了小宝宝。奥里安娜那苍白的手指摩挲着欧克的头发——她认为那头发太短了，欧克则跟她讲着一个关于学校的、杂乱无章的长故事，跟她讲凡间的星星看上去跟这里的星星有什么不一样，跟她讲花生酱尝起来是什么味道。

这样的情景看了有点儿让人难过，因为跟我和塔琳一样，欧克也不是奥里安娜亲生的，可她显然是欧克的母亲，而与此同时，她坚决拒绝当我们的母亲。

薇薇安将带来的礼物从她的手提箱里拽出来。有几袋咖啡豆，几只小树叶形状的玻璃耳环，还有几罐牛奶焦糖酱。

希瑟走到我面前。"这都是真的。"

"是真的，真是真的。"我肯定地说。

"这些人是小精灵，薇也是小精灵，就像故事里讲的那种，这些真的都是真的吗？"希瑟再次环顾四周，一脸的警惕，仿佛担心一头彩虹独角兽随时都有可能撞破那些石膏和板条冲进来。

"是的。"我说。她看上去似乎有些惊惶，但并不真的生薇薇安的气，这还算好。也许这消息太惊人了，反倒让人忘了生气——至少现在是这样。

或者，也许希瑟心里正暗暗欢喜。也许薇薇安选择这样告诉她是对的，也许只有这样，她才只需几分钟就会感到愉快。我对爱情又知道些什么呢？

"这个地方是……"她突然刹住话头，"欧克是个王子吗？他长着角。而薇的眼睛又是那样。"

"她的猫眼像她父亲。"我说，"这是命运，我确信是这样。"

"听起来他有些可怕。"希瑟说，"你爸爸。抱歉，我是说薇的爸爸。

她说他不是你真正的父亲。"

我吃惊得咧了咧嘴，尽管我确信薇薇安不是这个意思。也许她甚至不是这样说的。

"因为你是人类。"希瑟试图解释一下，"你是人类，对吧？"

我点了点头，从她脸上可以清楚地看出，她放下了心中的一块大石头。她甚至笑了两声。

"人类在精灵世界中生存并不容易。"我告诉她，"跟我来，我想告诉你一些事。"

希瑟试图吸引薇薇安的目光，但薇薇安还坐在小地毯上翻她的手提箱。我看到了更多的小玩意儿，甘草糖，发带，一个用白纸包着的大包裹，包裹上系着一个金色蝴蝶结，包裹较长的一边印着"祝贺你"几个大字。

希瑟不知道还能怎么做，只好跟着我离开了。薇薇安甚至似乎没有注意到。

回到这座自己从小长大的房子，我有一种奇怪的感觉。我心中忽然有一阵冲动，想奔上楼梯，一把推开我原来房间的房门，看看里面还有没有留下任何关于我的痕迹。同时，作为一个间谍，我忍不住又想偷偷溜进马多克的书房，去翻看他的文件。

但我只是来到外面的草坪上，朝着马厩区走去。希瑟深深地吸了口气。耸立在成行的树林上方的几座高塔吸引了她的目光。

我们并肩往前走时，我问道："薇薇跟你讲过这里的规则吗？"

希瑟摇了摇头，显然不明白我在问什么。"规则？"

薇薇安曾为了我无数次违反规则，谁也没有像她那样做过，所以我知道她不在乎那些规则。尽管如此，忽略我和塔琳作为凡人在这里过得多么艰难、我们必须多么小心，以及希瑟在这里的时候应该多么小心，无论如何都让人觉得是一种盲目的任性。

也许是看到我脸上沮丧的神色，同时也想为薇薇安辩护，希瑟说："她要我一直待在她身边，没有她家人的陪同，我不能到处乱走。"

我摇了摇头。"还不够。听着，空境人能对一些东西施魔法，让它们看起来跟真实的样子不同。他们能让你变得神志不清——迷住你，说服你做一些你通常不会考虑的事。还有，这里有一种长生果，也叫精灵果。你只要尝上一口，就会一心想着怎样才能再多吃几口，此外什么也想不起。"

我说话的口气就像是奥里安娜。

希瑟惊恐地望着我，也许她根本不相信我的话。不知我是否说得太多了。我再次尝试跟她解释清楚，这一次语调略微平静一些。"我们在这里处于劣势。空境人青春永驻、长生不死，而且还有魔法。他们并不是都喜欢人类。所以你时刻都不能放松警惕，不要跟任何人做任何交易，身上要带着某些特定的东西——比如花楸果和盐。"

"好的。"她说。

远处的草坪上，我能看见马夫们正在照料两头马多克用作坐骑的巨型蟾蜍。

"你一定要把我的话放在心上。"我说。

"我有两个问题。"她的声音或神态似乎有些异样，我意识到她此刻也许比我当初料想的更加痛苦。"第一，花楸果是什么东西？第二，如果精灵世界真是你说的那样，那你为什么还要在这里生活？"

我张了张嘴，不知道该怎样回答。"这里是我的家。"我最终说。

"不一定非得这样的。"她说，"既然薇能离开，那你也能。正如你所说的，你不是他们中的一员。"

"跟我去厨房吧。"我对她说，转身向马多克的房子走去。

来到厨房里，看到那些大得足以让我和她在里面洗澡的巨型大锅，希瑟惊呆了。她瞪大眼睛望着那些拔了毛的松鸡光溜溜的身体，它们被放在一张案板上，旁边还放着揉好准备做馅饼的生面团。

我走到那些装着药草的玻璃罐前，从一个罐子里倒出一些花楸果。我找出一根用来将填充物缝进母鸡肚子里的粗线，又找出一小块用来包干酪的薄棉布，给她缝了一个花楸果小包。

"把这个小包放进你的口袋里，或者文胸里。"我对她说，"你在这里的时候，一定要随身带着这个小包。"

"这样就能保证我的安全？"希瑟问道。

"能让你更安全。"我说，又给她缝了一袋盐，"不论你吃什么，都要在上面撒上一点儿盐。别忘了。"

"谢谢你。"她抓住我的胳膊迅速捏了捏，"我是说，我觉得这不像是真的。我知道这听起来一定很可笑。我站在你面前。我能闻到药草的味道，还能闻到这些怪异的小鸟身上散发出来的血腥味。要是你用针扎我一下，我会感到痛。可我仍觉得这不是真的。即便这能解释薇为什么有时候那么奇怪，总是逃避一些正常的问题——比如她在哪里上的高中。可是这一切意味着整个世界都颠倒过来了。"

当我在那边——在购物中心里，在希瑟的公寓里——的时候，她和我们之间的差别如此之大，以至于我无法想象希瑟该如何将两者联系起来。"无论你说什么，我听来都不会觉得可笑。"我对她说。

她望着马多克的堡垒，吸进一口傍晚的空气。她的目光中饱含着希望和兴趣。我不安地想起那个口袋里装着石头的女孩，看到希瑟愿意接受自己的世界被完全颠倒，我心中的一块大石终于落了下去。

回到客厅，薇薇安冲我们咧嘴一笑。"茱德带你去大开眼界啦？"

"我给她做了个护身符。"我说，语气清楚地表明，应该做这事的人是她。

"很好。"薇薇安快活地说，因为当事情合她的心意时，略显委屈的语气远远不能刺激到她，"奥里安娜告诉我，你最近不怎么回来了。

你和亲爱的爸爸之间的矛盾听起来相当严重。"

"你知道那件事让他付出了什么代价。"我说。

"留下来吃晚饭吧。"奥里安娜站起来，脸色苍白得像个幽灵，一双红宝石似的眼睛注视着我，"马多克会高兴的。我也会很高兴。"

"我做不到。"我对她说，心里真的感到很遗憾，"我已经在这里逗留太长时间了，不过我会在婚礼上见到你们的。"

"这里的事总是超级激动人心，"薇薇安对希瑟说，"就像史诗。每个人都像刚刚从一首关于谋杀的叙事诗里走出来似的。"

希瑟望着薇薇安，仿佛她也是刚刚从叙事诗里走出来的一样。

"噢，"薇薇安说，又伸手从她的手提箱里拿出一个黏糊糊的包裹，上面系着个黑色蝴蝶结，"你能把这个带给卡丹吗？这是一个'祝贺你成为国王'礼物。"

"他是精灵国的至尊王。"奥里安娜说，"不论你们当初是不是在一起玩，你都不能像小时候那样称呼他了。"

我在原地呆立了好一会儿，没有伸手去接包裹。我知道薇薇安和卡丹是朋友。毕竟，告诉塔琳他有尾巴的人是薇薇安，她是在跟他和他的一位姐姐一起游泳时看见的。

我只是忘记了这回事。

"茱德？"薇薇安问道。

"我想你最好自己给他。"我说。说完便匆匆逃离了我原来的家，在马多克回来之前，在我被对原来的家的怀念之情击垮之前。

我从王座大厅门口经过，看见卡丹坐在一张矮桌旁，脑袋俯向妮卡茜娅的脑袋。我看不见卡丹的脸，但我能看见妮卡茜娅的脸，因为

她忽然仰起头咯咯地笑起来，露出脖子上长长的喉管。她看上去快活得光芒四射，他的垂青就像在她身上打上了一道光，将她的美貌映照得璀璨夺目。

她爱他。意识到这一点，我感到很不自在。她爱他，可她却为洛基背叛了他，然后又因为害怕失去他的爱而惊恐不安。

他的手指沿着她的胳膊一路滑到她的手腕背面，霎时间，那双手触摸我的身体的感觉，在我的记忆里活生生地再现出来。我感到身上一阵燥热，一片红晕飞上我的喉咙，从那里不断蔓延开去。

亲吻我，直到我感到恶心。他这样说过。毋庸置疑，他现在已经饱餐了我的亲吻。毋庸置疑，对于我的亲吻，他现在已经感到恶心了。

我讨厌看到他跟妮卡茜娅在一起。讨厌想到他触摸她的身体。讨厌这是我的计划，所以除了我自己，我无法生任何人的气。

我是个白痴。

痛苦会让你强壮。马多克曾这样告诉我，还让我一次又一次举起我的剑。要适应宝剑的重量。

我逼迫自己别再看了。我去见了瓦西伯，跟他协调将贝尔金带到王宫，让他和卡丹一起见贝尔金的事宜。

然后我前往王宫下面的影子会，听取关于大臣们的信息。我还听到了一些关于马多克的传闻。据说他在操练他的军队，准备跟深海王国开战，而我仍然希望能避免这场战争。我将两个间谍派往两个我指定的低级宫廷，看他们能打听到什么消息。精灵常常从凡间偷来一些婴儿抚养成人，这两个宫廷里这样的成员数量最多，他们都未曾向至尊王冠立誓。我跟炸弹谈起格瑞森给妮卡茜娅做了一根四周镶嵌着珠宝的胸针，它能让妮卡茜娅后背长出薄如蝉翼的翅膀，从而飞起来。

"你认为他想要什么？"我问道。

"赞美，奉承。"炸弹说，"也许为了找到一个新恩主。也许他不会介意得到一个吻。"

"你觉得他是对妮卡茜娅本人感兴趣呢，还是因为欧拉的缘故？"我问道。

炸弹耸了耸肩。"他对妮卡茜娅的美貌和欧拉的权力都感兴趣。格瑞森曾跟随第一任沃尔德王流亡。所以我相信他要再宣誓效忠谁时，会对自己要效忠的君主非常确定。"

"要么就是，他再也不想宣誓效忠谁了。"我说。

我决定去拜访他一趟。

格瑞森选择住在卡丹赏给他的那个旧熔炉房里，那儿同时也是他的工作场所，尽管那里到处爬满了蔷薇，也没有得到很好的修缮。

我走近旧熔炉房时，看见一缕淡淡的青烟从烟囱里袅袅升起。我在门上敲了三下，等着人来应门。

过了片刻，他来开了门。屋里涌出一股炙热的气浪，我不由得退了一步。

"我认识你。"他说。

"欢笑女王。"我主动承认。

他晃动着脑袋哈哈大笑。"我认识你的人类父亲。有一次他为我做了一把匕首，大老远地跑去精灵羊圈问我认为那匕首怎样。"

"那您认为它怎样？"我问道，不知道那时候贾斯汀是不是还没有去精灵国，还没有认识我母亲。

"他真的很有天赋。我告诉他，要是他练习五十年，他可能会造出凡人能造出的最伟大的宝剑；要是他练习一百年，他可能会造出任何人都不能造出的最好的宝剑。但他听了还是不满意。于是我告诉他，我将透露给他一个我的秘密，那样他就能在一天之内学会只有练习一百年才能掌握的技巧，但有两个条件：一是他必须跟我做个交易；二是他要甘愿失去他不想失去的东西。"

"他跟您做交易了？"我问道。

铁匠看上去似乎很开心。"噢，你想知道吗？那进来吧。"

我叹了口气，走了进去。屋里热得几乎令人无法忍受，金属散发出的恶臭熏得我失去了所有感觉。在这间昏暗的屋子里，能看到的最多的东西就是火。我的手伸向了袖子里的匕首。

谢天谢地，他领着我穿过熔炉房，走进了这座房子的居住区。这里十分凌乱，所有的平面上都散乱地放着漂亮璀璨的东西——宝石、珠宝、宝剑，以及其他装饰品。他拖出一张小木椅给我坐，自己则坐到一张低矮的长凳上。

格瑞森面皮粗糙，容色憔悴，一头银发根根竖起，仿佛他工作时一直在拉扯头发。他今天没有穿他那件缀着珠宝的外套，而是穿着件沾了炉灰的灰衬衫，外面套着件破旧的皮罩衫。两只巨大的尖耳朵上挂着七只沉甸甸的金耳环。

"什么风把你吹到我的熔炉房来的？"他问道。

"我希望为我姐姐准备一件礼物。她过几天就要结婚了。"

"那么，你是想要某种特别的东西了？"他说。

"我知道您是一位大名鼎鼎的铁匠，"我对他说，"所以我想您大概不再卖您的手工艺品了。"

"不管名气多大，我毕竟还是商人。"他说着将手放到心脏上方。听到我的奉承，他看上去似乎很高兴。"不过我不再把我的东西拿去卖钱倒是真的。我只接受以物易物。"

我早该想到这事不简单。但我仍冲他眨眨眼，装出一副天真无邪的样子。"那我能给您什么您没有的东西呢？"

"我们来找找看。"他说，"跟我说说你姐姐。他们是爱情的结合吗？"

"当然是。"我说。仔细想了想，又补充道："因为里面没有任何利益牵扯。"

格瑞森扬起双眉。"好，我明白了。你姐姐像你吗？"

"我们是孪生姐妹。"我说。

"那就来两颗蓝宝石，代表你们两个。"他说，"要么就来一串眼泪项链，那样她就不必哭了？或者一根牙齿别针，用来咬讨厌的丈夫？不行。"他起身走到小屋另一边拿起一枚戒指。"这个呢？它能带来一个孩子。"看到我的脸色后，他拿起一副耳环，一只呈新月形，另一只呈星形，"啊，是了。在这里。这是你想要的。"

"它们有什么用？"我问道。

他笑了起来。"它们很漂亮——难道这还不够吗？"

我怀疑地瞅着他。"够。不过既然做工这么精致，我敢说它们不只是漂亮而已。"

他听了似乎很高兴。"聪明的姑娘。它们不仅仅漂亮，而且能为容颜增色。它们能使人比本来的样子更可爱——可爱得让人难受。在相当一段时间内，她丈夫不会离开她的身边。"

铁匠的脸上露出挑衅的神色。他相信我出于私心，不会送我姐姐这样的礼物。

他深知人类的心是多么自私。塔琳会是个漂亮的新娘。作为她的孪生妹妹，我能在多大程度上将自己置身于她光彩的阴影中呢？我能忍受她可爱到什么程度呢？

可是，对一个有幸嫁给空境人中的美男子的人类女孩来说，还有

165

什么礼物比这更好呢？

"这副耳环需要什么来交换？"我问道。

"噢，随便几样小东西。你一年的寿命，你秀发的光泽，你大笑的声音。"

"我大笑起来可不怎么好听。"

"也许不好听，可我敢说很稀有。"他说。我奇怪他怎么会知道我很少放声大笑。

"我的眼泪怎样？"我问道，"你可以另做一串项链。"

格瑞森注视着我，仿佛在估计我哭的有多频繁。"只要一滴就行了。"他最终说，"你还要替我向至尊王带去一个提议。"

"哪种提议？"我反问道。

"听说深海王国威胁了陆地。告诉你的国王，要是他宣战，我会为他做一件冰铠甲，它会让任何击打它的宝剑都变得粉碎，还会让他的心冷得感觉不到怜悯。告诉他我会为他铸造三把宝剑，这三把宝剑若是一齐使用，将具有三十个士兵的力量。"

我大吃一惊。"我会告诉他，可你为什么想要这样？"

他扮了个鬼脸，拿出一块布擦起了那两只耳环。"我得重新让自己声名远扬，我的女士，而不仅仅是当个制造小玩意儿的小铁匠。想当初，国王和女王们都来乞求我给他们造东西。想当初，我铸造王冠和宝剑来改变这个世界。至尊王有能力恢复我的名声，而我有能力增加他的权力。"

"要是他喜欢世界这个样子呢？"我问道，"我是说维持现状。"

格瑞森轻笑了一声。"那我会给你做个小玻璃杯，它可以延长时间。"

他用一根长长的虹吸管从我眼角吸走了一滴眼泪。然后我就离开了，手里拿着塔琳的耳环，心中装着更多问题。

回到我的套房里，我将两只耳环举到我的耳朵上。即便是在镜子里，它们也让我的眼睛看起来泪光莹然、眼波盈盈。我的双唇似乎更红了，我的皮肤泛着微光，仿佛刚刚出浴一般。

在将它们据为己有之前，我赶紧将它们包了起来。

第十九章

这天晚上剩下的时间，我待在影子会里筹划如何保证欧克的安全。欧克曾在附近的海域中玩耍过，要是他禁不住诱惑，想再到那里去玩，我可以安排一些长翅膀的侍卫在空中保护他，以便及时将他从海里带到空中。我也可以安排一个间谍扮作保姆，让她随时跟着他，照顾他，试吃他要吃的任何东西。我还可以安排弓箭手隐藏在森林里，箭尖随时瞄准任何太靠近我弟弟的人。

我正在竭力猜测欧拉可能采取的行动，以及如何第一时间得知她的行动，门外响起了敲门声。

"谁呀？"我喊了一声，卡丹随即推门走了进来。

我吃了一惊，猛地站起来。我没想到他会到这里来。可他的确来了，虽然一身华服，却衣衫不整、双唇微肿、头发凌乱。他看上去仿佛刚刚从床上爬起来，而且不是从他自己的床上爬起来。

他将一个卷轴扔到我的书桌上。

"怎么了？"我问道，我的声音像我希望的那样冷淡。

"你果然是对的。"他说，听起来像是在指责我。

"什么？"我问道。

他靠在门框上答道："妮卡茜娅把她的秘密说出来了。只花费了我一丁点儿哄人的耐心和几个吻。"

我们的目光相遇了。要是我移开目光，那他就会知道我心中感到难为情，不过我担心他无论如何都会知道。我感到双颊发烧。不知道是否以后每次见到他，我都会想起自己触摸他的身体的感觉。

"欧拉会在洛基和你姐姐的婚礼上采取行动。"

我坐回椅子里，望着面前摆着的所有便条。"你确定？"

卡丹点了点头。"妮卡茜娅说，由于人类的力量在不断增长，所以陆地和海洋应该联合起来。而且它们会联合起来，不管是以她希望的方式，还是以我害怕的方式。"

"听上去像个不祥的预兆。"我说。

"看上去，我就像有种奇特的品位，喜欢威胁我的女人。"

我不知该如何回答，于是便告诉他，格瑞森主动提出给他锻造铠甲和宝剑，以便让他取得胜利。"条件是你愿意跟深海王国作战。"

"他想要我展开一场战争，好恢复他昔日的荣光？"卡丹问道。

"非常想。"我说。

"嗯，这就是野心。"卡丹说，"到时候世上可能只留下一片平原和几棵燃烧着的松树，到时候，仅剩四个空境人挤在一起，待在一个潮湿的岩洞里。他们肯定已经听说了格瑞森的大名，一定会敬仰这个焦点人物。我想你没有告诉他，宣战是你的责任，不是我的。"

如果他是精灵国真正的至尊王，是我们将追随他到世界末日的至尊王，而我们却一直在为他治理这个王国，那我们对他就多少有点儿不敬。但如果他是在演戏，那他就当然是间谍，而且比大多数间谍更好。

"当然没有。"我说。

接着是一阵沉默。

卡丹上前一步。"那天晚上——"

我赶忙打断他。"我那样做的原因跟你一样。我要将那件事从我的脑海里清除出去。"

"是吗？"他问道，"你要将它从你的脑海里清除出去？"

我直视着他的脸，撒了个谎。"是的。"

要是他过来触摸我，哪怕是再上前一步，我的谎言立刻就会被戳穿。我觉得自己可能很难不让脸上露出渴望的神色。不过，令我宽慰的是，卡丹抿着嘴点了点头，随即离开了。

隔壁房间里，我听见蟑螂大声呼唤他，主动提出教他一个把戏：让一张扑克牌飘浮在空中。我听见卡丹哈哈大笑。

我忽然想到，也许欲望这种东西并不适合过度享用。也许它跟抗毒性没有什么分别，也许是我已经服用了足以致命的剂量，而我本该让自己慢慢中毒——一次一个吻。

发现马多克在王宫的战略室里，我并没有感到吃惊，但我却让他吃了一惊，因为他还没有习惯我的"猫步"。

"父亲。"我说。

"我以前常想，我多希望你能这样叫我。"他说，"但事实证明，你这样做之后，几乎很少有好事。"

"完全不是这样。"我说，"我是来告诉你，你是对的。虽然我讨厌让欧克身处险境，但要是我们能确定深海王国发动攻击的时间，制订应对之策，那样欧克会更安全。"

"你一直在计划他在这里的时候如何保护他，"马多克咧嘴一笑，露出他的尖牙，"但你很难预防所有的危险。"

"那也是不可能的。"我叹了口气，往屋里走了几步，"所以我才会出现在战略板上。让我帮着误导深海王国，我有资源。"马多克当将军已经很长时间了。他策划了谋杀达因的阴谋，而且逃过了惩罚。他在这方面比我强得多。

"要是你只想阻碍我呢？"他问道，"你不能指望我凭空相信你这次说的是真心话。"

尽管马多克完全有理由不信任我，但这话还是让我很难过。假如在我目睹那场加冕礼大屠杀之前，他就把他打算让欧克登上王位的计划告诉我，不知道现在会是什么样子？假如他当初信任我，让我参与他的计划，不知道我是否早已将我的那些疑虑抛到了脑后？我不太想想到这种可能，但这种可能毕竟存在。

"我不会拿我弟弟去冒险。"我说，一半是回答他，一半是回答我内心的恐惧。

"噢？"他问道，"甚至不会让他冒险摆脱我的控制？"

这问题是我必须要面对。"您说过想让我回到您这一边来。现在您有机会让我看看，跟您合作是什么样子。您能说服我。"

我控制王位的时候，我们不可能真正处于同一边，但也许我们可以合作。也许马多克能将他的野心用在打败深海王国上，从而忘记争夺王位的事，也许至少能在欧克成年之前这样。到那时，情势起码会有所不同。

马多克指着那张上面放着精灵国三座岛屿的地图和那些木雕小人的桌子说："还有一个星期欧拉就要发动攻击了，除非她打算趁欧克离开后在凡间设个陷阱。你在薇薇安的公寓周围安排了守卫——他们不是军人，看起来不像骑士，这很聪明。但没有什么事情绝对正确，也没有谁会绝对正确。我认为要引诱深海王国出击，对我们最有利的一点在于——"

"深海王国会在塔琳的婚礼上采取行动。"

"什么？"他眯起眼睛看着我，仿佛在评估我这消息是否可靠，"你是怎么知道的？"

"从妮卡茜娅那里得来的。"我说，"要是我们动作快些，我想我能进一步缩小范围。我有办法给贝尔金送去消息——他会相信的那种。"

马多克的双眉扬了起来。

我点了点头。"一个囚犯。我已经通过她成功地给他送去了信息。"

他转过身去，在一个玻璃杯中给自己倒了一指宽的深色液体，然后重重地坐回一张皮椅子里。"这些就是你刚才提到的资源？"

"我并不是空着手来的。"我说，"难道您不因为决定信任我，而至少感到一点愉快吗？"

"我可以说，是你最终决定信任我，而不是我决定信任你。下面就要看我们能合作得多好了。我们还有很多计划可以合作。"

比如夺取王位。"一个计划，一次灾难。"我提醒他。

"他知道吗？"马多克问道，随即咧嘴一笑，虽然有点吓人，但仍然像个父亲，"你替他将他的王国治理得多好，我们的至尊王有一丁点儿概念吗？"

"继续希望他不知道吧。"我说，听人谈起卡丹或我们的约定的时候，我想尽量装出一副轻松自信的样子。

马多克哈哈大笑。"噢，我会的，女儿，就像我也希望你能意识到一点：若你是在为你自己的家庭治理这个国家，那会比现状好得多。"

第二天，卡丹接见了贝尔金。我的间谍们告诉我，昨晚卡丹独自一人待在他的套房里——没有放纵的派对，没有醉酒的狂欢，也没有里拉琴的演奏。我不知道该如何理解他的异常。

虽然贝尔金被领进王座大厅时戴着脚镣手铐，但他是昂首挺胸地走进来的。他身上的衣服对遗忘之塔里的囚犯来说也太华贵了。他是在炫耀他获得奢侈品的能力，炫耀他的傲慢，仿佛这样会让卡丹敬畏，而不是将惹恼他似的。

至于卡丹，他看起来特别令人生畏。他穿着一件好似缀着苔藓的天鹅绒外套，上面布满了闪亮的金线刺绣，格瑞森献给他的耳环在他的耳垂上晃荡着，随着他头部的转动反射着亮光。今天王座大厅里没有狂欢者，但也不是空荡荡的。蓝达林和尼瓦尔站在王座平台一边，不远处还有三个侍卫。我站在王座平台另一边，靠近一片阴影。附近有几个仆人伺候着，随时准备根据至尊王的喜好斟酒或弹奏竖琴。

就在贝尔金被带上楼梯，从遗忘之塔来这里见卡丹时，我安排瓦西伯去找阿莎夫人，给她送去一张短笺。

短笺上写着：

我仔细考虑了你的请求，在此与你商议。我有一个办法能让你离开因斯维尔岛，我姐姐的婚礼一结束就送你走。由于飞行会让我的弟弟身体不适，为了他的安全着想，我们会让他坐船回去。你也可以跟他们一起离开，这件事不会让至尊王知道，因为毫无疑问，这得是一趟秘密旅行。要是你同意这个安排，给我写张短笺答复，等我们再次见面的时候，讨论我的过去和你的将来。——茱

等贝尔金回到他的囚室后，阿莎夫人也可能只字不提这件事。但由于她已经给他传递过信息，而且我们无疑会让他看见她收到这张短笺，我确信他不会相信阿莎夫人说里面什么秘密也没有，尤其是作为精灵，她不能直截了当地撒谎，所以回答他的盘问时一定会躲躲闪闪，含糊其词。

"小弟弟。"贝尔金说，没有等卡丹承认他这个兄长。他手腕上戴着手铐，手铐之间连着铁链，但瞧他那副满不在乎的样子，仿佛它

们只是手镯，仿佛它们只是抬高了他的地位，而不是表明他是个囚犯。

"你曾请求面见至尊王冠，对吧？"卡丹说。

"不是的，兄弟，我想跟你谈谈，而不是你头上那个装饰品。"贝尔金答道。话里透着狡猾和不敬，我不禁纳闷：他最初为什么想见卡丹？

我想起了马多克，在他面前，我永远是个孩子。评判将你抚养长大的人并不是件容易的事，不论他做过什么。贝尔金和卡丹之间的这种对抗跟此刻关系不大，更多是关系到他们共同拥有的漫长过去，关系到他们手足之间曾经的恩怨情仇。

"你想要什么？"卡丹问道，声音仍旧很温和，完全没有他平常那种颇不耐烦的威严。

"囚犯还想要什么？"贝尔金说，"让我离开遗忘之塔。你要是想成功，就需要我的帮助。"

"要是你费尽心机来见我只是想说这话，那你就白费力气了。不，我不会释放你。不，我不需要你。"卡丹说，听起来很肯定。

贝尔金面露微笑。"你把我关起来，是因为你怕我。毕竟，你对埃尔德雷德的憎恨超过了我。而且你鄙视达因。你怎能因为我杀了你觉得死不足惜的人而惩罚我？"

卡丹难以置信地望着贝尔金，在王座里坐直了身体。他握紧双拳，脸上的表情就像是忘了自己身在何处。"那埃乐温呢？卡莉亚和睿雅呢？要是我只在乎自己的感情，那她们的死已足以让我向你复仇了。她们是我们的姐妹，作为统治者，她们会做得比你和我都要好。"

我本以为贝尔金听了这话会退让，可他没有，相反，他的嘴角露出了一丝狡诈的笑容。"她们当初有没有替你求情？你亲爱的姐姐们当初有没有一个愿意收留你？她们既然没有为了你反对父亲，你怎么能认为她们关心你？"

有那么一会儿，我以为卡丹会冲过去揍贝尔金。我的手伸向我的佩剑剑柄。我会冲在前面。我会跟他战斗。我会乐于跟贝尔金战斗。

可是，卡丹没有冲过去，而是重重地靠回王座椅背上。他脸上的怒气消散了。他接下来说的话，就仿佛他没有听见贝尔金说了什么。"你被关起来并不是因为我怕你，也不是因为我要报仇。我没有从你受惩罚中得到快乐。你被关在遗忘之塔里，因为这是正义的裁决。"

"你无法独自承担至尊王的重任。"贝尔金说，环顾了一圈王座大厅，"你从来都不喜欢工作，从来都不喜欢奉承外交使节，也不喜欢为了履行职责而放弃享乐。把困难的任务交给我，而不是交给某个你心存感激却只会让你失望的凡间女孩。"

尼瓦尔、蓝达林和几个侍卫的目光转向我，但卡丹仍旧望着他的兄长。过了良久，他说："你会做我的摄政王，尽管我已经成年？你并不是作为一个悔罪者来见我，而是把我当成一条你可以呼来喝去的流浪狗。"

终于，贝尔金看上去有些不安了。"虽然过去我有时对你是严厉了些，但那是因为我想让你变得更优秀。难道你认为要是你懒惰成性、自我放纵，还能在这里当统治者，取得成功？没有我，你现在一无是处。没有我，你将来也一无是处。"

贝尔金竟然能相信这些不是谎言，从容地将它说出来，真是令人震惊。

至于卡丹，他脸上露出淡淡的笑容，隔了片刻，他轻言细语地说："你威胁我，又赞美自己，还暴露了你的欲望。在你说了刚才那番话之后，即便我会考虑你的提议，我也确信你根本算不上外交家。"

贝尔金勃然大怒，向王座跨出一步，侍卫们冲上来挡在至尊王前面。我能看见贝尔金身上想要惩罚卡丹的强烈冲动。

"你只是在玩当国王的游戏。"贝尔金说，"要是你不明白这一点，那世上只有你一个人不明白。尽管把我送回牢房里，失去我的帮助，失去整个王国吧。"

"我会选，"卡丹说，"第二个选项，但这跟你没关系。这是我自己做出的决定。"他转向瓦西伯说："这次见面结束了。"

当瓦西伯和别的侍卫走上前来押送贝尔金回遗忘之塔时，他的目光转向了我。在他眼里，我看见了一口仇恨的深井，这口井那么深，以至于我们要是不够小心，那么整个精灵国恐怕都会被它吞噬。

距我姐姐的婚礼还有两天了，这天晚上，我站在套房那面全身穿衣镜前，缓缓抽出我的"暗黑剑"。我一招一式地练习起来，有马多克教我的招式，也有我在影子会里学会的招式。

然后我举起剑，向我的对手致意。向镜中的她致意。

我在地板上忽进忽退，跟她作战。我出击，格挡，格挡，出击。我虚晃一招。我闪身躲避。我注视着她额头上冒出的汗珠。我不停地跟她战斗，直到汗水湿透了她的衬衫，直到她累得不住地颤抖。

但这还不够。

我永远也无法打败她。

第二十章

针对欧拉的陷阱已经设下了。我花了一天时间，跟马多克一起仔细研究各个细节。我们预测了深海王国可能会发动攻击的三个具体时间和地点，有针对性地做了安排。我们对自己的计划有信心。

那艘小船显然是一个可能受到攻击的目标。一个淘气精灵会穿上斗篷，假扮成欧克坐在船上。我们还会对小船施能让它飞起来的魔法。

另一个陷阱安排在那之前。塔琳接待宾客的过程中，欧克会有一段时间独自一人到处闲逛。他会走进洛基家的树篱迷宫。迷宫中的一部分绿色植物会替换成树人，他们要伪装起来不让人发现，需要出击的时候再现身。

还有一个陷阱设在更早之前。我们一家人乘马车到洛基的庄园参加婚礼时，欧克看上去似乎会走出马车，并站在一块从海洋也能够看到的开阔地上。这个"欧克"也是我们安排的一个诱饵。当其余的家人走出马车时，我要跟真正的欧克一起继续待在马车里。我们希望那时深海王国会发动攻击。之后，马车会绕到洛基宅邸的后面，我和欧克会从一扇窗子爬进去。这期间，海边的树上会藏满光精灵，它们时刻监视着海边，能及时发现深海王国的人。我们已经在沙滩下面埋了一张大网，敌人在那里登陆定会落入其中。

深海王国只要企图伤害欧克，我们就有三次机会抓住他们，三次机会让他们后悔做出尝试。

　　我们也没有忽略对卡丹的保护。他的私人卫队将保持高度警戒。他还有自己的弓箭手护卫队，他们会隐藏着在他附近密切监视，目光跟随他的每一个动作。当然，还有我们的间谍。

　　由于塔琳想跟我和薇薇安共度婚礼前夜，于是我将一件长裙和要给她的耳环放进一个帆布包里，将帆布包拴在上次前往因斯维尔岛时骑的那匹马背上。我又将暗黑剑横绑在一个鞍囊上，然后，就骑上马前往马多克的庄园了。

　　这是一个美丽的夜晚。林中晚风习习，飘荡着松针和长生果的清香。隐约有阵阵蹄声自远处传来。狐狸们发出古怪的尖叫声，彼此呼唤着。一阵阵笛声颤悠悠地从某个更远的地方传来，随之而来的还有美人鱼在岩石上唱出的高亢的、没有歌词的歌声。

　　接着，蹄声骤然清晰了。转眼间，林中奔出几个骑手。他们共有七人，胯下的马匹瘦骨嶙峋、目似珍珠。他们都蒙着面，身上的铠甲溅着白色油漆。他们突然散开，哈哈大笑着从不同角度一齐向我奔来。一时间，我以为他们一定是搞错了。

　　一个骑手抽出一柄斧子，斧刃在上弦月的映照下闪着寒光，我登时感觉血液中泛起一阵寒意。不，他们没有搞错。他们是来杀我的。

　　我的马上作战经验有限。我曾以为自己会成为精灵国的一名骑士，保卫某位王室成员的生命和荣誉，而不是像马多克一样冲向战场。

　　现在，当他们奔近我时，我想的是谁会察觉到我的这一弱点。马多克当然知道。也许这是他回报我的背叛的方式。也许他说信任我只是个诡计。毕竟他知道我今晚要去他的堡垒。今天下午，我们还在一起策划了几个类似的陷阱。

　　我后悔地想起了蟑螂的警告：下次带上一个皇家侍卫。带上我们中的一个。带上一群光精灵，或者一个喝醉的矮人。反正带上个人。

可现在我只有孤身一人。

我催马急奔。要是我能逃出树林，逃到离马多克的房子足够近的地方，我就安全了。那里有守卫。不论这些骑手是不是马多克派来的，他都不会让他的客人在他的领地上遇害，更别说是受他监护的人了。

按照精灵国的礼节，他不能那样做。

我要做的只是逃到他的房子附近。

伴随着身后雷鸣般的蹄声，我飞似的骑马穿过树林。我回头望去，脸上强风劲疾，我的头发被刮进了嘴里。他们远远地散开，试图绕到我前方，将我赶离马多克的房子，赶向海边，那里一片开阔，无处藏身。

他们距我越来越近了。我能听见他们彼此呼喊，但他们的话语也被风吹散了。我的马跑得很快，但他们的马如流水一般穿过夜色。我回头张望时，看见一个骑手抽出一张弓和几支黑头箭。

我拐向一边，却发现另一个骑手截断了我的路线。

他们穿着盔甲，手里拿着武器，可我只有身上绑着的几把匕首，身后鞍囊上绑着的暗黑剑，以及装在鞍囊里的一张小弩。小时候，我在这些树林里走过几百次，从没想过会需要穿上盔甲在这里作战。

"嗖"的一声，一支箭从我身旁飞过。与此同时，另一个骑手挥舞着手里的剑追了上来。

我没有办法摆脱他们。

我在马镫上站起来——我不确定这个计策会不会管用——然后抓住了经过的下一根大树枝。一匹白眼睛骏马亮出牙齿，咬向我坐骑的肋骨部位。我那可怜的坐骑长声悲嘶，跃到空中。一个骑手挥舞着长剑向我砍来，借着月光，我看清了他那琥珀色的眼睛。

我双臂用力，身体猛地向上一蹿，攀上了树枝。一时间，我只是紧紧抓住树枝大口喘气，与此同时，几个骑手从我下方奔了过去。他们掉转马头奔回来。一个骑手拿出个酒壶喝了一大口，在嘴唇上留下

179

了一道金色污渍。

"小猫上树了。"另一个骑手喊道，"下来找狐狸爸爸！"

我站起身，一边沿着树枝跑，一边回想幽灵的教导。三个骑手在树下绕着圈子。突然，寒光一闪，一柄斧子向我飞来。我矮身躲过，竭力不让脚下打滑。那斧子转着圈从我身旁掠过，砍进了树干里。

"还不错。"我喊道，竭力不让自己的声音露出恐惧。我必须爬得更高一些。可是然后呢？我无法跟他们七个战斗。就算我想，我的剑还绑在我的马上呢。我只有身上的几把匕首。

"下来，人类女孩。"一个银色眼睛的骑士说。

"我们听说你很残忍，还听说你很凶猛。"另一个骑手说，声音低沉悦耳，听上去似乎是个女人，"别让我们失望啊。"

第三个骑士在弓上搭上一支黑头箭。

"既然你们说我是猫，那就让我在你们身上挠一下吧。"我说，从身子两侧抽出两把树叶形状的匕首，奋力掷了出去。匕首向他们飞去，在夜色中划出两道闪亮的弧线。

一把错过了目标，另一把只击中了那骑手的铠甲，但我希望这足以分散他们的注意力，好让我从树干上拽出那柄斧子。然后我移动起来，从一根树枝跳到另一根树枝，躲过了不断向我射来的羽箭，心中暗暗感激幽灵教我的一切。

突然，一支羽箭射中了我的大腿。

我忍不住一声惨呼。惊骇之余，我继续移动起来，但速度变慢了。又一支羽箭贴着我的身体飞过去，幸亏我运气好。

他们能看得很清楚，即便是在黑暗中。他们能看得比我清楚得多。

那些骑手占尽了优势。此刻我置身于树上，只要我藏得够好，我对他们来说就是个稍微有些棘手的目标。不过，尽管棘手，但却是个有趣的活靶子。而且，随着我的身体越来越疲惫，流血越来越多，伤口越来越痛，我的动作就会越来越慢。要是不能及时换种玩法，我必输无疑。

我必须扭转劣势。我必须出其不意。既然我看不清楚，那我就必须信任我的其他感官。

我深吸了口气，不顾腿上的剧痛和仍旧插在腿上的羽箭，一手握着斧子，沿着树枝跑了起来。一声长啸，我从树枝上跳了下去。

骑手们赶忙拨转马头，试图躲开我。

我一斧子砍中了一个骑手的胸口。斧子尖端将他的铠甲戳得凹了进去。这是一个相当不错的计策——或者说应当是，因为我随即就滑倒了。当我倒下时，手里的斧子飞了出去。我重重地摔在地上，摔得气也喘不上来。可我仍然想到要顺势一滚，避开马蹄的践踏。我爬起身来，感觉脑袋里嗡嗡作响，腿伤火辣辣地疼，仿佛着了火。我将腿上插着的羽箭箭杆折断，但这样一来，箭头就扎得更深了。

我击中的骑手身体软软地垂在马鞍上，嘴里汩汩地冒着血。

另一个骑手转向一边，第三个骑手径直向我冲来。当这个向我冲来的弓箭手试图祭出他的剑时，我抽出了一柄匕首。

六对一胜算大得多，尤其是四个骑手还掉在后面。他们仿佛从没想过自己也会受伤。

"我对你们来说够凶猛吗？"我冲他们叫道。

那个银色眼睛的骑士向我冲来，我将手里的匕首向他扔去。匕首没有击中他，但扎进了他就坐骑的肋骨部位。那马痛得前足腾空，直立起来。可是，当他试图控制住那马时，另一个骑手飞速向我奔来。我抓起那柄斧子，深吸一口气，全神贯注地盯着向我冲来的一人一骑。

那匹瘦骨嶙峋的马翻着一双没有多少瞳孔、几乎全白的眼睛瞅着我。它看上去饿极了。

要是我因为事先没有准备得更好，因为先前太过心烦意乱，以致懒得将那柄该死的暗黑剑系在身上，结果害得自己死在这片树林里的话，我会气死的。

当又一个骑手向我冲来时，我严阵以待，准备迎敌。可我不确定自己能不能经受得住这样的冲击。我心下惊惶，拼命思索别的应对之策。

眼见那马就要冲到面前，我跪倒在地，竭力抑制强烈的逃生本能，忍住从那头巨大的动物面前躲开的巨大冲动。那马从我身子上方冲了过去，我举起斧子向上砍去。鲜血溅了我一脸。

那马又向前冲出几步，然后发出一声邪恶的号叫，"嘭"的一声倒在地上，将那骑手的腿压在它巨大的身躯下面。

我爬起身来，擦去脸上的血污，正好看见那个银眼骑士准备冲锋。我冲他咧嘴一笑，举起那柄血淋淋的斧子。

那个琥珀色眼睛的骑手一面策马奔向他那个倒下的同伴，一面呼唤其他人。听到喊声，银眼骑士拨转马头，向着他的同伴们奔去。我看到那个腿被坐骑压住的骑手正不断挣扎着，另外两个骑士赶过来将他拉出来，扶着他上了另外一匹马。然后这六人掉转马头向林中奔去，转眼间就消失在了夜色中，再没有笑声传过来了。

我静静地等着，担心他们会折转回来，担心某种更糟的东西会从黑影中跳出来。时间一分钟一分钟地过去了。我能听到的最响亮的声音，是我不均匀的喘息声，以及耳中热血的怒吼声。

我忍着身上的剧痛，浑身颤抖着走出树林，发现我那匹骏马躺在草丛中，那个死去骑手的马正在狼吞虎咽地吃它身上的肉。我冲那匹马挥了挥斧子，它赶忙跑走了。但我那可怜的马儿已经死了，无论如何是活不过来了。

我的背包已经不在马背上了，背包里装着我的衣服和小弩。它一定是在奔跑过程中掉了。我的那些匕首也不见了。在我将它们扔出去之后，它们散落在了树林里，消失在了灌木丛中。不过，至少暗黑剑还绑在马鞍上。我用僵硬的手指解下我父亲的剑。

我拄着暗黑剑缓缓往前走，好不容易才走完余下的路，到了马多克的堡垒。我在堡垒外面的水泵处洗去了身上的血迹。

进屋后，我发现奥里安娜坐在一扇窗前，在一个绣花圈上绣着什么。她抬起一双粉红色眼睛望着我，懒得费力像人类那样冲我笑笑，让我放松一下。"塔琳在楼上，跟薇薇安和希瑟在一起。欧克睡了，马多克在制订计划。"她看到我浑身湿淋淋的，"你掉进湖里了吗？"

我点了点头。"很蠢，对吧？"

她又低头绣了起来。我朝着楼梯走去。不过，在我踏上第一级楼梯之前，她又说话了。

"欧克跟我一起待在精灵世界里就会那么可怕吗？"她问道。隔了好一会儿，她低声说道："我不想失去他的爱。"

尽管我讨厌这样做，可我还是不得不再跟她说一遍她已经知道的情况。"在这里，那些大臣会没完没了地往他耳朵里灌那些有毒的话，他会听到人们悄声议论，说要不是因为卡丹，他已经是国王了。这些话，反而可能会让那些忠于卡丹的人渴望除去欧克这个障碍。这还不算是最大的威胁。只要贝尔金活着，欧克远离精灵世界才是最安全的。何况还有欧拉。"

她点点头，表情阴郁地转过脸对着窗户。

也许她只是需要某人来做恶人，需要某人对他们的分离负责。好在对她来说，我就是那个她已经不太喜欢的"某人"。

尽管如此，我仍然记得想念自己从小长大的地方是什么滋味，想念抚养我长大的人是什么滋味。

"你永远也不会失去他的爱。"我说，嘴里发出的声音跟她的声音一样平静。我知道她能听见我的话，可她并没有转过头来。

我走上楼梯，腿上的伤口仍然剧痛难当。我刚刚走到楼梯转角处，马多克就从他的办公室里走出来仰头看我。他嗅了嗅空气。倘若他已经闻出了污垢、汗水和冰凉的井水的味道，那不知道他有没有闻出还在顺着我的腿往下淌的血液的味道。

我忽然感到寒冷彻骨。

我走进自己原来的房间，关上了门。我伸手到床头板下面摸索，满心感激地发现我的一把匕首还在那里。它插在刀鞘里，刀鞘上沾着一些尘土。我将匕首留在那里，感觉安全一些了。

我一瘸一拐地走向我原来的浴盆，咬住脸颊里面，强忍痛苦，在浴盆边上坐下来。我割开裤子，检查留在伤口里面的残箭。我能看出，残余的箭杆是柳枝做的，上面还沾着灰烬；而箭头是用锯齿状的鹿角做的。

我的双手颤抖起来，我意识到自己的心跳得多快，头脑多么迷糊。

箭伤很的严重在于你每移动一下，伤口就会恶化一点。倘若一个尖刺扎进了你的肌肉组织，你的身体将无法自行愈合；尖刺在肉里停留的时间越长，就越难取出来。

我深吸一口气，一根手指滑到箭头上轻轻按了按。一阵剧痛袭来，一时间，我不住地倒吸凉气，脑袋一阵阵眩晕。不过，看来箭头似乎没有伤及骨头。

我鼓足勇气，拿出匕首，在箭头所在的部位割开一条深约一英寸的口子。我强忍剧痛，急促地吸着凉气，将手指一点点地插进肉里，最终将箭头拔了出来。伤口处血如泉涌，多得吓人。我用手按住伤口，竭力不让血继续涌出来。

有那么一会儿，我感觉天旋地转，只能静静地坐在那里。

"茱德？"薇薇安的声音从门外传来。她开门进来，看了我一眼，随即看到了浴盆里面的血。她的猫眼瞪大了。

我摇了摇头。"别告诉任何人。"

"你在流血。"她说。

"扶我……"我刚要起身，又赶忙坐了回去。我意识到需要将伤口缝合起来，我刚刚没有想到这一点。也许我不像自己先前以为的那样没事。打击并非总是在一开始就显现出威力。"我需要针线——不是那种绣花用的细线。还需要一块布摁住伤口。"

她皱起眉头看着我手里的匕首，看着我血淋淋的伤口。"那是你自己弄伤的吗？"

我心中一凛，头脑清醒了片刻。"是的，我用箭射中了自己。"

"好吧，好吧。"她拿起床上的一件衬衫递给我，随即出了屋。我将衬衫压在伤口上，希望这样能减缓流血。

不一会儿，薇薇安拿着一根针和一团白线回来了。那些线很快就会染上血了。

"好吧。"我说，竭力集中精神，"你想帮我按着还是缝针？"

"按着。"她说，她的目光仿佛希望还有第三个选择，"你不认为应该叫塔琳来吗？"

"在她的婚礼前夜？绝对不行。"我试图将线穿到针上，可我的手颤抖得太厉害，好不容易才穿上，"好了，现在将伤口两边按到一起。"

薇薇安跪下来照做了，同时还做了个鬼脸。我吸了一口凉气，竭力不让自己晕过去。只需再过几分钟，我就能坐下来休息了，我暗暗对自己承诺。只需再过几分钟，这事就会像从来都没有发生过。

我缝了起来。好痛。好痛，好痛，好痛……

缝好后，我用清水将伤口清洗干净，撕下衬衫上最干净的部分，将伤口裹起来。

薇薇安走近我一些。"你能站起来吗？"

"等一会儿。"我摇了摇头。

"那马多克呢？"她问道，"我们可以告诉——"

"谁也别说。"我说，然后抓住浴盆边，来回活动着伤腿，硬生生地将一声尖叫憋了回去。

薇薇安拧开水龙头，清水喷溅而出，冲走了浴盆里的血污。"你的衣服湿透了。"她皱起眉头说。

"把那边的裙子递一件给我。"我说，"要找那种像麻袋的。"

我忍着痛，一瘸一拐地走过去坐到一张椅子里。我脱下外衣和下面的衬衫。我上身赤裸，但伤口疼得让我再也没法儿继续脱衣服了。

薇薇安给我拿来一件裙子——这裙子太旧了，塔琳没有费心将它拿去王宫给我。薇薇安将裙子攒起来，从我头上套下去，拉着我的手穿过袖孔，仿佛我是个孩子。接下来，她十分轻柔地帮我脱下靴子和没脱完的裤子。

"你可以躺下来休息一下。"她说，"我和希瑟会分散塔琳的注意力的。"

"我会好起来的。"我说。

"我要说的是，你什么也不必做。"薇薇安看上去仿佛在重新考虑我之前对他们来这里的警告，"这是谁干的？"

"七个骑手——也许是骑士。但背后主使是谁，我不知道。"

薇薇安长叹了一声。"茱德，跟我一起回人类世界吧。这里不必变得正常。这里本来就不正常。"

我挣扎着从椅子里站起来。我宁愿用我的伤腿走开，也不要再听这种话。

"要是我刚才没有进来，那你又会怎样？"她厉声问道。

既然站起来了，我就得一直移动，不然就会失去力气。我朝着门口走去。"我不知道。"我说，"我只知道，在人类世界，危险也会找上我。我待在这里，至少可以让我确定，你和欧克在的时候始终有守卫保护。我知道你认为我在干蠢事，但别觉得我干的蠢事毫无用处。"

"我不是这个意思。"她说，但这时我已走到外面的走廊里了。我猛地拉开塔琳的房门，发现她和希瑟正在冲着什么大笑。我们进屋时，她们止住了笑。

"你怎么了，茱德？"塔琳问道。

"我从马上摔下来了。"我告诉她。薇薇安没有反驳我。"我们要谈什么？"

塔琳看上去有些紧张。她在屋里缓步而行，摸摸她明天要穿的薄纱裙，又拿起明天要戴的花环。花环用地精花园里生长的花草编成，此刻还像刚刚采下时一样新鲜。

我意识到自己带给塔琳的那副耳环丢了，跟那个帆布包里的其他东西一起弄丢了，散落在草丛和灌木丛中了。

仆人们端来葡萄酒和蛋糕，我舔着蛋糕上的糖霜，任由自己淹没在她们的谈话中。腿上的疼痛令我感到一阵阵恍惚，但更让我感到恍惚的是记忆中那些骑手的笑声，以及他们在树下围拢过来的画面，还有受伤、恐惧和孤身一人的记忆。

塔琳婚礼这天，我在自己小时候睡的床上醒过来。就像是从一个深沉的梦里醒来似的，有那么一会儿，我并不是不知道自己身在何处——而是记不得自己是谁。好一会儿，我在傍晚的阳光里眨着眼，觉得自己还是马多克忠诚的女儿，梦想成为至尊宫廷的骑士。然后，最近半年的经历回到了我脑袋里，就像我嘴里已经熟悉了的毒药的味道。

就像我草草缝合的伤口上的刺痛。

我坐起身来，解开绑住伤口的布查看伤势。伤口肿胀得很难看，我的针线水平太差劲儿了。我的腿也僵硬了。

那个体形巨大、长着长耳朵和尾巴的仆人那博恩走进我的房间，他只在门上敲了一下就进来了。他端着一个托盘，托盘上放着早餐。我赶忙翻过毯子，盖住自己的下半身。

他一言不发地将托盘放到床上，随即走进了卫生间。接着，我听见里面响起"哗哗"的水声，闻到一股股碾碎的药草的味道。我撑着身子坐在床上，直到他离开。

我可以告诉他我受伤了。这会是小事一桩。要是我叫那博恩派人去请一名军医，他也会照办的。当然，他会告诉奥里安娜和马多克。但我腿上的伤口会缝合得更好，还能避免感染。

就算那些骑手是马多克派去的，我相信他仍然会照顾我。毕竟，他得顾及礼节。但他会将这视作我的让步。那就意味着我需要他，他赢了；意味着我会回到家里，再也不离开了。

不过，在今天早晨的曙光中，我相当确信那些骑手不是马多克派来的，即便那是他喜欢的那种陷阱。他绝不会派出那样的刺客：行动时犹豫不前，人数仍然占优势时却骑着马跑了。

那博恩刚走出去，我就贪婪地喝完了咖啡，朝卫生间走去。

浴盆里的水呈乳白色，散发着香味，只有在水下我才允许自己哭泣，只有在水下我才能承认自己差点儿就死了，承认自己被吓坏了，承认自己希望有个人可以倾诉这一切。我屏住呼吸，直到几乎彻底喘不上来气。

沐浴之后，我在身上裹上一件旧浴袍，吃力地走到床边。我心下踌躇：该不该派个仆人去王宫里给我取件裙子来呢？这样做值不值得？还是就向塔琳借条裙子呢？我正犹豫不决，奥里安娜走进屋来，手里拿着一块银色的布。

"仆人们告诉我你没有带行李。"她说，"我想你忘了要参加你姐姐的婚礼，你得穿一件新礼服。或者至少穿一件礼服。"

"到时候至少会有一个人光着身子。"我说，"你知道这是事实。我在精灵世界里参加过的狂欢会，每次总会有一个人不穿衣服。"

"好吧，要是你打算那样，"她说着转过身去，"那我想你需要的只是一串漂亮的项链。"

"等等。"我说，"你是对的。我没带裙子，我需要一件裙子。请你别走。"

奥里安娜转过身来，脸上露出一丝笑意。"这可不像你——说出真正的想法，而且听起来也不含敌意。"

我心下奇怪，不知道对她来说，住在马多克的房子里，做马多克顺从的妻子，参与实施他所有未能成功的阴谋，是一种怎样的生活？看来奥里安娜能够处理很多情况微妙的事情，而我以前却一直不够信任她。

她给我拿来的是一条裙子。

她看起来似乎是好意，直到她将裙子铺在我的床上。

"这是我的裙子。"她说，"相信你穿上会合身。"

这裙子是银色的，让我多少想起了锁子甲。裙子很漂亮，袖口呈喇叭状，整条袖子沿胳膊方向开了一道长长的口子，以便露出皮肤。但它的领口开得很低，这在奥里安娜身上的效果跟在我身上肯定会截然不同。

"在婚礼上穿它有点儿，哦，太开放了，你不觉得吗？"我说，因为穿这条裙子肯定不能戴文胸。

一时间，她只是睁大眼睛看着我，眼里满是困惑，看上去几乎像是只昆虫在瞪着我。

"我想我可以试试。"我说，想起我刚刚还跟她开了关于不穿衣服的玩笑。

这是在精灵世界里，她没有打算回避。我转过身去，希望在我脱去浴袍的时候，我的腿伤不会引起她的注意。然后我将裙子套到头上，让它从我的臀部上滑下去。裙子银光闪闪，非常华丽，但跟我想象的一样，我的胸部暴露得太多了。真的太多了。

奥里安娜满意地点点头。"我会派人来给你做头发。"

没过多久，一个身材苗条的皮克西女孩就将我的头发编成了公羊角形的辫子，并用银色缎带将辫子末端绑起来。她将我的眼睑和嘴唇也涂成了银色。

我穿戴整齐，下楼到奥里安娜的客厅里与其他家人汇合，仿佛最近几个月根本不存在似的。

奥里安娜穿着浅紫罗兰色礼服，用新鲜的花瓣做成的衣领高耸至她那施了粉的下颌上。薇薇安和希瑟都穿着凡间的衣服。薇薇安穿着飘逸的花布裙，上面印着眼睛似的花纹。希瑟穿着粉色短裙，上面布满了银色小亮片。她的头发梳向脑后，用几个闪闪发亮的粉色发卡固定住。马多克穿着深紫红色长袍，欧克的衣服颜色跟他的相近。

"嘿，"希瑟说，"我们都是银色的。"

塔琳还没有下来。我们围坐在客厅里，一面喝茶，一面吃薄麦饼。

"你真的以为她会穿着那条裙子去参加婚礼吗？"薇薇安问道。

希瑟吃惊地看了她一眼，伸手在她腿上重重拍了一下。

马多克叹了口气。"据说失败教给我们的东西比成功更多。"他说，目光锐利地往我这边看了一眼。

塔琳终于下来了。她用紫丁香花露沐浴过，穿着一件质地精美、款式新颖的礼服，上面层层叠叠地缀满了极其精致的花边，花边之间镶嵌着药草和鲜花。这身打扮给人留下这样的印象：她不仅是个轻盈飘逸的美人儿，同时也是一束生机勃勃的鲜花。

她的头发编成一个发冠盘在头上，上面还插满了绿色的花。

她看上去虽然很美，但可惜仍是人类。穿着这件浅白色的礼服，她看上去像个祭品，而不是新娘。她笑吟吟地望着我们大家，神色间含着几分娇羞，快活得容光焕发。

我们一齐站起来，赞美她看上去美极了。马多克牵起她的双手吻了吻，像任何骄傲的父亲一样望着她 —— 即便他认为她做了错误的选择。

我们上了马车，和我们一起上车的还有一个矮小的淘气精灵，他就是欧克的替身。他一上车就跟欧克换了外衣，然后就紧张地坐在角落里。

前往洛基庄园的路上，塔琳俯过身来抓住我的一只手。"一旦我结了婚，情况就会有所不同。"

"可能会吧。"我说，不太确定她是什么意思。

"爸爸答应要让他规规矩矩了。"她悄声说。

我想起塔琳曾恳求我设法解除洛基的"狂欢会总管"职位。约束洛基的放纵可能会让马多克闲不下来，这似乎不是什么坏事。

"你为我感到高兴吗？"她问，"真的高兴吗？"

一直以来，塔琳跟我的关系都是最亲密的，比任何人都亲密。她能感觉到我的感情起伏，能感受到我一生中大部分的痛苦，无论那些痛苦是大是小。我不能蠢到让任何东西干扰我们之间的这种关系。

"我想要你高兴。"我说，"今天高兴，永远高兴。"

洛基庄园里的那个树篱迷宫进入我们的视野时，我仍握着她的手。我看见三个穿着薄纱裙的皮克西女孩咯咯地笑着从树篱迷宫上方飞过，再过去，其他空境人已经开始进入狂欢的状态了。作为狂欢会总管，洛基组织的婚礼配得上他这个头衔。

第二十一章

第一个陷阱没有奏效。那个用作诱饵的替身跟着我的家人一起走出马车时，我和欧克缩在马车里。当我们缩身于两排铺着椅垫的长凳中间时，他刚开始冲我咧嘴笑着，但过了片刻，他脸上的笑容褪去了，取而代之的是担忧。

我握住他的手捏了捏。"准备好从窗子爬进去了吗？"

他又高兴起来。"从马车上爬过去吗？"

"是的。"我说，等着马车转到洛基的宅邸后面。过了一会儿，车厢外面响起一声敲击声，表明我们到了预定位置。我探头往外张望，看见炸弹在庄园里。她冲我眨了眨眼。于是我举起欧克，先将他的蹄子送出车窗，然后将他的身子送到炸弹怀里。

随后，我也姿态不雅地爬了出去。当我跳到洛基的庄园的石地板上时，我衣衫不整得可笑，我的伤腿仍旧僵硬疼痛。

"有情况吗？"我抬头看着炸弹问道。

她摇了摇头，一只手伸向我。"深海王国不会这么快就发起攻击的。我猜事情会发生在迷宫里。"

欧克皱起眉头，我揉了揉他的双肩。"你不必配合我们的。"我对他说，尽管要是他说他不愿意，我就不确定我们该怎么做了。"我没事。"他说，但没有看我的眼睛，"妈妈在哪儿？"

"我会为你找到她的，小宝贝。"炸弹说，伸出一只胳膊揽住欧克瘦弱的肩膀，领着他向外面走去。走到门口，她回过头来望着我，从衣兜里掏出一样东西，"你看上去好像受伤了。好在我不只会配制炸药。"

说着，她将那东西抛了过来。我接住它，还不知道是什么东西。我将它在手里翻来覆去地看。原来是一小瓶药膏。我抬起头打算谢谢她，但她已经走远了。

拔开瓶塞，一股浓烈的药草味顿时冲入我的鼻腔。我在伤口上抹上药膏，疼痛顿时减轻了。伤口原本热辣辣地疼，也许是要感染了，但抹上药膏后，疼痛感缓解了不少。虽然疼痛没有彻底消失，但比以前好多了。

"我的内政大臣，"我身后忽然响起卡丹的声音，我吃了一惊，手里的小药瓶险些掉在地上。我赶忙拽下裙子，转过身来。"你准备好欢迎洛基进入你的家庭了吗？"

上次在洛基的庄园里见到卡丹时，他躺在那个树篱迷宫里，嘴唇上沾着销魂粉的金色污渍。当我亲吻洛基时，他愣愣地望着我，眼里仿佛有两团火焰在缓缓燃烧，我当时以为那意味着憎恨。

现在，他仔细打量着我，眼里的神情跟那时也有几分相似。见了他这样的眼神，我想做的只是扑进他的怀抱。我想让他用拥抱驱散我的担忧。我想要他跟我说一些完全不像他说的话，跟我说一切都好，不用担心。

"裙子很漂亮。"他只是这样说。

我知道至尊宫廷一定已经开始怀疑我对至尊王一片痴心，所以才能忍受被加冕为"欢笑女王"的屈辱，继续当他的内政大臣，为他效劳。跟马多克一样，人人都相信我是他的奴才。即便是在遭受他的羞辱之后，我还是爬回了他身边。

可是，要是我真的对他一片痴心呢？

在爱情方面，卡丹比我经验丰富。他可以利用这一点来对付我，就像我叫他利用这一点去对付妮卡茜娅一样。也许他终于找到了一个反败为胜的办法。

杀了他。我心中有个声音在说。从我俘虏他的那天晚上起，这个声音就从未从我心中消失过。在他让你爱上他之前，杀了他。

"你不该独自一人。"我说，因为要是深海王国打算发动攻击，那我们决不能给它这样可以轻易得手的目标，"至少今晚不行。"

卡丹咧嘴一笑。"我本来也没打算这样的。"

他随口这么一说，却暴露了一个事实：他大多数晚上都不是独自一人。这让我心烦意乱。我讨厌自己这样。"很好。"我说，将这种感觉咽入下去，尽管这就像吞下一口胆汁，"可是，要是你打算将某一个人带上床，或者某几个人，那你就从侍卫中间选吧。那样你就有更多侍卫保护了。"

"一场名副其实的狂欢。"这个主意似乎让他很高兴。

当我们赤身相对，他还没有穿上衬衫，系上那副优雅的袖扣时，他曾定定地看着我。此刻，他那种眼神再次浮现在我的脑海中，挥之不去。我们早该宣布停战了。他当时说，烦躁地将他那墨一般黑的头发捋回去。我们老早就该宣布停战了。

可我们谁也没有那样做，当时没有，之后也没有。

茱德，他当时说，一只手沿着我的小腿往上抚摩。你怕我吗？

我清了清嗓子，将这些回忆赶走。"我命令你，从今晚日落到明早日出这段时间，不许独自一人。"

他后退一步，仿佛被什么东西咬了一口。他没料到我会这样专横地命令他，仿佛我不信任他似的。

精灵国的至尊王微微躬身。"你的愿望……好吧，还是算了。你的命令就是我的命令。"他说。

他走出去时我都不敢看他。我是个胆小鬼。也许是因为我腿上的疼痛，也许是因为我对我弟弟的担心，我心中有个声音想叫住他，想向他道歉。最后，当我确信他已经离开时，便向着婚礼派对所在的地方走去。只走了几步，我就来到了走廊里。

马多克靠在墙上，双臂抱在胸前。他冲我摇了摇头，说："我以前一直都理解不了。但现在我明白了。"

我停下脚步。"什么？"

"刚才我来找欧克，无意中听见了你和至尊王的谈话。原谅我偷听你们的对话。"

我的耳朵里嗡嗡作响，几乎无法思考了。"不是你想的——"

"不然我不会说出我当初的想法。"马多克反驳道，"非常聪明，女儿。难怪无论我提出什么条件都诱惑不了你。我说过我不会低估你，可我确实低估了你。我低估了你，低估了你的野心和自大。"

"不是的。"我说，"你不明白——"

"噢，我觉得我明白。"他说，没有等我解释欧克还没有准备好登上王位，解释我竭力避免杀戮的愿望。我甚至不知道自己现在拥有的东西能否持续一年零一天以上。马多克太生气了，等不及听我解释。"我终于明白了。我们会一起打败欧拉和深海王国。但在那之后，我们将在棋盘两边仇视对方。当我打败你之后，我会确保将你彻底击溃，就像对任何表示要跟我一较高下的对手一样。"

我还没有想出应该怎么回答，他就一把抓住我的胳膊，拽着我来到外面的草坪上。"来吧，"他说，"我们还有戏要演。"

马多克在傍晚的阳光中眨了眨眼，丢下我去跟几个站在观赏水池附近的骑士说话去了。离开时，他冲我点了点头，那是他在向自己认定的对手点头示意。

一阵战栗传遍了我的全身。当我在空空宫里对他下毒并跟他对峙时，我以为我们就已经是敌人了。可我大错特错了。现在，他知道我挡在他和至尊王冠之间，他到底是爱我还是恨我已经变得不重要了，他会不择手段地从我手中夺走权力。

我别无选择，只得径直走进迷宫，朝着迷宫中央走去——婚礼庆典在那里举行。

转过三个弯，宾客们的声音听上去似乎反而更远了，听起来模模糊糊的。隐隐有笑声从四面八方传来。但是树篱里的黄杨木高得让人辨不清方向。

转过七个弯，我彻底迷路了。我开始往回走，结果发现迷宫已经变样了。里面的路径跟以前不一样了。

当然如此。它不可能只是个普通迷宫。它现在要来抓住我了。

我想起这些树篱里藏着树人，他们在等着保护欧克的安全。尽管我不知道现在迷惑我的是不是他们，但我至少知道，我说话时一定有人在听。

"我会从你们中间砍开一条路。"我对那些树墙说，"我们来公公平平地玩一局吧。"

我身后响起一阵枝叶摩擦的沙沙声。我转过身来，发现一条新路出现在眼前。

"这最好是通往婚礼庆典的路。"我嘟囔道，迈步走上这条路，心中暗暗祈祷，希望这条路不是通往专为威胁迷宫的人准备的秘密监牢的。

转过一个弯，我来到一片种满了小白花的花圃前，花圃旁边还有一座微型石塔。塔里传出一种奇怪的声音，听上去又像号叫，又像哭喊。

我抽出暗黑剑。精灵世界里很少有东西会哭泣。在这里，最常见的会哭泣的东西——比如女妖——非常危险。

看到希瑟拖着步子缓缓走进我的视线，我吃了一惊。她的耳朵变长了，还长了毛，就像是猫耳朵。她的鼻子变了形，粗短的胡楂儿正从她的眉毛上方和红扑扑的脸蛋上长出来。

更糟的是，由于我无法识破它，所以这不是什么魔法。这是某种真正的咒语。看起来咒语对她所起的作用还并没有结束，就在我的注视下，她的胳膊上长出了一层浅浅的绒毛，绒毛的花纹看上去好似玳瑁猫皮毛上的花纹。

"发——发生什么事了？"我结结巴巴地问道。

她张开嘴巴，但她嘴里发出的却不是话语，而是一声可怜的哀号。

我不由自主地笑了起来。不是因为这叫声听起来可笑，而是因为我吓坏了。然后我感觉很糟糕，特别是听到她嘴里发出嘶嘶声时。

我蹲下来，伤口受到牵动，我疼得咧了咧嘴。"别慌。对不起，你只是让我吃了一惊。这就是我先前警告你得随身带着那个护身符的原因。"

她又嘶嘶地哀号了一声。

"是的。"我叹了口气，"没有人喜欢听人说'我跟你说过的'。别担心。不管哪个傻瓜认为这是个好玩的恶作剧，他都会为之后悔的。来吧。"

她哆哆嗦嗦地跟在我后面。当我伸出一只胳膊试图搂住她时，她闪开了，嘴里又嘶了一声。至少她还能直立行走；至少她还足够像人，能跟我待在一起，没有从我身边跑掉。

我们径直走进树篱丛中，这次迷宫没有迷惑我。转过三个弯，我们来到了宾客中间。一座喷泉轻柔地喷着水，水声和人声交织在一起。

我环顾四周，想找到一个我认识的人。

塔琳和洛基不在这里。他们很可能去了某个凉亭，在那里悄悄地海誓山盟——那才是真正的精灵婚礼，无人见证，神神秘秘。在一片没有谎言的土地上，承诺本身就具有约束力，无须公开。

薇薇安冲到我面前，一把抓住希瑟的手。现在希瑟的手指向下弯曲，就像只爪子。

"发生什么事了？"奥里安娜严厉地问道。

"希瑟？"欧克想知道这是怎么回事。希瑟没有吭声，只是默默地看着他，那双眼睛跟我姐姐的眼睛几乎一模一样。不知道这是不是这个恶作剧的目的：一只猫配一个猫眼女孩。

"做点什么。"薇薇安对奥里安娜说。

"我不擅长魔法。"她说，"解除诅咒从来都不是我的专长。"

"这是谁干的？施咒的人能解除它。"我的声音中含着一丝咆哮，听起来就像马多克的声音。薇薇安抬头看着我，脸上的表情很奇怪。

"茱德。"奥里安娜警告道。但希瑟用她的指关节指着一个人。

三个吹奏长笛的半羊人旁边，站着一个长着一双猫耳朵的男孩。我大步穿过草坪走向他。我手按剑柄，许多事我都控制不了，这让我很沮丧，但我要好好补救这件事，将心中的沮丧统统宣泄出来。

我用另一只手在他的手腕上猛击了一下，将他手里装着绿酒的高脚杯打掉了。酒杯掉在我们脚下，酒水在三叶草上汪成一个小水洼，然后缓缓渗入下面的泥土里。

"这是怎么回事？"他大声问道。

"你对那边那个女孩施了诅咒。"我对他说，"马上解除她的诅咒。"

"她喜欢我的耳朵。"男孩说，"我只是给她她想要的东西。一个派对上的小礼物。"

"等我把你开膛破肚，将你的肠子拉出来做成蝴蝶结之后，也可以这样对你说。"我对他说，"我只是给了他他非常想要的东西。毕竟，要是他不想被人将内脏挖出来，那他早就尊重我提出的那个非常合理的请求了。"

他愤怒地扫了众人一眼，跺着脚穿过草坪，对着希瑟说了几个字。

魔法渐渐消失了。不过，当希瑟渐渐恢复人形时，她再次呜咽起来。她哭得上气不接下气，浑身不住地颤抖。

"我想离开。"她最终用颤抖的声音哽咽道，"我想现在就回家，再也不来了。"

薇薇安应该让她准备得更周全的，应该确保她总是戴着一个护身符的——两个更好。薇薇安绝不应该让希瑟独自乱逛。

恐怕在某种程度上，这也是我的错。作为人类，在精灵世界里会经历很糟糕的事情，可我和塔琳向薇薇安隐瞒了最糟糕的那些。我想薇薇安相信既然她的两个妹妹在这里生活得很好，希瑟也会没事的。可我们从来没有好过。

"会没事的。"薇薇说，一只手在希瑟背上画着圈，竭力安慰她，"你现在没事了。只是感觉有点儿古怪。再过一会儿，你会认为这里很好玩的。"

"她不会认为这里很好玩。"我说，薇薇安抬头瞪了我一眼。

希瑟并没有停止呜咽。最后，薇薇安伸出一根手指托住她的下巴，抬起她的脸仔细端详。

"你现在没事了。"薇薇安重复道，我能听出她的声音中蕴含着魔法。这魔法让希瑟全身放松下来。"你不记得最近半小时发生的事。你在婚礼上一直过得很愉快，但后来摔了一跤。你之所以哭，是因为你的膝盖蹭破了。这是不是有点儿傻呢？"

希瑟环顾四周，神色尴尬，然后擦了擦眼睛。"我觉得我真是太荒唐可笑了。"她笑道，"我想我只是吓了一跳。"

"薇薇。"我低声说。

"我知道你要说什么。"薇薇安悄声对我说，"但只有这一次。你不用问我，我以前从没对她这样做过。但她不需要记住这件事。"

"她当然需要。"我说，"否则她下次也不会小心。"

我气得几乎说不出话来，可我需要让薇薇安理解。我需要让她意识到，即便是可怕的记忆，也好过怪异难解的感情缺口和空洞。

可我还没来得及开口，幽灵就来到我身旁。瓦西伯站在他旁边。他们俩都穿着制服。

"跟我们一起来。"幽灵说，语气异常生硬。

"什么事？"我尖声问道。我还在想着薇薇安和希瑟。

幽灵神色极其严峻，我从没见过他这样。"深海王国行动了。"

我转头去找欧克，但他在我刚才离开他的地方。他跟奥里安娜在一起，听着希瑟坚称自己很好。他眉头微皱。除了受到薇薇安的坏影响，欧克似乎在别的方面都完全安全。

卡丹站在草坪另一边，靠近塔琳和洛基，这对新人刚刚互相宣誓完回来。塔琳双颊晕红，看上去娇羞无限。空境人纷纷奔过去亲吻她，有地精和蟋蟀精，也有宫廷里的女士和女巫。我们的头顶上方碧空如洗，四周和风习习，送来阵阵芬芳的花香。

"遗忘之塔。瓦西伯坚称你应该去看看。"炸弹说。我甚至没有注意到她走过来。她一身黑衣，头发紧紧束成一个圆髻。"茱德？"

我转过身来面对我的间谍。"我不明白这是怎么回事。"

"路上再给你解释。"瓦西伯说，"你准备好了吗？"

"稍等一下。"我答道。离开之前，我应该向塔琳表示祝贺。我应该亲吻她的脸颊，说两句祝贺的话，那样她才知道我来过这里，只是后来不得不离开。然而，当我望着她，估计这事要花费多少时间时，我的目光落在了她的耳环上。

她的耳垂下方晃荡着一弯月亮和一颗星星。那是我从格瑞森那里换来的耳环，是我遗失在树林里的耳环。我们上马车时她还没有戴着它们，那么给她这副耳环的一定是……

在她旁边，洛基的脸上挂着他那狐狸般的微笑，当他走动时，他的腿微微有点儿瘸。

一时间，我只是呆呆地瞪着他们，不敢相信自己的眼睛。是洛基。那些袭击我的骑手中就有洛基。在婚礼前夜，洛基和他的朋友们在一起。这是某种单身派对。我曾经威胁过他，他大概早就决定报复我了。要么是这样，要么就是，他或许早知道自己绝不可能对塔琳忠贞不贰，所以决定在我回来找他之前先除掉我。

我最后望了他们一眼，意识到自己现在什么也做不了。

"向大将军报告深海王国开始行动的消息。"我对炸弹说，"确保——"

"我会照看你弟弟的。"她向我保证，"还有至尊王。"

我转过身去，跟着瓦西伯和幽灵走了。附近有三匹长着长长鬃毛的黄马，已经上了马鞍和缰绳。我们翻身上马，向着遗忘之塔飞去。

从遗忘之塔外看，事情可能有些不对劲儿的唯一证据是：拍打在岩石上的海浪比我以前见过的更高了。海水溅到地面上来，在凹凸不平的石板上积起了一个个水洼。

进到塔里，只见满地都是尸体。他们都是骑士，面色惨白、一动不动地躺在地上。有几个骑士仰天而卧，大张着的嘴里灌满了水，这让他们的嘴唇看上去仿佛是茶杯的边缘。其他人侧身而卧。所有人的眼睛都被换成了珍珠。

他们在陆地上淹死了。

我惊恐不安地冲下石阶，担心卡丹的母亲也死了。不过她还在那里，还活着，在黑暗中冲我眨巴着眼睛。有那么一会儿，我只是站在她的囚室前，如释重负地用手按着胸口。

然后我抽出暗黑剑，直接砍向门锁和门闩之间的连接部位。只见火星四溅，牢门打开了。阿莎怀疑地看着我。

"快走。"我说，"忘了我们的交易。忘了一切。快离开这里。"

"你为什么要这样做？"她问我。

"为了卡丹。"我说，但省略了后面的话：因为他的母亲还活着，而我的母亲死了；因为即便他恨你，他至少也应该有机会告诉你这一点。

她回过头来困惑地看了我一眼，随即往石阶上走去。

我需要知道贝尔金是不是还关在这里，是不是还活着。我继续往台阶下走，在黑暗中摸索着前进，一手摸着墙壁，一手握着我的剑。

幽灵喊着我的名字，也许是因为阿莎突然出现在他面前，可我正专注于我眼前的事。在这个螺旋形楼梯上，我的脚步变得更快、更坚定了。

贝尔金的囚室空无一人，牢门上的铁条有的弯折，有的折断，他的几张小地毯都湿漉漉的，上面沾满了沙子。

欧拉劫走了贝尔金。就在我的眼皮子底下偷走了一位精灵世界的王子。

我咒骂自己目光短浅。我早知道他们在秘密聚会，策划阴谋，可我确信，因为妮卡茜娅的缘故，欧拉真心希望卡丹做深海王国的驸马。我从没想到欧拉会在听到答复之前采取行动。我也没有想到，当她威胁要让陆地付出血的代价时，她指的是贝尔金。

贝尔金。没有欧克为他加冕，他很难获得精灵世界的至尊王冠。可是，一旦卡丹退位，那就意味着又一段时间的局势动荡，又一次加冕礼，以及贝尔金夺取王位的又一次机会。

我想到了欧克，他还没准备好应对这种局面。我想到了卡丹，我必须说服他再次向我立誓，尤其是现在。

我正在暗暗咒骂自己，猛然听见一个大浪重重地拍在岩石上，隆隆的巨响在遗忘之塔里久久回荡。幽灵再次呼喊我的名字，喊声传来的位置比我预料的更近了。

我转过身来，只见他出现在了囚室的另一边。他旁边站着三个海洋人，正用苍白的眼睛瞅着我。我迟疑了片刻才反应过来，意识到幽灵的行动并没有受到限制，他甚至没有受到威胁。

意识到这是一场叛变。

我感到脸上火辣辣的。我想感觉愤怒，可是却只感觉到脑袋里轰轰作响，响声淹没了所有的一切。

大海再次撞击海岸，海浪从遗忘之塔的一面拍击进来。我很高兴自己手里拿着暗黑剑。

"为什么？"我问道，妮卡茜娅的话又像海浪一般拍击着我的耳朵：你信任的某个人已经背叛你了。

"我为达因王子效劳，"幽灵说，"而不是你。"

我刚要说话，背后忽然响起一阵沙沙声。接着，我感觉后脑剧痛，然后就什么也不知道了。

THE WICKED KING

—— 第二卷 ——

他们偷走小布丽奇特，
足有七年之久；
当她再次下来，
朋友都已远走。
在黑夜和明天之间，
他们将她轻轻带回，
他们以为她在沉睡，
其实她已伤心而死。
在深深的湖里，
在菖蒲叶床上，
他们让她躺在那里，
守候着她，等她苏醒。

——《精灵》

（威廉·阿林厄姆）

第二十二章

我在海底醒来。

一开始我很恐慌。我的肺里进了水，胸口感到可怕的压力。我张嘴尖叫，一个声音从嘴里呼出来，但不是我意料之中的声音。我惊得赶紧住了口，但也意识到自己没有淹死。

我还活着。我在呼吸海水，沉重，吃力，可我的确在呼吸海水。我躺在一张床上，这张床在珊瑚礁中开凿而出，床上铺着海藻，海藻长长的卷须随着水流不住地颤动。我置身于一座建筑内，它似乎也是用珊瑚建成的。这栋建筑的几扇窗户开着，鱼儿在飞快地进进出出。

妮卡茜娅在我的床尾漂着，双脚已经不见，取而代之的是一条长尾巴。看她漂在水里，蓝绿色的头发绕着她的身子，一双苍白的眼睛在水里闪着金属般的光泽，我感觉仿佛初次见到她。她在陆地上很漂亮，但在这里，虽然看上去仍然很美，却美得冷若冰霜，令人胆寒。

她突然握紧拳头，在我的肚子上猛击了一拳，说："这是为了卡丹。"

我万万料想不到，在水中还有可能获得击打他人所需的冲力，但这是她的世界，她这一拳很有力量。

"嗷！"我叫道，试图伸手去摸她打痛的部位，可我的手腕上戴着手铐，伸不到那么远。我转头望去，只见几块大圆石将我锚在地板上。我心中又是一阵恐慌，觉得这一切似乎都不是真的。

"我不知道你对他耍了什么诡计，可我会弄清楚的。"她说。想到她的猜测那么接近真相，我不由得暗暗心惊。不过，这也意味着她什么都不知道。

我将注意力强行集中到目前，集中到这里和现在，集中到发现我能做什么并想出一个计划。但这很难做到，因为此刻我太气愤了——气幽灵背叛我，气妮卡茜娅，气我自己。对，生我自己的气，我总是生自己的气，比对任何人更生气。我对自己将自己弄到这个地步怒不可遏。"幽灵是怎么回事？"我怒道，"他在哪儿？"

妮卡茜娅眯起眼睛瞧着我。"什么？"

"他帮你绑架了我。你买通了他吗？"我竭力平静地问道。可惜我不能问自己最想问的问题：你知道幽灵计划怎样对付影子会吗？不过，要想查出真相并阻止他，我必须先逃出去。

妮卡茜娅把一只手放到我脸上，将散落在我脸上的头发拂回去。"还是担心你自己吧。"

也许她把我弄到这里来，只是出于个人嫉妒。也许我还能从这里脱身。

"因为卡丹更喜欢我，你就认为我耍了诡计。"我说，"可你用弩箭射过他。他当然更喜欢我。"

她的脸色发白，嘴巴吃惊地张着，接着又愤怒地翘起来，因为她明白了我的暗示——我告诉了卡丹。也许在我无力还击的时候，激怒她不是什么好主意，可我希望能激得她说出为什么我会在这里。

我得在这里待多久？在我昏迷不醒的时候，时间已经过去了很久。马多克刚刚得知了我对至尊王具有怎样的影响力，在这段时间里，他可以随心所欲地实施他的计划，用尽一切手段挑起战争。在这段时间里，卡丹可以为所欲为，他那颗混乱的心想做什么，他就可以做什么。在这段时间里，洛基可以肆无忌惮地捉弄任何人，将他们拉进他那些充满戏剧性的故事。在这段时间里，常务委员会可以全力推动精灵国向海洋达成新的投降协定。对于这一切，我都无力阻止。

我还要在这里待上多久？我五个月来的辛苦努力化为乌有需要多长时间？我想起瓦尔·莫伦将他手里的小玩意儿抛到空中，任由它们噼噼啪啪地落在他周围的情景，想起他那人类的脸庞，他那冷酷无情的人类眼睛。

妮卡茜娅似乎恢复了平静，但她的长尾巴却在不住地甩来甩去。"不管怎样，反正你是我们的了，凡人。卡丹要是对你有过一丁点儿信任，那他一定会后悔的。"

她本想让我更害怕，可我却感到了一丝轻松。他们并不认为我有什么特殊的权力。他们认为我在某个方面特别脆弱。他们认为能控制我，就像控制任何凡人一样。

虽然心里放松了一些，可我绝不能表现出来。"是啊，卡丹当然更该信任你。你似乎真的值得信赖。说得好像你现在不是在背叛他。"

妮卡茜娅从一个横跨胸口的武器袋里抽出一柄剑——那是一枚鲨鱼牙齿。她拿着它凝视着我。"我可以伤害你，你不会记得的。"

"可你会记得。"我说。

她笑了。"也许这是种珍贵的记忆。"

我的心狂跳起来，可我拒绝暴露这一点。"要我教你刀尖应该指向哪里吗？"我问道，"这可需要很高的技巧，既要让人疼痛，却又不会造成永久伤害。"

"难道你蠢得不知道害怕吗？"

"噢，我好害怕。"我告诉她，"只不过不是怕你。不论是谁把我弄到这里来——你母亲，我想是的；还有贝尔金——我对他有用。我害怕的是那个人，而不是你——一个跟所有人的计划都无关的笨拙的虐待狂。"

妮卡茜娅张口说了一个词，我顿时感到肺里一阵阵窒息般的剧痛。我无法呼吸了。我张开嘴，但疼得更厉害了。

但愿这样的折磨快点儿过去。我告诉自己。可它过得还是不够快。

再次醒来时，我是独自一人。

我躺在那里，海水在我周围流动着，我感觉肺里很清爽。那张床还在我下面，可我注意到，我的身体浮在它上方。

我头痛难忍，肚子也很疼。肚子疼既有饥饿的缘故，也因为刚才挨了妮卡茜娅一拳。海水很凉，深深的寒意渗入我的血管，令我的血流减缓。我不确定自己昏迷了多久，也不确定自己被从遗忘之塔劫走之后过了多久。随着时间的流逝，随着鱼儿渐渐游过来啄我的脚和头发，啄我腿上伤口周围的缝针，我胸中的怒火一点点地熄灭了，心中剩下的只有绝望。绝望和后悔。

我希望自己在离开之前亲吻了塔琳。我希望自己已经确保薇薇安理解，要是她爱一个凡人，那她必须更细心地照顾对方。我希望自己已经告诉马多克，我一直打算帮助欧克登上王位。

我希望自己已经制订了更多计划。我希望自己留下了更多指示。我希望自己从来都没有信任过幽灵。

我希望卡丹想念我。

我不确定自己这样漂浮了多长时间，有多少次恐慌得拼命猛拉手脚上的铁链。有多少次，身上海水的重量压得我几乎窒息。一个男人鱼游进我所在的房间，姿态优雅至极。他的头发是绿色的，上面布满了深浅不一的同色斑纹，这种绿色斑纹从头到脚，覆盖了他的整个身体。他的一双大眼闪烁着冷漠的光芒。

他做了几个手势，发出几个我听不懂的声音。然后，他显然意识到不能指望我听得懂，便再次开口说道："我来这里给你准备一下，再带你去参加欧拉女王的晚餐，要是你给我找麻烦，我同样能轻松让你失去知觉。我本来希望你还昏迷不醒呢。"

　　我点了点头。"不要给你找麻烦。明白了。"

　　这时候，又有一些人鱼游进了我的房间，有绿尾巴的，有黄尾巴的，还有尾巴末梢呈黑色的。他们在我周围游着，闪闪发光的大眼睛瞪着我。

　　一条人鱼解开了将我拴在床上的铁链，另一条人鱼扶着我直起身来。我在水里几乎没有任何重量，他们将我向哪边推，我的身体就漂向哪边。

　　当他们开始给我脱衣服时，我再次恐慌起来，这是一种本能反应。我在他们的胳膊之间扭动起来，但他们紧抓着我，将一件薄薄的裙子从我的脑袋上套下来。这裙子又紧又短，几乎称不上一件衣服。裙子在我身子周围漂来漂去，我确信透过它可以看见我的大部分身体。我尽量不往下看，唯恐自己会羞得满脸通红。

　　然后，他们在我身上裹上一串串珍珠，用一个贝壳做成的王冠和一个海藻做成的发网将我的头发梳到脑后罩住，又将我腿上的伤口用一块海草做成的绷带裹起来。最后，他们领着我穿过这个巨大的珊瑚宫殿，那昏暗的光线中点缀着一些发光的水母。

　　人鱼们将我领进一个宴会厅，大厅没有屋顶，我仰头望去，只见一群群的鱼在我头顶上方来回游弋，其间甚至还有一头鲨鱼。鱼群上方是一片微光闪烁的亮光，那一定是海面了。

　　我想现在是白天。

　　欧拉女王坐在餐桌一端一张巨大的、王座似的椅子上，整张桌子完全被藤壶和贝壳包裹起来，螃蟹和海星在桌面上乱爬，扇子般的珊瑚和鲜艳的海葵随着水流漂荡。

欧拉女王具有一种不可思议的王者风范。她的一双黑眼睛在我身上一转，我不由得身子一缩，想起眼前这个人统治大海的时间超过了人类的历史。

妮卡茜娅坐在欧拉旁边，她的座椅虽然不及她母亲的那样雄伟壮观，却也只是稍有逊色。餐桌另一端坐着贝尔金，他的座椅却比欧拉和妮卡茜娅的小得多。

"茱德·杜尔特，"他说，"你现在知道做囚徒是什么滋味了吧？在监牢里慢慢腐烂感觉怎样？你有没有想过你会死在这里？"

"没有。"我对他说，"我一直知道我会出去。"

听了这话，欧拉女王脑袋往后一仰，哈哈大笑起来。"你知道？不过是逞口舌之快罢了。你过来。"我听出她声音中蕴含着魔法，忽然想起妮卡茜娅说过，就算她对我做了什么，我也不会记得。老实说，她对我做的事还不算太糟，我应该高兴才对。

我身上穿着这件薄到透明的裙子，任谁都能一眼看出，我没有戴任何护身符。他们不知道达因在我身上设置了精灵符。他们相信自己能轻易蛊惑我。

我能假装。我能做到。

我游过去，小心地装出一脸的茫然。欧拉凝视着我的眼睛深处，我强忍着没有移开目光，竭力装出开朗真诚的表情，但这真是难如登天。

"我们是你的朋友，"欧拉说，长长的指甲抚摸着我的脸颊，"你深爱着我们，但你绝不能告诉这间大厅以外的任何人，你有多爱我们。你忠于我们，甘愿为我们做任何事，对不对，茱德·杜尔特？"

"是的。"我欣然答道。

"你会为我做什么，小人鱼？"她问道。

"任何事，我的女王。"我告诉她。

她抬头望向桌子那头的贝尔金。"看见没？这样就行了。"

他看上去脸有愠色。他通常只考虑自己，不喜欢受人支配。作为埃尔德雷德的长子，他憎恨父亲没有认真考虑由他继承王位。我确信他不喜欢欧拉这样跟他说话。倘若他不需要这位盟友，倘若他不在她的地盘上，我怀疑他根本不会容忍这样的轻慢。

也许我可以利用他们之间的分歧。

很快，装在充满空气的钟形玻璃罩里的菜品就流水般地端上来了，这样，即便是在水里，它们在被享用之前也是干燥的。

其中，有切成美观的花结状和其他巧妙形状的生鱼片，有用烤海藻提味的牡蛎，还有闪着红黑色光芒的鱼子。

我不知道没有人明确允许，我可不可以开吃，可我饥肠辘辘，愿意冒着被斥责的风险。

生鱼片味道清淡，但用某种辛辣的绿色调料拌过。我本以为自己不会喜欢，结果却正相反。我很快就狼吞虎咽地吃了三片金枪鱼。

我的脑袋仍然很疼，可我的胃感觉好些了。

我一边吃，一边思考自己该怎样做：我得认真听他们说话，一举一动都好像我信任他们，忠于他们。为此，我必须想象自己至少真的对他们有这种感情。我望向欧拉，想象将我抚养长大的是她，而不是马多克，想象自己是妮卡茜娅的某位姐妹，她有时候的确很刻薄，但总的来说对我还算关照。望着贝尔金，我的想象力有些滞涩，但我试图将他当成这个家庭的新成员，某个我需要信任的人，因为其他人都信任他。我笑眯眯地瞧着他们，脸上挂着宽宏大量的笑容，几乎感觉不到这其实是个谎言。

欧拉望着我说："跟我说说你自己，小人鱼。"

我脸上的笑容几乎僵住了，可我将注意力集中到自己饱饱的肚子上，集中到这里神奇的美景上。

"其实没有多少可说的。"我说，"我是个凡间女孩，在精灵世界里长大。这是我最有趣的事情。"

妮卡茜娅皱起眉头。"你有没有吻过卡丹？"

"这事重要吗？"贝尔金问道。他在吃牡蛎，用一把小叉子一个接一个地将牡蛎肉叉起来放进嘴里。

欧拉没有回答，只是冲妮卡茜娅点了点头。我喜欢她这样做：让她女儿的地位高于贝尔金的。我很高兴能有一件事让我喜欢她，有一样东西能让我集中精神，竭力让我声音中的热情保持真实。

"他没有同意跟深海王国结盟，要是这就是原因所在，那就重要了。"妮卡茜娅说。

"我不知道我该不该回答，"我环顾四周，希望脸上装出来的困惑看起来是诚实的。"但答案是：是的。"

妮卡茜娅的脸顿时拉了下来。既然我现在已经受了"蛊惑"，她似乎认为不必再在我面前假装坚强了。"不止一次吗？他爱你吗？"

我刚刚没有意识到，当我告诉她我吻过他时，她是多么希望我在撒谎啊！"不止一次，但不是那样的。他不爱我。根本没这回事。"

妮卡茜娅望着她母亲点了点头，示意她得到想要的答案了。

"你把你父亲的计划全毁了，他一定非常生你的气。"欧拉换了个话题。

"是的。"我说。这个答案又简短又准确。若非迫不得已，我不想说谎。

"大将军为什么没有告诉贝尔金欧克的父母是谁？"她继续问，"那样不比拿到至尊王冠后再满世界找卡丹容易得多吗？"

"我不是他的亲信。"我说，"那时不是，现在当然也不是。我只知道他这么做是有原因的。"

"毫无疑问，"贝尔金说，"他是想背叛我。"

"要是欧克做了至尊王，那马多克就会成为精灵国真正的统治者。"我说，因为这一点他们当然知道。

"而你不想事情发展成那样。"一个仆人拿着一方小小的丝质手帕走进来，手帕里兜着几条小鱼。欧拉用一根长长的指甲叉起一条小鱼，小鱼身上冒出一条细细的血线，缓缓向我这边漂来。"有意思。"

这不是个问题，所以我不必回答。

其他几个仆人开始撤走餐盘。

"你会带我们去欧克家吗？"贝尔金问道，"你会带我们去凡间，将他从你的大姐身边带走，带着他回来交给我们吗？"

"当然。"我撒谎道。

贝尔金瞥了欧拉一眼。要是他们劫走欧克，就可以在海里抚养欧克长大，他们可以让他跟妮卡茜娅成婚，他们可以拥有自己的绿石楠家族血脉，这一脉会忠于深海王国。那样，即便不靠贝尔金，他们也有机会夺取精灵国的王位。贝尔金不会乐意看到这样的局面。

这会是个漫长的游戏，但在精灵世界里，这是一种合理的玩法。

"那个叫格瑞森的家伙，"欧拉问她女儿，"你真的相信他能造出一顶新王冠吗？"

一时间，我的心跳几乎要停止了。我很高兴没有人看我，因为在这个时候，我觉得自己根本掩饰不了心中的恐惧。

"至尊王冠是他做的。"贝尔金说，"既然如此，那他一定能再做一顶。"

要是他们不需要至尊王冠，那他们就不需要欧克。不需要抚养他，不需要他将至尊王冠戴到贝尔金头上，甚至根本不需要他活着。

欧拉望了贝尔金一眼，目光中含着责备。她在等着妮卡茜娅回答。

"他是个铁匠。"妮卡茜娅说，"他不可能在海里冶炼和锻造，因此他会一直支持陆地。可是，沃尔德王死后，他渴望获得荣耀。他希望有一位至尊王能够给予他荣耀。"

这是他们的计划。我告诉自己要抑制住内心的恐慌。我知道了他们的计划。要是我能逃脱，那我就能阻止它。

在格瑞森完成至尊王冠之前，在他背上捅上一刀。作为内政大臣，有时我会怀疑自己的能力，可我从没怀疑过自己做刺客的能力。

"小人鱼，"欧拉说，她的注意力又回到我身上，"告诉我，你帮助卡丹，他答应给你什么？"

"可她——"妮卡茜娅开口说，但欧拉的神情制止了她。

"女儿，"深海王国的女王说，"你没有看见你眼皮子底下最应该看见的东西。卡丹从这女孩手里得到了王位。别再寻找她能在哪些地方制约他了——开始寻找他能在哪些方面制约她吧。"

妮卡茜娅傲慢地瞅了我一眼。"您这话是什么意思？"

"你说过卡丹不太喜欢她，可她却帮他当上了至尊王。想想看，也许他意识到她会有用，于是就利用了她，办法就是通过亲吻和恭维，就像你对那个小铁匠那样。"

妮卡茜娅看上去一脸茫然，仿佛她对这个世界的所有看法都被颠覆了。也许她从没想过卡丹也会玩阴谋诡计。尽管如此，我还是看出她对这一点很高兴。要是卡丹引诱我支持他，那她就不必再担心他喜欢我了。相反，她只需要担心我到底有什么利用价值。

"你为他弄到精灵国的至尊王冠，他答应给你什么？"欧拉和颜悦色地问道。

"我一直想在精灵世界里有一个位置，他告诉我，他会让我做他的内政大臣和第一亲信，就像埃尔德雷德宫廷里的瓦尔·莫伦一样。他会确保我受人尊敬，甚至令人畏惧。"这当然是谎言。他从没承诺过我什么，达因承诺的更少。可是，噢，要是有人给我承诺——要是马多克给我承诺——我一定很难拒绝。

"你是说你背叛你的父亲，帮助那傻瓜登上王位，就为了得到一个工作？"贝尔金神色严峻地表示怀疑。

"当精灵国的至尊王也是一份工作。"我答道，"可你看看，为了得到这份工作，大家做了多少牺牲。"我停了片刻，担心我对他们说话这样不客气，他们会不相信我仍然处于受到蛊惑的状态。但欧拉只是面露微笑。

过了片刻，她说："你说得对，亲爱的。我们不是也信任格瑞森，即便我们承诺他的回报跟茱德得到的几乎类似吗？"

贝尔金看上去不太满意，但也没有反驳。相比一个凡间女孩，相信卡丹是幕后主使要容易得多。

我又勉强吃了三片鱼片，用一根吸管喝了一种用炒米和海草做的茶。那吸管设计巧妙，能够将茶和海水分开。然后，妮卡茜娅就率领着几名人鱼侍卫将我送到一个海蚀洞里。

这不是一间卧室，而是一个笼子。然而，当我被推进去时，我发现尽管自己浑身湿透了，周围的环境却是干燥的。这儿充满了空气。但突然间，我无法呼吸了。

我窒息了，身体抽搐起来。肺里的水一齐顺着嘴巴涌出来，连带几片没消化完的鱼片。

妮卡茜娅哈哈大笑，然后说："难道这不是个漂亮的房间吗？"声音中饱含着魔法。

可我看到的只是粗糙的石地板，没有家具，什么都没有。

她的声音听起来如同梦呓。"你会喜欢这张罩着床罩的四柱床的。还有这几张可爱的小桌，还有这把冒着热气的茶壶。不论你什么时候喝它，里面的茶水都会热乎乎的非常美味。"

她在地上放上一杯海水。我想那就是她说的茶。要是我听从她的建议，将它喝了，我的身体就会迅速脱水。凡人没有淡水喝也可以支持几天，可由于我刚才一直在呼吸海水，我估计已经有麻烦了。

当我假装欣赏这间屋子，满脸敬畏地在里面转着圈子，感觉自己像个傻瓜时，她说："要知道，我能对你做的事，没有一件有你将对你自己做的事那么可怕。"

我转向她，假装困惑地皱起眉头。

"没事，这一点也不重要。"她说完便丢下我走了。这天晚上余下的时间里，我躺在坚硬的石地板上辗转反侧，竭力假装自己睡在最舒服的床上。

第二十三章

我醒来后发现自己浑身痉挛、头晕目眩，额头上冷汗直冒，四肢不由自主地颤抖着。

最近一年的大部分日子里，我天天都在服食毒药。我的血液已经习惯了毒药，而且我现在服用的剂量比刚开始时大多了。我已经习惯了。我已经离不开那些毒药了。

我躺在石地板上，试图将混乱的思想集中起来，试图想起马多克参加了很多次战役。我告诉自己他每次打仗都过得不舒服。有时候他是躺在地上睡觉，脑袋枕着一丛野草和自己的胳膊；有时候他受了伤，但无论如何仍要坚持战斗。他没有死。

我也不会死。

我不断这样告诉自己，可我不确定自己是否相信这一点。

一连过了几天，一个人也没有来。

我放弃了，喝了那杯海水。

我躺在这里的时候，有时还会想到卡丹。他虽然生来就是尊贵的王室成员，从小到大权势煊赫，但却靠喝猫奶长大，一直无人关爱，遭人冷落，就连跟他最像、似乎最关心他的兄长都任意毒打他，不知道那种生活是怎样的滋味？

想象一下，所有的大臣都向你鞠躬，允许你低声斥责他们，用手掌拍打他们。但不论你侮辱或伤害了他们中的多少人，你都总是知道，有人已经发现他们值得关爱，而与此同时，没有一个人发现你值得关爱。

尽管在空境人中间长大，可我并不总能理解他们的思想和感情。他们比他们相信的更像凡人，可是，每当我允许自己忘记他们不是人类，他们就会做点事来提醒我。只出于这一个原因，我要是认为自己从卡丹的经历就能懂得他的心的话，那我就是个大傻瓜。可我对他的心思很好奇。

我想知道，要是我承认他不在我的脑海之外又会怎样？

他们最终还是来了。他们让我喝了几口水，吃了一点儿东西。这时候我太虚弱了，没法儿担心自己是不是装得像是受了蛊惑了。

我详细地告诉他们我所记得的关于马多克的战略室的情况，以及他对欧拉的意图发表的看法。我详细地向他们回忆了父母被害的经过。我描述了一次过生日的场景，解释了我如何宣誓我的忠诚，如何失去自己的指尖，如何就那件事说谎。

在他们的命令之下，我甚至向他们表演了一次撒谎。

然后，当他们要我忘记这次问询时，我不得不假装自己已经忘记了。当他们告诉我我刚刚吃了一顿大餐时，我不得不假装自己感觉很饱，假装喝酒喝得醉醺醺的，尽管我只喝了一杯水。

我不得不允许他们打我耳光。

我不能哭。

有时候，我躺在冰冷的石地板上想：我对他们的容忍该不该有个限度呢？有没有什么事会让我不惜大祸临头，也要奋起反抗呢？

要是有那样的事，那我就是个傻瓜。

但要是没有那样的事，那我就是个怪物。

"凡间女孩。"贝尔金这样称呼我。那是一天下午，我们俩单独待在深海王宫那间充满海水的屋子里。他不喜欢叫我的名字，也许是因为他觉得我跟所有在空空宫里被榨干了的人类女孩一样毫无价值，可以弃如敝屣，不值得他唤出我的名字。

由于脱水，我的身体虚弱至极。他们经常忘记给我淡水和食物，我恳求他们，他们就蛊惑我，给我虚幻的水和食物。现在，我的头脑总是昏昏沉沉的，很难将注意力集中到任何事物上。

当时我跟贝尔金单独待在那个珊瑚做成的房间里，每隔一段时间，守卫就会游过来巡逻一下，我下意识地数着他们来了多少次。尽管如此，我依旧没有试图战斗或逃跑。我没有武器，身上几乎没有一丝力气。即便我能杀了贝尔金，我的身体也不够强壮，在我游到海面之前，一定会被他们抓住。

我的计划已经缩减到仅剩忍耐，一小时一小时地活下去，一天天地活下去，过暗无天日的生活了。

也许我不能被蛊惑，但这并不意味着我不能被折磨崩溃。

妮卡茜娅说过，她母亲在深海王国里有很多王宫，这座建在因斯维尔岛的岩石里，位于岛下面的王宫只是其中之一。这里离家这么近，却又在它下面数里格[1]，对我来说，真是一种持续不断的折磨。

这座王宫的水里悬挂着许多笼子，有些笼子是空的，但许多笼子里装着皮肤正在逐渐变成灰色的凡人，他们看上去似乎死了，偶尔却会动一下，表明他们还没死。深海王国的侍卫们叫这些人"溺死鬼"，我最怕自己会变成他们这样。我想起在达因的加冕礼上，我曾以为看到了自己从空空宫里救出来的那个女孩，那个主动掉进海里的女孩，那个肯定已经淹死了的女孩。现在我不确定自己有没有看错。

---

[1] 里格，旧时长度单位，1 里格相当于 4.828 千米（3 英里）或 3 海里。

"告诉我，"贝尔金今天说，"我弟弟当初为什么要偷我的王冠？欧拉以为她明白这是怎么回事，因为她理解对权力的渴望。但她并不理解卡丹。他从来都不怎么喜欢艰难的工作。他喜欢迷住别人。他喜欢惹麻烦。但他厌恶真正的努力。不管妮卡茜娅承不承认，她也不理解卡丹。她认识的卡丹也许会操纵你，但决不会让你去偷王冠。"

这是个测试。我头脑昏沉地想。对这个测试，我不得不撒谎，可我恐怕已经失去了分辨实话和谎言的能力。

"我又不是什么先知。"我说，想起了瓦尔·莫伦和他用谜语回答习难问题的办法。

"那就猜猜看。"贝尔金说，"在遗忘之塔里，当你在我的囚室外面神气活现地走来走去时，你曾暗示过，那是因为我对他太严厉了。可是在所有人当中，你最应该相信，他缺乏自律，我一直在设法让他变得更好。"

他一定在想，在上次的比武大会上，我和卡丹如何打斗，他又如何折磨我。我被记忆和谎言缠住了。我太累了，没法儿编故事了。"我认识他的时候，有一次他喝醉了，骑着马闯进了一位深受尊敬的老师的课堂；有一次他试图让我去喂女水妖；还有一次，他在狂欢会上攻击了一个人。"我说，"他好像的确缺乏自我约束，好像一直都是我行我素的。"

贝尔金看上去似乎很惊讶。"他那是想引起埃尔德雷德的注意，"他最终说，"想博取好感或憎恶，但多数时候是憎恶。"

"那么，他之所以想当至尊王，也许是因为埃尔德雷德的缘故。"我说，"或者是想故意跟他的记忆作对。"

这个想法似乎吸引了贝尔金的注意。尽管我这样说只是想误导他，以免他继续思考卡丹当至尊王的动机，但话一出口，我就怀疑这里面是不是也有几分实情。

"或者是因为您杀死了埃尔德雷德，这让他很生气。或者是因为您害死了他其他的哥哥姐姐。或者是因为他怕您也会杀掉他。"

贝尔金脸上的肌肉抽搐了一下。"闭嘴！"他说，我很感激地住了口。片刻之后，他俯视着我说："告诉我，我们两个谁更配做至尊王，我还是卡丹王子？"

"当然是您。"我轻松地说，给了他一个装得很真的崇拜眼神。我没有指出，卡丹已经不再是王子了。

"你会把这话亲自告诉他吗？"贝尔金问道。

"您让我告诉他什么，我就告诉他什么。"我说，用仅存的最后一点儿力气装得尽量真诚。

"你会走进他的套房，一剑接一剑地不停刺他，直到他身上的血流光吗？"贝尔金俯过身来问道。他这话说得很轻柔，仿佛是跟情人低语。顷刻间，一阵战栗传遍了我的全身，我忍不住发起抖来。希望他相信这不是因为厌恶，而是因为别的情绪——什么情绪都好。

"为了您？"我问道，他靠得太近了，我不由得闭上了眼睛，"为了欧拉？那会是我的荣幸。"

他哈哈大笑。"真残暴啊！"

我点点头，竭力不露出心中的渴望，因为我忽然想到，他们没准儿会派我离开大海去为他们办事，那样我可能就有机会逃脱了。

"欧拉给了我这么多赏赐，待我就像女儿一样。我想报答她。虽然我的房间那么漂亮，食物那么美味，可我不该成天闲着。"

"说得好。看着我，茱德。"

我睁开眼睛，抬起头凝视他。他的黑发漂浮在脸庞周围，在这里，在水中，他的指关节上和沿着胳膊生长的棘刺根根分明，就像尖利的鱼鳍。

"吻我。"他说。

"什么？"我吃了一惊，甚至忘了掩饰脸上的诧异之色。

"难道你不想吗？"他问道。

这算不了什么，我告诉自己，总好过挨耳光。"我以为您是欧拉的情人。"我对他说，"或者是妮卡茜娅的情人。她们不会介意吗？"

"一点儿也不。"他对我说，仔细地端详着我。

此刻我要是露出一点儿犹豫的神色，似乎都会令他起疑，于是我走上前去，将我的嘴唇印在他的嘴唇上。海水很冷，但他的亲吻更冷。

我觉得吻的时间差不多了，便退开了。他用手背擦了擦嘴，显然很厌恶，但他俯视着我，眼里露出贪婪的神色。"现在再吻我一次，把我当作卡丹。"

为了换取一点儿思考时间，我凝视着他那猫头鹰般的眼睛，双手沿着他那带刺的胳膊向上抚摩。这显然是个测试，他想知道自己在多大程度上控制了我。不过，我猜他还想知道一些别的东西，一些关于他弟弟的东西。

我逼迫自己再次俯过身去。他们俩有同样的黑头发，同样的尖颧骨。我需要做的只是假装。

第二天，他们给我送来一罐清澈的淡水，我感激地痛饮了一番。第三天，他们开始准备让我返回陆地。

为了救我回去，至尊王跟他们达成了一个交易。

我给过卡丹许多命令，可我将那些命令仔细回想了一番，仍想不起有什么命令能具体到让他支付赎金，以便我安全地回去。他本来已经摆脱了我，可他却愿意救我回去。

我不知道这意味着什么。也许这是政治的需要，也许他真的对各种会议厌恶透顶。

我只知道自己轻松得头晕目眩，但同时也恐惧得几欲发狂，我害怕这是某种游戏。要是我最终没有回到海面之上，恐怕我会无法掩饰心中的失望和痛苦。

贝尔金再次"蛊惑"了我，让我重申了对他们的爱和忠诚，以及对卡丹的谋杀计划。

贝尔金来到囚禁我的海蚀洞时，我正光着脚在石地板上踱来踱去，脚上戴着的脚镣发出响亮的声音。我从没这么孤单过，从没扮演一个角色这么长时间，我感觉自己被掏空了，整个人都缩小了。

"我们回到精灵国后，就不能经常见面了。"他对我说，仿佛我会很想念他似的。

此刻，由于心里太过忐忑不安，我不相信自己能做出适当的回应。

"所以你有机会就到空空宫来。"

不知道他怎么会以为自己将住在空空宫，而不是被关在遗忘之塔里。大概让他重获自由是释放我的条件之一。卡丹竟然同意这样的条件，我感到很吃惊。

我点了点头。

"要是我需要你，我会给你一个信号：在你经过的路上扔一块红布。见到红布，你必须立刻来见我。想必到时候你也能编出一个理由。"

"我能做到。"我说，在我的耳朵听来，我的声音太大了。

"你必须重新获得至尊王的信任，设法跟他单独相处，然后想办法杀了他。别在周围有人的时候尝试。这件事必须干得聪明一些，即便需要不止一次跟他单独会面。也许你还能发现更多你父亲计划的阴谋。一旦卡丹死去，我们需要迅速夺取军权。"

"好的。"我说。我吸了口气，这才敢问我真正想问的问题，"您有至尊王冠了吗？"

他皱了皱眉，说："快了。"

我良久不语，任由沉默持续。

贝尔金忍不住说："格瑞森要等你干完那件最要紧的事才会造出至尊王冠。他要我弟弟死。"

"啊。"我说，脑子转得飞快。过去，贝尔金曾冒险救过卡丹一次，但现在卡丹挡了他夺取王位的路，他似乎很乐意牺牲他的弟弟。我试图想出这是为什么，可我无法集中精神。我的思绪在不停地旋转着往外飞。

贝尔金像鲨鱼似的咧嘴一笑。"有什么不对吗？"

我差点儿就精神崩溃了。

"我有点儿头晕。"我说，"我不知道自己哪里不对劲儿。我记得自己吃过东西了。至少我觉得我记得。"

他貌似关切地看了我一眼，叫了一名仆人。不一会儿，那仆人就给我端来一只盛着生鱼片、牡蛎和黑得似墨的鱼子的盘子。我赶忙狼吞虎咽地吃起来，贝尔金则在一旁神色厌恶地瞧着我。

"你要避开所有的护身符，明白吗？花楸果、橡树皮、灰烬和棘刺，一样都不许戴。就连碰都不许碰。要是有人给你护身符，你要赶忙躲到一边扔掉。"

"明白了。"我说。那仆人没有给我拿来淡水，而是拿了酒。我贪婪地大口喝着，顾不得它有一种奇怪的余味，也顾不得它会让我头脑晕眩。

贝尔金又给下了我几道命令，我尽量听着，可是等他离开我时，我已喝得头晕眼花，感觉又疲惫，又恶心。

我蜷着身子躺在囚室冰凉的地板上，在我闭上眼睛之前，有那么一会儿，我几乎相信自己的确置身于那个魔法幻象中的豪华房间里。这天晚上，石地板睡起来感觉就像羽绒床。

第二十四章

第二天早晨，人鱼们又来给我更衣梳头时，我感觉头痛欲裂，脑袋里仿佛有柄大铁锤在猛烈敲击。他们给我穿上我原来的衣服，就是我参加塔琳的婚礼时穿的那条银色长裙。由于一直泡在海水里，它已经褪了色，而且，经过深海王国那些生物的啄食，它还有些破损脱线。他们甚至将暗黑剑系在我腰上，尽管它的剑鞘已经锈蚀了，手柄上的皮革看上去坑坑洼洼的，仿佛有什么东西一直在上面大快朵颐。

他们带我去见贝尔金，他穿着鲜艳的华服，手上戴着深海王国的图章戒指。他仔细打量了我一番，在我的耳朵上挂上两颗崭新的珍珠。

欧拉女王召集了一大队海洋人。有人鱼，有骑在巨大海龟和鲨鱼身上的骑士，还有此时呈海豹外形的塞尔基人，都在水里飞快地游着。海龟背上的骑士手执长长的红色旗帜，旗帜在他们身后飘荡着。

我坐在一只大海龟背上，旁边坐着一个背着两武器袋小刀的美人鱼。她紧紧抓着我，我没有挣扎。不过，身体要在洋流中保持静止也很难。恐惧固然很糟糕，但恐惧中又有希望的感觉更糟。我在恐惧和希望之间挣扎，心跳得飞快，呼吸异常急促，以至于我感觉自己的内脏仿佛都磨破了。

当我们开始上升、上升、上升、上升时，我忽然觉得周围的一切仿佛都成了幻觉。

在因斯维尔岛的海岸上，卡丹披着一件毛皮绲边的斗篷，骑着一匹花斑灰马站在那里，俨然一副王者气象。他周围骑士环绕，均穿着金绿相间的铠甲。他身旁一边是马多克，骑着一匹杂色马；另一边是尼瓦尔。岸边的树上藏满了弓箭手。卡丹头戴至尊王冠，王冠上的橡树叶看上去仿佛是经过千锤百炼的金叶，在逐渐暗淡的夕阳余晖中似乎还闪着光。

我浑身剧烈颤抖，感觉自己可能会抖得四分五裂。

欧拉在我们的队伍中心说道："精灵国之王，既然你已向我付了赎金，我也如约将你的内政大臣安全地送还给你。我让深海王国的新大使，绿石楠家族的后裔，埃尔德雷德的儿子，你的兄长贝尔金护送她回去。希望这个选择会让你高兴，因为他懂得陆地上那么多习俗。"

卡丹脸上的表情令人费解。他没有看他兄长，而是转头凝视着我。他看上去浑身上下无一处不是冷冰冰的。

我觉得自己很渺小，很软弱，仿佛身体真的缩小了。

我垂下眼睛，因为若不如此，我看上去就会像个傻瓜。*你已向我付了赎金。*欧拉刚才这样对他说。他做了什么才换得我回来？我竭力回忆我给他下过的命令，回忆自己有没有逼他这样做。

"你答应确保她健康完整的。"卡丹说。

"你可以看到，她就是那样的。"欧拉说，"我女儿妮卡茜娅，深海王国的公主，会用自己那双高贵的手扶她上岸的。"

"扶她？"卡丹说，"她应该不需要人扶的。你把她在冰冷的海里关得太久了。"

"也许你不再想要她了。"欧拉说，"也许你愿意重新跟我做交易，换样别的东西，而不是她，精灵国之王。"

"我会要她。"他说，声音中同时含着占有欲和轻蔑，"我哥哥可以做你的大使。跟我们当初约定的完全一样。"他向两名骑士点点头，他们便蹚着水过来，将我从那大海龟背上扶下来，搀着我往回走。

我身体虚弱，双腿发颤，身上还穿着奥里安娜那条裙子，这让我羞愧难当。这条裙子是她借给我参加塔琳的婚礼的礼服，现在婚礼早已结束，可我还穿着，这让我看起来可笑至极。

"我们之间现在还算不上开战，"欧拉说，"但也算不上和平。好好考虑一下你的下一步行动，陆地之王，你现在总该知道挑战我的代价了吧。"

那两名骑士搀着我上了岸，从其他空境人身边经过。卡丹和马多克都没有转头看我。不远处的树林里停着一辆马车，我被扶着上了车。

一个骑士摘下头盔，我见过她，可我不认识她。"大将军命我送你去他家。"她说。

"不，"我说，"我必须去王宫。"

她没有反驳我，但也没有屈服。"我必须执行他的命令。"

尽管我知道自己应该跟她搏斗，很久以前我一定会这样做，可我现在没有这样做。我任由她关上车门，靠在座椅上合上了眼睛。

我醒来时，发现两匹拉车马停在马多克的堡垒前，正踢着地上的尘土。那个骑士打开车门，那博恩将我从车里抱出来，就像我抱起欧克那样轻松，仿佛我不是血肉之躯，而是用小树枝和树叶扎成的。他将我抱到我原来的卧室里。

塔特在那里等我们。她放下我的头发，脱去我的裙子，拿走暗黑剑，给我穿上另一条裙子。一个仆人用托盘给我端来一壶热茶和一些食物，是烤鹿肉和吐司，鹿肉里的血水不断渗出来，流到吐司上面。我坐在小地毯上开始吃东西，用抹着黄油的面包蘸肉汁吃。

我就在小地毯上睡着了。当我醒来时，塔琳正在摇晃我。

我蒙眬地眨了眨眼，然后摇摇晃晃地爬起身来。"我起来了。"我说，"我在这里躺了多久了？"

她摇了摇头。"塔特说你整整昏迷了一天一夜，她担心你得了人类的疾病，所以才派人去叫我来。来吧，至少去床上躺一会儿。"

"你结婚了。"我忽然想起这一点。接着又想起洛基和那几个骑手，想起我本打算送给她的那副耳环。可我觉得这些事是那么遥远，仿佛过去了很久。

她点了点头，将手腕放到我的额头上。"你看上去像个鬼魂，不过我想你没有发烧。"

"我很好。"我说，谎言自动跳到了嘴唇上。我必须赶快去见卡丹，告诉他幽灵叛变的事。我必须赶快去见影子会成员。

"别这么自信。"她眼里含着泪说，"你在我婚礼当晚不见了，我甚至直到第二天早晨才知道。这些天来我一直担惊受怕。

"后来深海王国送来消息，说他们抓了你，至尊王和马多克相互指责。我不知道会发生什么事。每天早晨我都去海边往海里瞧，希望能够看见你。我问了所有的美人鱼，问她们能不能告诉我，你是不是还好，可她们没一个愿意回答我。"

我试图想象她曾感受的恐慌，可我想象不出。

"看上去他们似乎解决了分歧。"我想起他们一起站在海滩上。

"差不多吧。"她扮了个鬼脸，我想对她笑笑，但最终没有笑出来。

塔琳扶我上床坐好，在我背后塞了几个垫子。我感觉浑身疼痛，仿佛一下子老了许多，而且比以往任何时候更像凡人了。

"薇薇和欧克呢？"我问道，"他们还好吗？"

"很好。"她说，"他们已经跟希瑟一起回去了。希瑟这次来精灵世界，似乎没有对什么大惊小怪。"

"她被蛊惑了。"我说。

有那么一会儿，塔琳的脸上露出了怒容，这虽然情有可原，却也很少见。"薇薇不该那样做。"她说。

我心下宽慰：好在不止我一人有这样的感觉。"我离开了多长时间？”

"一个月多一点儿。"她说。这时间似乎短得难以置信。我感觉自己仿佛困在海里一百年了。

不仅如此，现在卡丹承诺我的一年零一天已经过去一半多了。我靠回垫子上，闭上了眼睛。"帮我起来。"我说。

塔琳摇了摇头。"让厨房里再给你送点儿汤来吧。"

要说服我并不困难。作为让步，她帮我穿上了衣服，那些衣服以前穿着太紧了，现在却松松垮垮地挂在我身上。她留下来喂我喝了几勺汤。

等到准备离开时，她撩起裙子，从系在一条吊袜带上的刀鞘里抽出一把很长的猎刀。这一刻，我知道我们毫无疑问是在同一座房子里长大的。

她将猎刀放到床上，又从衣兜里掏出一个护身符放在它旁边。"给你，"她说，"拿着。我知道它们会让你感觉安全一些。可你必须休息。答应我不要鲁莽行事。"

"我站都站不稳。"

她严厉地看了我一眼。

"我不会鲁莽的。"我答应她。

离开之前，她拥抱了我，我久久地吊在她的肩膀上，陶醉在人类汗液和皮肤的味道中。没有海洋的湿咸，没有松针的气息，没有血腥味，也没有夜晚开放的花儿的香味。

我摸着塔琳的刀打了会儿瞌睡。我不确定自己是何时醒来的，但肯定是什么人的争论声吵醒了我。

"不管大将军有什么命令，我都要见到至尊王的内政大臣。我要立刻见她，什么理由也不能阻止我！"这是一个女人的声音，我觉得有些耳熟。我翻身下床，头晕目眩地走到外面的走廊里，从那里的阳台上能看到楼下。我看到了白蚁宫廷的杜尔加。她仰头望着我，我看到她脸上有一道新伤口。

"请原谅。"她冲我喊道，但她的声音里显然没有任何歉意，"可我必须见你。事实上，我是来提醒你，你的职责的，包括那个职责。"

我想起了罗本王，想起了他那盐一样白的头发，想起了半年之前，为了换取他支持卡丹，我对他许下过承诺。他宣誓效忠至尊王冠和新的至尊王，但有一个明确的条件。

有一天，我会请你的国王帮个忙。他说。

我当时是怎样答复他的？我试图跟他讨价还价：一件价值相当的事，而且要在我们的能力范围内。

我想他是派杜尔加来叫我帮忙了，可是，我不知道我这个样子对他们来说还有什么用。

"奥里安娜在她的客厅里吗？如果不在，带杜尔加去那里，我会去那里跟她谈。"我紧紧抓住栏杆，以免自己倒下去。马多克的守卫们看上去似乎有些不高兴，但他们没有反驳我。

"走这边。"一个仆人对杜尔加说，她满含敌意地最后看了我一眼，跟着那人去了。

这让我有时间摇摇晃晃地走下楼梯。

"你父亲有令，你不能出去。"一个守卫说。这些守卫习惯了将我视为孩子，而不是至尊王的内政大臣，所以并不认为在我面前说话应该更加客气。"他要你休息。"

"这么说来，他没有命令我不要在这里见客，只是因为他没有想到这件事。"我说。那守卫皱起眉头，但没有反驳我。"他的关心——还有你的关心——我都知道了。"

我坚持着走到奥里安娜的客厅里，没有倒在半路。即便我在路上紧紧抓住木窗框和桌边的时间有点儿太长，但我也没有表面看上去那么糟糕。

"请给我们倒壶茶来，越烫越好。"我对一个仆人说，他一直跟在我身后照看我，但离我有点儿太近了。

然后我咬了咬牙，放开墙壁，走进了客厅。我向杜尔加点点头，随即倒在一张椅子里，尽管她还站着，双手负在身后。

"你的至尊王的忠诚是什么样子的，如今我们已经看到了。"她向我走近一步，脸上充满了敌意，我不禁怀疑她此行的目的不仅仅是跟我谈谈。

我本能地想站起来。"出什么事了？"

她听了哈哈大笑。"你自己清楚得很。你的国王允许深海王国攻打我们。两天之前，他们突然发动了攻击。还没搞清楚是怎么回事，我们中的许多人就被杀害了。现在我们又被禁止报复。"

"禁止报复？"我想起欧拉说过她跟我们还算不上开战，可是，既然海洋已经发动了攻击，陆地怎能说没有卷入战争呢？作为至尊王，当他的臣民受到威胁时，他应该赋予他们他的军事力量——马多克军队的力量。可是，卡丹竟然不允许臣民反击，这真是闻所未闻之事。

杜尔加龇着牙对我说："罗本王的爱妃受了伤——伤得很重。"

她说的是那个绿皮肤、黑眼睛，说起话来像凡人的皮克西精灵。白蚁宫廷那位可怕的领袖对她百依百顺，还和她一起说笑。

"她会活下来吗？"我柔声问道。

"你最好希望那样，凡人。"杜尔加说，"否则罗本王迫不得已，只好毁灭你的男孩国王了，不管他立过什么誓言。"

"我们会派骑士去你们那里，"我说，"让精灵国纠正自己的错误吧。"

她往地上啐了一口。"你不明白。你的至尊王这样做都是为了你。这是欧拉女王释放你的条件。贝尔金选择白蚁宫廷做目标，深海王国攻击了我们，你的卡丹任由她这样做。这里边根本没有什么错误。"

我闭上眼睛，用手指捏着鼻梁。"不，"我说，"这不可能。"

"贝尔金早就对我们心存怨恨了，尘土的女儿。"

听到这样的侮辱，我不由得身子一缩，不过我没有纠正她。她可以肆意辱骂我。至尊宫廷出卖了白蚁宫廷，都是因为我。

"我们真不该加入至尊宫廷的。我们真不该宣誓效忠你那个傻瓜国王的。我到这里来，就是要告诉你这个消息。此外还有一件事：你还欠着罗本王一个人情，现在你最好偿还他。"

我担心罗本王到底会向我要什么。当初在不知道他真实意图的情况下，就贸然答应将来一定帮忙，这本身就是个危险的承诺，即便是对一个可以背信弃义的凡人来说。

"我们也有自己的间谍，内政大臣。他们告诉我们，你是个不错的小刺客。我们想要的是——杀死贝尔金王子。"

"我不能那样做。"我说，吃惊得忘了掂量这话的分量。她赞扬我谋杀的技能，我并不觉得这是种侮辱。可是，交给我一个不可能完成的任务，这也算不上恭维。"他是深海王国的大使。要是我杀了他，陆地和海洋之间就会开战。"

"那就开战好了。"杜尔加说完就快步走了出去，丢下我独自坐在奥里安娜的客厅里。这时候，仆人刚好端着一个热气腾腾的托盘走进来。

杜尔加离开后，我直到那壶茶彻底变凉，才爬上楼梯，回到我的房间。我拿起塔琳给我的那把刀，再把我藏在床底下的另一把匕首拿出来。我用刀划开我裙子的衣兜底部，以便我能把匕首绑在大腿上，并且能迅速抽出来。马多克的房子里有很多武器，其中就有我那柄暗黑剑，可是我要是去寻找它们，将它们明目张胆地挂在腰上，他的守卫们一定会注意到。我需要他们相信，我已经顺从地回到床上去了。

我放轻脚步走到镜子前，看那把匕首是不是在裙子里藏好了。有那么一会儿，我都认不出镜子里的那个人了。我被镜子里的那个人吓坏了——我的皮肤像病人一样苍白，身子骨瘦如柴，四肢像树枝一样枯瘦，一张脸消瘦干瘪。

我转过身去不忍再看。

我来到外面的阳台上。我打算翻过栏杆，沿着墙壁爬到下面的草坪上。即便是在正常情况下，这也绝非易事。可是，当我一条腿跨过栏杆时，我才意识到我的胳膊和腿已经变得多么软弱无力。我认为自己没法儿爬下去。

于是我退而求其次：我跳了下去。

第二十五章

我爬起身来，膝盖上沾着草渍，手掌肮脏刺痛。我感觉头脑恍恍惚惚，仿佛我还在期待着能顺水流漂走，尽管我现在是在陆地上。

我深吸了几口气，享受着微风拂面的感觉，听着风动树叶的沙沙声。我沉浸在陆地、精灵世界和家的种种气息中。

我回想着杜尔加的话。为了让我平安回来，卡丹竟然不许白蚁宫廷回击。他做出这样的决定，他的臣民不可能对他满意。我怀疑就连马多克也不认为这是一种好战略。他竟然会同意这样的条件，真是令人难以想象。何况要是我继续困在深海王国，他不就能摆脱我的控制了吗？我曾以为，他无论如何不会喜欢我到愿意付出一切来救我。可我现在怀疑自己还会不会这么想，除非他亲口告诉我他救我的原因。

不过，不论卡丹出于什么原因救我，我都需要警告他，告诉他幽灵的事，告诉他格瑞森和至尊王冠的事，告诉他贝尔金计划让我谋杀他的事。

我步行前往王宫。比起马厩里的马夫发现少了一匹坐骑需要的时间，守卫们发现我已偷偷溜走的时间当然会更长。没走出多远，我的呼吸就变得粗重了。走到半路，我不得不停下来坐在一截树桩上休息。

你很好，我告诉自己，起来。

我花了很长时间才走到王宫。走向宫门时，我挺起胸膛，尽量不让人看出我多么疲惫。

"内政大臣。"一个守卫对我说，"请原谅，你已经被禁止进入王宫了。"

你绝不能拒绝见我，或者命令我从你身边离开。有那么一会儿，我似乎神志不清了，不知道自己被囚禁在深海王国的时间是不是比塔琳告诉我的更长。也许一年零一天已经结束了。但这是不可能的。我眯起眼睛。"这是谁的命令？"

"抱歉，我的女士，"另一个骑士说。他名叫戴尔玛，我认出他是一个颇受马多克青睐的骑士，一个马多克会信任的人。"这是你的父亲马多克大将军的命令。"

"我必须见至尊王。"我竭力拿出命令的腔调，可我的声音里却透着一丝恐慌。

"大将军吩咐我们，要是你来这里，就给你叫一辆马车来。如果有必要，我们就护送你坐车回去。你要我们送你回去吗？"

我呆立在原地，怒火中烧，无计可施。"不需要。"我说。

卡丹不能拒绝见我，但他可以容忍别人下这样的命令。只要马多克没有请求卡丹的允许，这就没有违反我的命令。要猜出我可能对卡丹下了哪种命令并不太难——毕竟，要是换作马多克，他也可能会给卡丹下我下过的大多数命令。

我早知道马多克想躲在王位后面统治精灵世界，可我从没想过他可能会找到办法接近卡丹，把我排除在外。

他们耍了我。不论是合谋还是单干，反正他们耍了我。

我心下焦急，胃里不禁翻腾起来。

受人愚弄的感觉和耻辱缠住了我，缠住了我的思想。

我回想着卡丹骑着那匹花斑灰马站在海岸上的样子：他那毫无表情的脸，毛皮绲边的斗篷，还有让他看起来跟埃尔德雷德如此相像的至尊王冠。我可以骗得他扮演现在的角色，可我没有骗得陆地接受他。

他拥有真正的权力，他坐在王位上的时间越长，权力就会变得越大。

他已经变成了至尊王，他做到了这一点，完全不需要我的帮助。

最初我想到这个愚蠢的计划时，我最担心的正是这一点。也许卡丹一开始并不想要这个权力，可他现在拥有了它，它就属于他了。

但更糟的是，卡丹已然摆脱了我的控制，因为我无法见到他。自从我将至尊王冠戴到卡丹头上那一刻起，我心中就一直担心着这件事。现在戴尔玛和其他骑士在王宫门口阻止我进去，我的担心终于变成了现实。尽管这件事很可怕，但它似乎也比这几个月来我一直试图说服自己相信的情况——我是精灵世界至尊王的内政大臣，我拥有真正的权力，我能将这个游戏玩下去——更合理。

我只是奇怪：他为什么不任由我继续困在海底受苦？

我转身离开王宫，径直穿过树林，前往影子会的一个秘密入口。我生怕自己会撞上幽灵。万一撞上他，我不确定会发生什么。不过，要是我能找到蟑螂和炸弹，那么我也许就能休息一会儿，了解现在的情况，并在格瑞森完成新的血腥王冠之前，派人去割断他的喉咙。

可是，当我到达那里时，却发现入口已经塌陷了。不对。仔细一看，原来不是塌陷——那里还残留着一丝爆炸的痕迹。不论是什么毁了这入口，它造成的损害应该远不止如此。

我几乎无法呼吸了。

我跪在松针里，试图理解自己看到的景象，因为看上去，影子会就像被埋藏了。这一定是幽灵干的——这是令人发指的背叛。但愿蟑螂和炸弹还活着。

求求上天，让他们活着吧。

我现在没办法找到他们，我的处境更糟了。我木然地往回走，朝着皇家花园走去。

皇家花园里，一群精灵小孩正围着一位老师上课。一个云雀男孩在玫瑰花丛中采摘蓝玫瑰，瓦尔·莫伦在男孩旁边漫步，他抽着一根很长的烟管，肩头停着他那只老乌鸦。

他头上只剩下了一圈头发，乱糟糟的也没有梳理，有的地方缠结在一起，有的地方挂着鲜艳的布片和铃铛。他的嘴角布满了深深的笑纹。

"你能帮我进王宫吗？"我问他。这是孤注一掷，不过我已经不再介意难为情了。只要能进去，我就能发现影子会出了什么事，就能见到卡丹。

瓦尔·莫伦扬起双眉。"你知道他们是什么吗？"他问我，向那男孩做了个意义含混的手势，那男孩转过头来，目光锐利地瞧了我们一眼。

也许瓦尔·莫伦帮不到我。也许在精灵世界这个地方，一个疯子扮演丑角，看上去却像个先知——但也许他就只是个疯子。

那云雀男孩一面摘花，一面哼着歌。

"精灵？"我问道。

"是的，是的。"他听起来很不耐烦。"空境人。不结实，无法保持一种形状，就像扔到空中的花籽。"

那只老乌鸦忽然"嘎嘎"地叫起来。

瓦尔·莫伦深深地吸了口烟。"当我遇见埃尔德雷德时，他骑着一匹乳白色骏马来到我面前，我对生活的想象顿时全都变成了尘埃和灰烬。"

"你爱他吗？"我问道。

"当然爱他。"他对我说，但他听起来似乎在谈论很久以前的事，讲述一个只需照着以前听过的故事讲的老故事。"一见到他，我心中所有的家庭责任全都变得像件旧外套那样破了。他用双手触摸我皮肤的那一刻，我简直情愿将我父亲的磨坊烧成一片灰烬，只为了他再触摸我一次。"

"那就是爱吗?"我问道。

"即便不是,"他说,"也很相近了。"

我想起了我认识的埃尔德雷德的样子:老态龙钟,弓腰屈背。不过我也记得,当他摘下头上的至尊王冠时,他似乎变得年轻了。假如他没有遇害,不知他会年轻多少。

"求求你,"我说,"请你帮我进王宫吧。"

"当埃尔德雷德骑着他的乳白色骏马来到我面前时,"他重复道,"他给我开出一个条件。'跟我来,'他说,'到灵境丘下面的土地上来,我会用苹果、蜂蜜酒和爱喂养你。你会长生不老,还有可能发现你想知道的所有秘密。'"

"这听起来很不错。"我承认。

"千万别跟他们做交易,"瓦尔突然抓住了我的手,"不管是聪明的交易还是糟糕的交易,愚蠢的交易还是奇怪的交易,尤其不要做听起来很不错的交易。"

我叹了口气。"我在这里几乎住了一辈子,这件事我知道!"

我的声音吓着了他的乌鸦,它从他肩上跳起来,飞到了空中。

"那就好好想想这件事。"瓦尔·莫伦看着我说,"我不能帮你。这是我放弃的东西之一。我答应过埃尔德雷德,一旦成为他的爱人,我就放弃了所有人类。我绝不能优先于精灵选择凡人。"

"可是埃尔德雷德已经死了。"我坚持道。

"可我的承诺依然有效。"他双手在身前一摊,表明他无能为力。

"我们是人类。"我说,"我们可以撒谎。我们可以违背诺言。"

可他瞧着我的眼神充满怜悯,仿佛是我搞错了。

望着他走远,我做出了一个决定。只有一个人有理由帮我,只有一个人肯定会帮我。

你有机会就到空空宫来。贝尔金曾这样对我说。现在就是好机会。

我硬着头皮往前走。穿过牛奶森林的道路不仅弯弯曲曲，而且距离大海太近了，我惴惴不安。我望向林子外面的大海时，不由得浑身哆嗦起来。若是看到大海就难受，那我在一座海岛上生活就肯定不会容易。

经过面具湖时，我朝水里望去，看见三个皮克西精灵正瞪大眼睛望着我，神情显然很关切。我双手伸进水里，捧起水来洗了洗脸。我甚至喝了几口水，尽管湖水有魔法，我不确定能不能喝。尽管如此，淡水对我来说太珍贵了，我无法舍弃喝淡水的机会。

远远望见空空宫时，我停下来喘口气，同时竭力鼓起勇气。

我尽量勇敢地走向大门。大门上雕着一张邪恶的脸，门环就穿在这张脸的鼻子上。我抬手去抓门环时，这张脸的眼睛睁开了。

"我记得你，"门说，"我王子的女士。"

"你弄错了。"我说。

"我很少弄错。"大门缓缓打开，发出轻微的吱嘎声，说明它已经有一阵子没有打开过了。"热烈欢迎。"

空空宫里一个仆人和守卫也没有。贝尔金是深海王国的人，这件事已经众所周知了，因此，毫无疑问，他很难哄骗空境人为他效力。鉴于卡丹通过的新规则，贝尔金欺骗凡人为他无穷无尽地服务的能力也降低了。我穿过几个响着回声的房间，来到一个客厅里，发现贝尔金正坐在那里喝酒。他的周围点了十几支粗壮的圆柱蜡烛，头顶上方飞舞着几只红色飞蛾。他曾将它们留在深海王国里，但既然他现在回来了，它们也跟着他回来了。此刻，它们就像在绕着一团烛火飞舞。

"有人看到你吗？"他问道。

"我确信没有。"我向他行了个屈膝礼。

他站起身，走到一张长长的隔板桌前，拿起桌上一个玻璃吹成的小瓶。"你大概没有去尝试杀我弟弟吧?"

"马多克命令我远离王宫。"我说,"我想他是怕我会影响至尊王。我见不到卡丹,那就对他什么也做不了。"

贝尔金又喝了口酒,然后向我走来。"马上会有一场舞会,一场假面舞会,目的是向一个低级宫廷的国王致敬。舞会就在明天,只要你能从马多克那里溜走,我就会设法带你进去。你能自己弄到礼服和面具吗?还是需要我帮你弄?"

"我能自己弄到。"我说。

"很好。"他举起那个小瓶,"在这样的公共集会上,直接刺杀他太招摇了。下毒要容易得多。我要你带着这瓶毒药,等你有机会单独跟他在一起时,务必将它偷偷加到他的酒里。"

"我会的。"我郑重地说。

然后,他托起我的下巴,说:"告诉我你是我的人,茱德。"声音中蕴含着魔法。

他将那小瓶放到我手里,我握住了它。

"我是您的奴仆,贝尔金王子。"我定定地望着他的眼睛,用我那破碎的心全力撒着谎。"我会执行您的意志。我是您的人。"

第二十六章

我正要离开空空宫，忽然感到身心俱疲，头脑晕眩，便赶忙在楼梯上坐下，等着自己缓一缓。这时候，一个计划在我的脑海中渐渐成形，只不过这计划不仅需要夜色的掩护，还需要我好好休息一番，再将自己合理地武装起来。

我可以去塔琳的家，可洛基会在那里，而他曾试图杀了我。

我可以回到马多克的家，但我要是那样做，他的仆人很可能会按照他的指示，用绒毛毯把我裹起来，将我囚禁在床上，直到卡丹不再服从我的命令，而是发誓服从他这位大将军。

我心中惶恐不安，不知道留在这里是不是最好的选择。这里没有仆人，除了贝尔金，谁也不会来打扰我，而他则在忙着想自己的事。在这座巨大的、响着回声的房子里，我甚至怀疑他能否注意到我。

我本想务实一些，可我很难战胜自己想尽快远离贝尔金的本能。但我此刻已累得精疲力竭了。

我曾多次偷偷潜入空空宫，对这里的地形很熟悉，知道怎么去厨房。我发现自己渴得厉害，就去厨房区旁边的水泵那儿喝了很多水。然后缓缓地爬上楼梯，来到卡丹曾经的卧室里。四周的墙壁跟我记忆中的一样光秃秃的，那张支着半个华盖的大床占据了房间的大部分空间，床头板上雕刻着一些手舞足蹈、袒胸露乳的猫女。

这里本来放着一摞书和文件，现在都不见了，但他的衣橱里仍然装满了他遗弃的华服。我想对于至尊王来说，这些华服就不再显得那么奢华可笑了。不过，里面有好几件衣服都像夜色一样黑，还有几条很容易穿上的紧身裤。我爬到卡丹的床上，本担心自己会紧张得辗转反侧睡不着，可我却吃惊地发现，我立刻沉沉地睡去了，连个梦都没有做。

在月光里醒来后，我走到他的衣橱前，从他的衣服里面挑出几件最不起眼的。我穿上一件他的天鹅绒紧身上衣，将领口和袖口上的珍珠扯下来，再穿上一条他的朴素柔软的紧身裤。

我再次出发，感觉脚下不那么发颤了。经过厨房时，我几乎没发现什么食物，除了一角硬面包。我走进夜色中，一边走一边啃面包。

精灵国的王宫是一个巨大的山丘，它的大多数重要的房间（包括巨大的王座大厅）都位于地下。山丘顶上有棵树，树根深入地下很深的地方，只有魔法才能做到这一点。然而，这棵树下就有几个房间，它们装着几扇薄薄的水晶窗格，亮光可以透进去。它们都是普普通通的屋子，卡丹曾经将地板点着的那间也在那里。妮卡茜娅曾从他的衣橱里向他发射弩箭。

这间屋子现在已经给封起来了，那道双开门被锁起来并加上了门闩，以便封住那条通往皇家套房的密道。想从王宫里进入这间屋子是不可能的。

可我打算爬上灵境丘。

我悄无声息地偷偷出发了。我将两把小刀刺进泥土里，把身子拉起来，双脚踩到岩石和树根上；然后再来一次。我越爬越高。我看见几只蝙蝠在我头顶上方盘旋，顿时僵住了，心中暗暗祈祷它们不是谁的眼睛。一只猫头鹰在附近的一棵树上叫起来，我才意识到有多少东西在观察我。我能做的只是再爬快一点。快爬到第一组窗户时，我忽然感到浑身没了力气。

我咬紧牙关，竭力不去理睬双手的颤抖和脚下的晃动。我喘得太厉害了，现在唯一想做的就是停下休息。可我确信，只要停下来休息，我的肌肉就会彻底僵硬，那样就再也爬不动了。我继续往上爬，完全不顾自己浑身上下无一处不疼痛难忍。

我将一把小刀插进土里，试图将自己拉上去，可我的胳膊太虚弱了。我做不到。我顺着陡峭的、岩石密布的崖壁往下望，看到宫门周围闪烁的灯光。有那么一会儿，我的视线模糊了，不知道我若是放手会发生什么。

但这是个愚蠢的想法。那样我只会滚下崖壁，撞破脑袋，摔成重伤。

我咬牙坚持住，一点点地朝着那些水晶窗格爬去。我多次研究过王宫地图，对宫里的地形十分熟悉，所以只瞅到第三个窗格，我就发现了正确的位置。窗格下面一片黑暗，但我行动起来，用小刀不停地凿着水晶窗格，直到窗格裂开。

我用紧身上衣的袖子裹住双手，将窗格击碎。然后从窗口跳进了卡丹遗弃的套房。里面一片漆黑，四周的墙壁和家具仍旧散发着烟味和酸臭的酒味。我摸黑来到那个衣橱前。

我轻松地钻进衣橱，打开密道门，轻手轻脚地走过走廊，沿着旋转向下的路径往下走，最终来到卡丹所在的皇家套房里。

我溜进卡丹的房间。现在天还没亮，可我很幸运，房间里空荡荡的，没有举行狂欢，沙发上和他的床上也没有大臣在打瞌睡。我走到他睡觉的地方，伸出一只手按住他的嘴。

他顿时醒了过来，挣扎着想摆脱我的掌握。我用力按住他的嘴，感觉他的牙齿顶着我的手掌。

他一把抓住我的咽喉，有那么一会儿，我心中感到一阵恐惧，生怕我不够强壮，曾经接受的训练不够丰富。然后他的身体完全放松了，仿佛意识到了我是谁。

他不该这样放松的。"他派我来杀你。"我在他耳边低语道。

他身子一颤，伸过一只手抓住我的腰。但他没有将我推开，而是将我拉到床上，我从他身上滚过，滚到了刺绣繁复的床单上。

我的手从他的嘴上滑下来，惊恐地发现自己躺在新任至尊王的新床上，而我仍然是个人类，不配躺在上面；发现自己躺在新任至尊王身边，而我对他的触摸越多，对他的恐惧也就越深。

"贝尔金和欧拉在计划杀你。"我慌乱地说。

"是吗？"他懒洋洋地说，"那你刚才为什么还要叫醒我？"

意识到他的身体就在我旁边，意识到他还未完全清醒时曾将我拉到他身上，我感到很难为情。"因为我很难被蛊惑。"我说。

他轻笑了两声，伸过手来抚摩我的头发，抚摸我凹陷的脸颊轮廓。"我本可以告诉我哥哥这一点的。"他的声音柔和得完全出乎我的意料。

"要是你没有允许马多克阻止我来见你，我本可以早点儿告诉你这一切。我当时有紧急情报要立刻告诉你。"

卡丹摇了摇头。"我不知道你有话要跟我说。马多克告诉我你在休息，我们应该让你慢慢恢复。"

我皱起眉头。"我明白了。在这个过渡时期，马多克自然会取代我的位置，做你的顾问。"我对卡丹说，"他命令你的侍卫禁止我进入王宫。"

"我会给他们下不同的命令的。"卡丹说着从床上坐起来。他上身赤裸，身上的皮肤在那些魔法灯柔和的光辉中泛着银色光泽。他继续用那种奇怪的目光凝视着我，仿佛他之前从没见过我，或者仿佛他以为今后可能再也见不到我了。

"卡丹？"我说，感觉他的名字在我的舌头上留下了一种奇怪的味道。"白蚁宫廷的一个代表来见我了。她告诉我——"

"告诉你深海王国释放你的条件。"他说，"你想说什么我都知道。

你会说同意付他们赎金是愚蠢之举。你会说那将动摇我的统治。你会说这样会证明我的脆弱。就连马多克都相信我这是在背叛自己的责任，尽管他提出的解决办法也并非完全只是外交手段。可你不如我了解贝尔金和妮卡茜娅，与其让他们相信他们对你做什么都不会有后果，不如让他们认为你对我很重要。"

想到他们相信我有价值时是如何对待我的，我不由得颤抖起来。

"自从你不见之后，我曾想了很久，现在，有件事我想说出来。"卡丹说。他的脸色很严肃，几乎算得上郑重，他很少允许自己这样。

"当我父亲将我送走时，一开始我想证明自己完全不是他以为的那样。可是，当这种办法不起作用时，我就竭力装得跟他相信的我的样子一模一样。要是他以为我很坏，那我就要表现得更坏。要是他以为我很残酷，我就要表现得令人恐惧。我要辜负他的所有期望。要是我得不到他的宠爱，那我就要激起他的愤怒。

"贝尔金不知道该拿我怎么办。他让我参加他那些放荡的聚会，让我给他斟酒上菜，炫耀他驯服的这个小王子。当我渐渐长大，脾气变得越来越坏时，他渐渐喜欢上有个人可以让他管教的感觉。他感到失望时就鞭打我，认为他的不受宠都是我造成的。可是，也是他最先在我身上发现了他喜欢的东西——他自己。他鼓励我的各种残酷行为，点燃我的所有怒火。于是我就变得更坏了。

"以前我不是什么好人。对许多人都不好。对你也不好。我不确定自己是否想要你，或者是否想要你从我眼前消失，好让我心里不再有那样的感觉，这甚至让我对你更不好。可等到你不见了——真的消失在了大海里时，我对自己恨之入骨，我从没像那样恨过我自己。"

卡丹这一席话太让我吃惊了，我一直在试图识破他话里的诡计。这不可能是他的真心话。

"也许我很蠢，可我不是傻瓜。我看出你对我有点儿喜欢。"他继续说，脸上露出顽皮的表情，神色也随之开朗起来，这让他的脸看上去更熟悉，"喜欢挑战我？喜欢我漂亮的眼睛？究竟是什么无关紧要，因为你不喜欢我的地方更多，这我知道。我不能信任你。可是，在你不见了的时候，我不得不做很多决定。我做了那么多正确的决定，都是因为我想象着你还在我身边，茱德，你在给我下这些荒唐可笑的命令，我只不过是义无反顾地服从了。"

我无言以对。

他哈哈大笑，伸出一只温暖的手按住我的肩头。"也许我是吓到你了，要么你就是像马多克宣称的那样病得不轻。"

然而，我还没来得及说什么，甚至还没想出该说什么，突然发现一张弩正瞄着我。弩后面站着蟑螂，他身后还跟着炸弹，两手各握着一柄一模一样的匕首。

"陛下，我们跟踪她来到这里。她是从您哥哥的空空宫过来的。她是来杀您的。请您从床上下来。"炸弹说。

"荒唐。"我说。

"不然的话，让我们看看你带着什么护身符。"蟑螂说，"花楸果？你的口袋里连盐都没有吧？我认识的茱德可不会什么护身符都不带。"

当然，我的口袋里空空的，因为贝尔金什么都会检查，何况我也不需要盐了。但这样我也就没有多少办法能证明自己的清白了。我可以告诉他们达因给我设置了精灵符，可他们没有理由相信我。

"请您从床上下来，陛下。"炸弹重复道。

"应该下来的是我——这不是我的床。"我向床尾挪去。

"不许动，茱德。"蟑螂说。

卡丹浑身赤裸地从被单里钻了出来。一时间我们都惊呆了。但他从容地走过去披上一件刺绣繁复的晨衣，显然一点儿也不感到羞耻。他那条只有末端长着一撮毛的尾巴恼怒地迅速上下摆动着。"她叫醒了我。"他说，"要是她打算杀我，干吗要这样多此一举？"

"掏空你的衣袋。"蟑螂对我说，"让我们看看你的武器。全都放到床上。"

卡丹在一张椅子上坐下，身上裹着的晨衣仿佛是件朝服。

我的衣兜里没多少东西。啃剩下的一小块面包，两把沾满泥土和青草的小刀，还有那个瓶口塞住的小玻璃瓶。

炸弹拿起小瓶，瞅着我摇了摇头。"我们开始吧。这是从哪里得来的？"

"贝尔金给我的。"我恼火地说，"他试图蛊惑我来谋害卡丹，因为他要说服格瑞森为他造一顶精灵国的至尊王冠，就得要卡丹死。我到这里来就是要告诉至尊王这件事。我本想先告诉你们，可我进不了影子会。"

炸弹和蟑螂对望了一眼，眼中满是怀疑的神色。

"要是我真被蛊惑了，还会告诉你们这些事吗？"

"也许不会。"炸弹说，"但这也可以是个非常聪明的策略，可以误导我们。"

"我不会被蛊惑。"我只好承认，"这是我跟达因王子交易的一部分，这样我才会做他的间谍，为他效劳。"

蟑螂扬起双眉。卡丹目光锐利地瞅了我一眼，仿佛确信跟达因有关的事都不可能是好事。或者，他也许只是为我又有一个秘密而感到吃惊。

"我本来就奇怪，他到底给了你什么，才让你甘愿跟我们这些从不行善的间谍命运与共。"炸弹说。

"主要是为了获得权力。"我说，"但也为了获得抵御蛊惑的能力。"

"你可能仍然在撒谎。"蟑螂说，然后转头望着卡丹，"试试她。"

"你说什么？"卡丹站起身来。蟑螂似乎突然想起了卡丹的身份，而自己刚才竟然那么随便地跟他说话。

"别跟朵带刺的玫瑰似的，陛下。"蟑螂耸了耸肩，咧嘴一笑，"我没有命令您。我只是建议，要是您试着蛊惑一下茱德，我们就能弄清真相了。"

卡丹叹了口气，向我走来。我知道这有必要。我知道他不打算伤害我。我知道他没法儿蛊惑我。可我还是不由自主地退了一步。

"茱德？"他问道。

"来吧。"我说。

我听出魔法进入了他的声音，令人迷醉，充满诱惑，比我预料的更强大。"爬过来。"他咧嘴笑道。我窘得双颊晕红。

我站在原地望着他们的脸。"满意了？"

炸弹点了点头。"你的确没被蛊惑。"

"现在告诉我，我为什么应该信任你们。"我对她和蟑螂说，"幽灵带着瓦西伯来找我，要我去遗忘之塔。他劝我单独跟他们去，将我骗到一个地方，让我被深海王国俘虏，我至今都不知他为什么要那样做。你们俩中的一个也是他的同谋吗？"

"起先我们也不知道幽灵背叛了我们，等我们知道的时候已经太迟了。"蟑螂说。

我点了点头。"我看见森林里那个通往影子会的老入口了。"

"幽灵引爆了我们自己的一部分炸药。"他冲炸弹点了点头。

"炸毁了王宫的一部分，以及影子会的巢穴，更别提埋葬马布女王的那些古老的地下墓穴了。"卡丹说。

"这件事他已经计划了一阵子了。我本来能够阻止它变得更糟的。"炸弹说，"我们中的几个安全地逃了出来——利嘴龙还好。是他看见你在爬灵境丘。可是很多人在爆炸中受伤了。恶灵尼尼尔就被严重烧伤了。"

"那幽灵呢？"我问道。

"他似乎随风而逝了。"炸弹说，"不见了。我们不知道他在哪儿。"

我提醒自己，只要炸弹和蟑螂没事就好。这一切原本可能糟糕得多。

"既然我们现在都属于不利的一方，"卡丹说，"那我们必须讨论一下接下来该怎么做。"

"既然贝尔金认为他能将我弄进明天的假面舞会，那就让他专心做这件事吧。我会跟他玩下去。"我停下来转头看着卡丹，"要么我就直接杀了他。"

蟑螂在我后脖颈上拍了一巴掌，哈哈大笑起来。"你知道吗，你以前就干得很好，孩子。可从海里出来后，你甚至比以前更坚韧了。"

我不得不垂下眼睛，因为我吃惊地发现，自己曾多么渴望听到有人这样说。当我抬眼回望时，发现卡丹在仔细观察我。他看上去神色痛苦。

我摇了摇头，阻止他说出心里的想法——不论他在想什么。

"贝尔金是深海王国的大使，"他转而说，仿佛是在重复我对杜尔加说过的话。我很感激他回到我们的讨论上。"受到欧拉的保护。欧拉有格瑞森效劳，同时非常渴望考验我。要是她的大使被杀了，她会大为震怒。"

"欧拉已经进攻过陆地了。"我提醒他，"她没有公然宣战，唯一的原因是她想设法获得全面的优势。但她会宣战的。那么就让我们主动出击吧。"

卡丹摇了摇头。

"可贝尔金想杀掉你。"我坚持道，"他要得到至尊王冠，必须满足格瑞森这个条件。"

"你应该得到那个铁匠的双手。"炸弹说，"将他的双手齐腕砍断，

251

免得他再惹麻烦。"

蟑螂点了点头。"我今晚会找到他的。"

"你们三个对所有的问题只有一个解决办法。谋杀。没有哪把钥匙能开所有的锁。"卡丹严厉地看了我们一眼，举起一只手指修长的手掌，一根手指上还戴着那枚从我那里偷走的红宝石戒指。"有人企图背叛至尊王，谋杀。有人瞪你们一眼，谋杀。有人怠慢了你们，谋杀。有人弄脏了你们新洗的衣服，谋杀。

"我发现我听得越多，越觉得你们像是在提醒我，我几乎没怎么睡觉就被叫醒了。我要叫人给我弄壶茶来，还要给茱德拿点儿吃的，她看上去脸色发白。"

卡丹站起来，吩咐一个仆人去泡两大壶茶，再端些燕麦饼和奶酪过来。可那仆人端着他要的东西回来后，他又不许对方进来。他亲自走到门口，接过那个很大的镶银雕花托盘，端过来放到一张矮桌上。

我饿极了，赶忙用燕麦饼和奶酪做了个三明治。我吃完第二个三明治，喝了三杯茶，才感觉好多了。

"明天的假面舞会，"卡丹说，"是为了向白蚁宫廷的罗本王致敬。他大老远跑来冲我嚷嚷，我们应该让他发泄一下。要是贝尔金的暗杀计划能让他忙到舞会之后，那样要好得多。

"蟑螂，要是你能把格瑞森弄到某个地方，让他不再惹麻烦的话，那就是帮了大忙了。现在是他选择效忠哪方，向这个小游戏的其中一个玩家下跪宣誓的时候了。不过我不想要贝尔金死。"

蟑螂啜了口茶，扬起一条浓密的眉毛。炸弹叹了口气。

卡丹转头对我说："自从你被掳走后，我浏览了所有我能找到的关于陆地和海洋之间关系的历史。从第一任至尊女王马布将精灵国的三座岛屿从深海里召唤出来之后，我们空境人偶尔也会跟海洋爆发一些小冲突，可是有一点似乎很清楚：一旦认真开战，海陆之间就不会有胜利者。你刚才说，你认为欧拉女王一获得优势就会宣战。可我却认为她这是在考验一个新的统治者——她希望能够蒙骗他，或者用另一个对她感恩戴德的人来取代他。她认为我年轻软弱，想摸清我的底细。"

"那又怎样？"我问道，"难道我们的选择就是忍受她的游戏，不管它多么致命，或者卷入一场无法打赢的战争吗？"

卡丹摇了摇头，又喝了杯茶。"我们要让她看看，我根本不是软弱的至尊王。"

"那我们该怎么做？"我问道。

"这很难做到。"他说，"因为我担心她是对的。"

第二十七章

从我的套房里将一条裙子偷带出来很容易，可我不想让贝尔金猜到我进过王宫。于是我就前往位于因斯木尔岛末端的曼陀罗市场，打算从那里找到适合参加假面舞会的礼服。

我去过曼陀罗市场两次，但都是很久以前马多克带我去的。那里正是奥里安娜警告我和塔琳远离的地方，因为那儿到处都是急于跟你做交易的空境人。市场只在雾气蒙蒙的早晨开放，那时候精灵国的大多数空境人都还在睡觉。如果我无法在那里弄到礼服和面具，那就只好从某个大臣的衣橱里偷了。

我在市场里的摊位间穿行，只见一块海藻上面堆着一堆热气腾腾的牡蛎，它们散发出的气味熏得我直恶心，我不由自主地想起了深海王国。我经过一盘盘做成动物形状的棉花糖、盛着酒的小橡子杯，以及几只巨大的角雕。一个摊位后面，一个驼背女人拿着一支画笔，在鞋子的鞋底上画护身符。我四处逛了一阵，最终发现了一套雕花皮面具。这些面具别在一面墙上，造型惟妙惟肖，有的像奇怪的动物，有的像欢笑的地精，有的像粗野的凡人。什么颜色都有，有金色的，有绿色的……你能想到的颜色应有尽有。

在这些面具中间，我发现了一个没有笑容的人类脸孔。"我要这个面具。"我摘下面具对店主说，那是个弓腰屈背的高个女人。她冲我粲然一笑。

"内政大臣。"她说，由于认出我而两眼放光，"就算我送您的礼物吧。"

"你真是太好了，"我有点儿绝望地说。所有的礼物都是有代价的，我已经在为偿还债务苦苦挣扎了。"可我宁愿——"

她冲我眨了眨眼。"要是至尊王称赞您的面具，您要允许我为他做一副面具。"我点了点头，她这么直截了当地提出条件，我倒是松了口气。这女人从我手里拿过面具，将它放在桌上，从一张书桌下面拿出一罐颜料。"让我做一点小小的改动。"

"你这是什么意思？"

她拿出一支画笔。"以便她看上去更像您。"她在面具上画了寥寥数笔，它果然看上去像我了。我瞪大眼睛瞧着面具，我看到了塔琳。

女人将面具包起来时，我对她说："我会记住您的好意的。"

我离开她的店，继续寻找那块表明衣裙店所在的飘动的布片。可等我找到它时，却发现那里已经改成了一个卖花边的店。我在迷宫似的药店和算命店中间转了几圈。当我试图寻路回去时，我路过了一个摊位，里面燃着一小堆火，火堆前面有一张小凳，上面坐着一个巫婆。

她搅拌着火堆上的罐子，罐子里飘出炖菜的香味。她朝我这边瞥了一眼，我认出她是马罗嬷嬷。

"来我的火堆边坐坐吗？"她说。

我踌躇起来。在精灵世界里，粗鲁无礼是行不通的，因为这里的某些最高法则就是关于礼节的，可我现在正赶时间。"恐怕我——"

"来喝碗汤。"她拿起一个碗递给我，"这可是最有益健康的汤呢。"

"您为什么请我喝汤呢？"我问道。

她呵呵大笑，看上去似乎很开心。"要不是你毁了我女儿的梦想，我可能会很喜欢你。坐下来喝汤吧。告诉我，你来曼陀罗市场做什么？"

"来买件裙子。"我走过去在火堆旁蹲下，接过她递给我的碗。

里面是一种稀薄的棕色液体，一看就让人没有胃口。"您也许可以这样想，您的女儿可能不太愿意跟一位大海的公主竞争。至少，我使她免于了那种竞争。"

她若有所思地瞧着我。"她还免于跟你竞争呢。"

"有些人也许会说这个所谓的奖赏超过了它的代价。"我对她说。

马罗嬷嬷示意我喝汤，我不能再树敌了，于是就端起碗凑到唇边。这汤有种奇特的味道，勾起了我一些不知从何而来的记忆：温暖的下午在水池中玩水，或夏天在草坪的枯草上踢几个塑料玩具。我不由得热泪盈眶。

我想将这碗汤倒在尘土中。

我想将这碗汤一饮而尽。

我眨了眨眼，将我所有的感觉压下去，对她怒目而视。"这会让你立马好起来的。"她说，"现在来说说裙子。要是我给你一件裙子，你会拿什么交换？"

我摘下从深海王国得来的那副珍珠耳环。"这副耳环怎样？换您的裙子和这碗汤。"这副耳环的价值超得过十件裙子，可我不想再讨价还价了，尤其是跟马罗嬷嬷。

她接过耳环，在珍珠上咬了咬，然后将耳环塞进一个衣兜里。"还可以。"接着从另一个衣兜里掏出一枚核桃递给我。

我扬起双眉。

"你不信任我吗，姑娘？"她问道。

"还没到想向你扔东西的程度。"我答道，她再次"嘎嘎"地笑起来。

尽管如此，核桃里一定有什么东西，也许是某件礼服，不然她不会同意我的交换条件的。可是我不打算在她面前扮演幼稚的凡人，硬要她说出这一切都是怎么回事。想到这里，我站起身来。

"我不怎么喜欢你，"她说，尽管这话听起来很刺耳，但我并不怎么意外。"可我更不喜欢海洋人。"

于是我就拿着我的核桃和面具从马罗嬷嬷那里离开了，踏上了返回因斯麦尔岛和空空宫的旅程。我抬眼眺望环绕着我们的大海，辽阔的大海在我们的四面八方，包围着我们，白浪翻滚，永不停息。当我呼吸时，海浪的飞沫冲进了我的咽喉深处；当我行走时，我必须避开退潮后形成的一个个水坑，水坑里还有几只小螃蟹。

跟这样辽阔的东西作战似乎毫无胜算。相信我们会获胜似乎是荒唐可笑的事。

我走进空空宫时，贝尔金正坐在楼梯附近的一张椅子上。"昨晚你去哪儿了？"他问道，话音中暗含着责备的意味。

我走到他面前，举起我的新面具。"弄行头去了。"

他点了点头，又厌烦起来。"你可以去准备了。"他说，一面含糊地朝楼梯摆了摆手。

我往楼梯上走去。我不确定他打算让我用哪个房间，但我还是又走进了卡丹的房间。我在那里洗了个澡，然后在没有生火的壁炉前的小地毯上坐下来，把马罗嬷嬷给我的核桃砸开。核桃里顿时涌出一大团浅黄色薄棉布裙。我抖开裙子。裙子是高腰款式，两条宽大的收口袖一直从手肘上方延伸到手腕处，这样我穿上后肩膀会露在外面。裙摆垂到地上，上面还有一圈收拢的褶皱。

当我穿上时，我意识到这条裙子将我的肤色衬托得十分完美，尽管我瘦得像个饿死鬼，这一点什么衣服都无法掩饰。可是，不论我穿上裙子时显得多漂亮，我始终感觉它有点不贴身。尽管如此，在今晚的舞会上穿它还是挺合适。

然而，当我整理裙子时，我发现它有几个设计巧妙的暗兜。我将那瓶毒药藏到其中一个衣兜里，再将我那些最小的小刀藏在另一个衣兜里。

然后我试着稍微打扮一下。我在卡丹的物品里找到一把梳子，试着梳了一下头发。我没有什么能将头发扎起来的东西，只好让它自然地披在肩上。我漱了口，戴上面具，径直返回贝尔金等我的地方。

我这样打扮，熟悉我的人如果凑近细看，可能会认出我，但除此之外，我想我这样在人群中穿行，几乎不会引起别人的注意。

贝尔金看到我时只是有些不耐烦，没什么别的反应。他站起身来。"你知道该怎么做吧？"

有时候，说谎真是件快事。

我从衣兜里掏出那个塞着塞子的小瓶。"我曾是达因王子的间谍，而且一直都是影子会的成员，您放心，我会杀了您的弟弟的。"

他的脸上露出了笑容。"卡丹是个忘恩负义的孩子，竟然把我囚禁起来。他应该让我辅佐他。应该让我做内政大臣。说真的，他应该把至尊王冠给我。"

我没有作声。我想起自己曾在那个水晶球里看见的那个男孩。他当时还有希望，还觉得自己有可能获得父母的爱。卡丹承认他后来变成怎样的人时所说的话总在我耳边回响：*要是他以为我很坏，那我就要表现得更坏。*

我深知那是怎样的感受。

"我会悼念我的小弟弟的。"贝尔金说，似乎这个想法让他开心了一些，"我可能不会悼念其他人，但我会让人写歌悼念他。只有他会被大家记住。"

我想起杜尔加要我杀了贝尔金王子，说就是他下的令攻击白蚁宫廷。也许幽灵引爆影子会里的炸药也是他在背后指挥。我想起他在海里对自己的权力表现出的欣喜若狂。我想起他干的所有坏事和打算干的所有坏事，很高兴脸上戴着面具。

"来吧。"他说，我跟着他出了门。

罗本王的领地受到攻击之后，应该怎样在至尊宫廷招待他，如此严肃的国家事务，只有洛基才会提出这么荒唐的建议：举行一场假面舞会。可是，当我挽着贝尔金的胳膊快步走进宫门时，这样的荒唐事似乎真的在进行之中。地精和蟋蟀精，皮克西精灵和小妖精，全都拉着手组成无数个彼此缠绕的圈子，欢欣雀跃地跳着圆圈舞。人们端着酒杯尽情畅饮蜂蜜酒，一张张桌子上高高地堆着成熟的浆果、鹅肝、石榴和李子。

我离开贝尔金走向空空的王座平台，一边走一边在人群中搜寻卡丹，但他踪影全无。不过，我瞥见了一头白得似盐的头发。我向着白蚁宫廷成员聚集的地方走去，途中看见了洛基。

我转而走到他面前。"你曾试图杀死我。"

他吃了一惊。也许他忘了自己在婚礼当天一瘸一拐的样子，但他一定早知道我会看见塔琳的耳朵上戴着那副耳环。也许这么久都没有看见有什么后果，他本以为永远也不会有什么后果了。

"我们并不打算当真杀你。"他伸手抓住我的手，可笑地咧嘴一笑，"你曾恐吓过我一次，我只是想让你感受一下同样的恐惧。"

我猛地抽回我的手。"我现在没时间跟你纠缠，但不久我会抽时间找你的。"

塔琳穿着一条华丽的蓬蓬舞裙，颜色完全是知更鸟蛋的那种蓝色，上面绣着很多娇艳的玫瑰。她眼睛上戴着一副蕾丝面具，快步走到我们面前。"抽时间找洛基？到底做什么？"

他双眉一挑，伸出一只胳膊揽住妻子的肩膀。"你的孪生妹妹在生我的气呢。她本来有件礼物一直计划亲手送给你的，结果却让我拿来给你了。"

他这话说得一点不错，我很难反驳他，特别是塔琳正怀疑地看着我。

"什么礼物？"她问道。我应该直接告诉她那些骑手袭击我的事；告诉她我如何向她隐瞒了自己在森林里搏斗的事，只因为我不想让她在结婚当天感到烦恼；告诉她我如何丢了准备送给她的耳环；告诉她我如何砍倒一个骑手，如何向她丈夫掷了一把匕首。还要告诉她，不管洛基当时想不想我死，他都肯定乐意让我死。

可是，要是我将真相和盘托出，她会相信吗？

我正在想到底该如何回答，罗本王走到我们面前，一双银光闪闪的眼睛俯视着我。

洛基向罗本王鞠了一躬。我姐姐行了一个漂亮的屈膝礼。我尽量模仿她。

"很荣幸见到您。"她说，"我听过您的许多歌谣。"

"几乎算不上是我的。"他反驳道，"太夸大了。不过，'鲜血在冰上弹跳'这句歌词倒是千真万确。"

一时间，我姐姐看上去有些尴尬。"您把您的爱妃带来了吗？"

"凯伊吗？是的，那些歌谣多半也提到她，对不对？不，恐怕她这次不能同来。我们上次来至尊宫廷旅行的情形跟我承诺她的不太一样。"

杜尔加说她受了重伤，可他很小心地避免这样说——这样的小心挺有意思。这不是一个谎言，而是一张误导他人的网。

"您是说上次的加冕礼？"塔琳说。

"是的。"他继续说，"跟我们预想的小分裂不太一样。"

塔琳浅浅一笑，罗本王转头望着我。"您能原谅茱德失陪一会儿吗？"他问塔琳，"我们有点儿急事要谈。"

"当然。"她说。罗本王领着我走向王座大厅的一个比较阴暗角落。

"她还好吗？"我问道，"凯伊？"

"她会活下来的。"他简短地说，"你的至尊王在哪儿？"

我再次环顾大厅，目光转向王座平台和空空的王座。"我不知道，但他会来的。就在昨晚，他还表达了对您所遭受的损失的遗憾和想跟您会谈的愿望。"

"我们都知道谁是这次攻击的幕后主使。"罗本王说，"贝尔金王子指责我，说在你给你的小王子谋取一顶王冠时，我对你和你的小王子提供了帮助，发挥了影响。"

我点了点头，很高兴他还算冷静。

"你给了我一个承诺。"他说，"现在是时候确定一个凡人能否真的信守诺言了。"

"我会纠正所有的错误的。"我郑重声明，"我会找到办法纠正错误的。"

罗本王的脸色很平静，但他银色的眼睛却并不平静，我不由得想起他是靠一路谋杀夺得王位的。"我要跟你的至尊王谈谈，不过，要是他不能给我满意的答案，那我就只好让人还债了。"

说完，他就转身离开了，他的长斗篷在身后转了半圈。

大臣们在地板上跳着复杂的舞步——一个大圆圈收拢过来，分裂成三个部分，又重新组成三个圆圈跳起来。我看见塔琳和洛基一起在那里跳舞。塔琳什么舞步都会。

我告诉自己，最终我将不得不对洛基出手，但不是在今晚。

这时，马多克快步走进大厅，胳膊上挽着奥里安娜。他穿着一身黑衣，奥里安娜穿着一条白裙。他俩看上去就像棋盘上敌对的两枚棋子。他们身后跟着米克尔和蓝达林。我迅速扫视了一下大厅里的人群，发现巴芬在跟一个头上长角的女人说话。隔了一会儿我才认出她是谁。认出她时，我不由得心中一跳。

那是阿莎夫人。卡丹的母亲。

我早知道她曾是至尊宫廷的大臣，而且在埃尔德雷德书桌上的一个水晶球里亲眼看到过她在宫廷里，但现在我仿佛是第一次见到她。她穿着一件短裙礼服，露出她的脚踝和鞋子，那双鞋造型巧妙，看上去像两片叶子。裙子的颜色包含各种秋天的色彩，从上到下缀满了用布片做成的叶子和花朵。她头上两支角的尖端涂上了紫铜色，还戴着一个铜环，那虽然不是王冠，却会让人联想到王冠。

卡丹完全没有跟我说起她，但看来他们一定已经重归于好了。他一定是宽恕了她。当另一个大臣领着她离开舞池时，我意识到她可能会迅速获得权力和影响力，而她不会用这两样东西做任何好事，这让我心中颇为不快。

"至尊王在哪儿？"尼瓦尔问道。这位西里宫廷代表出其不意地出现在我身边，将我吓了一跳。

"我怎么知道？"我没好气儿地问道，"今天之前我甚至进不了王宫。"

就在这时，卡丹终于现身了。走在他前面的是他的两名私人侍卫，他们将他安全地护送到宫门就立即走开了。

过了片刻，卡丹突然一跤跌倒。他穿着华丽的朝服四仰八叉地躺在地上，接着便开始放声大笑。他笑啊，笑啊，笑个不停，仿佛这是他耍过的最了不起的把戏。

他显然喝醉了，醉得一塌糊涂。

我心里一沉。我转头去看尼瓦尔，她脸上毫无表情。就连洛基看上去也有些尴尬——他正从舞池那边往这边看。

这时候，卡丹从地上爬起来，一把抢过一个惊呆了的地精乐师手里的琉特琴，然后摇摇晃晃地跳上一张长宴会桌。

他拨弄着琴弦，唱起了一首极其粗俗的小调，引得整个宫廷都不再跳舞，而是一边听他唱歌，一边窃笑。然后，所有的大臣一齐加入了他们至尊王的疯狂之举。精灵世界的大臣不知道什么是害羞。他们再次舞动起来，这次是和着至尊王的歌声。

我甚至不知道他会弹琴。

这首歌唱完，他从桌上跌下来，身子一侧着地，摔得很狼狈。他的王冠歪到前面，遮住了一只眼睛。他的侍卫们冲过来，想将他扶起来，但他摆摆手让他们退下。"这样的自我介绍怎样？"他神色严峻地问罗本王，尽管他们以前其实见过面，"我绝不是个沉闷无聊的国王。"

我转头去看贝尔金，他脸上挂着满意的假笑。罗本王脸上神色冷漠，令人难以琢磨。我的目光转向马多克，他正一脸厌恶地瞧着卡丹。卡丹将王冠扶正。

令人不安的是，罗本王一板一眼地履行着自己来这里的使命。"陛下，我是来请求你允许我为我的人民复仇的。我们受到了攻击，现在我们希望做出回应。"我见过许多无法放下架子的人，但罗本王却极其优雅地做到了这一点。

不过，只需看卡丹一眼，我就知道这一点无关紧要。

"他们说您是一位杀戮行家，您大概是想炫耀一下您的才干吧。"卡丹冲着罗本王的方向摇着一根手指。

这位安西里国王脸上的肌肉抽搐了一下。此刻他心中一定想立刻炫耀一下他的那种才干，不过他对这话不置可否。

"可您必须舍弃这个想法。"卡丹说，"您大老远而来，恐怕要无功而返了。不过这里至少有酒给您享用。"

罗本王将他那银色的眼睛转过来凝视着我，目光中蕴含着威胁。

事态的发展完全不是我希望的那样。

卡丹朝一张摆满了水果点心的桌子挥了挥手，水果的果皮自动剥开，露出了里面的果肉。几颗球形水果一下爆裂开来，喷出里面的种子，将附近的大臣们吓了一大跳。"我一直在练习一项属于自己的本领。"他笑道。

我走向卡丹，试图给罗本王说情。这时，马多克忽然抓住我的胳膊。他的嘴角翘了起来。"现在的情况符合你的计划吗？"他悄声问道，"把他从这里弄走。"

"我试试看。"我说。

"我已经袖手旁观得够久了。"马多克说，一双猫眼紧紧盯住我的眼睛。"为了你弟弟，赶快让你的傀儡退位，否则后果自负。我只会问你一次，那就是现在。以后再没有第二次了。"

我跟他一样压低了声音。"在你禁止我进入王宫之后吗？"

"你病了。"他答道。

"跟您合作无非是为您效力。"我说，"所以我再也不会跟您合作了。"

"你真要置你自己的家人于不顾，选择那家伙吗？"他嘲讽道，目光转向卡丹，随即又转回我身上。

我心里"咯噔"一下，但不管马多克有多正确，他同时也是错的。"不管你信不信，我这样做就是为了我的家人。"我对他说。我将一只手放到卡丹肩上，希望能在其他所有的事出错之前领着他出去。

"噢嚯，"他说，"我亲爱的内政大臣。我们在大厅里逛一圈吧。"他抓住我的手，拉着我向舞池走去。

他几乎站不住。他脚下绊了三次，还有三次我不得不用力托住他的身子，才让他保持直立。

"卡丹，"我悄声警告他，"至尊王在集会上根本不该这样。"

他咯咯地嘲笑我。我想起他昨晚在自己的套房里多么严肃，而他现在看上去跟那个他差别又是多么大！

"卡丹，"我再次尝试，"你不能这样。我命令你控制一下自己。我命令你不能再喝酒了。我命令你试着庄重一些。"

"好的，我的坏美人儿，我亲爱的女神。等到我能做到时，我会立刻清醒得像尊石像。"说完，他亲吻了我的嘴唇。

我当即发现他的话里有刺。他让我感到怒不可遏。我又愤怒又沮丧。他毕竟无法做个合格的至尊王。他又放荡堕落，又耽于幻想，还跟欧拉希望的一样软弱。虽然这个吻有点像公共场合的礼仪，但当着整个至尊宫廷这样做仍然令人震惊。在公共场合，他从来没有表现出喜欢我的意思。也许他今后能挽回这个吻给公众造成的印象，但在此刻，谁都知道这个吻意味着什么。

可我身上也有一个弱点，因为我困在深海王国时，一直都在渴望着他的吻，现在他的嘴唇真的印在我的嘴唇上面，我想要将我的指甲陷进他的背里。

他的舌头在我的下唇上扫来扫去，我尝到了一种令人飘飘欲仙的味道，一种熟悉的味道。

幽灵果。

他不是喝醉了；他是中了毒。

我身子退后一些，凝视着他的眼睛里面。那是一双熟悉的眼睛，眼白发黑，眼圈呈金色，瞳孔放大了。

"甜美的茱德，你是我最宝贵的惩罚。"他晃晃悠悠地离开我，立刻又摔倒在地。他哈哈大笑，张开双臂，仿佛要将整个大厅搂进怀里。

我目不转睛地注视着他，心中惊恐交加。

有人给至尊王下了毒，他会不停地又笑又跳，直到气绝身亡。而他面对的是他宫廷的成员，他们目睹他们的至尊王如癫如狂，不由得时而愉快，时而厌恶。当他的心脏停止跳动时，他们只会认为他荒唐可笑。

我竭力集中心神。解药，一定有种解药。清水。当然，清水可以冲洗他的身体。还有黏土。炸弹懂得更多。我游目四顾，试图在人群中找到她，可我只能看到一排排令人眼花缭乱的大臣。

我只好转向一个侍卫。"给我拿来一个水桶、一大摞毯子和两罐清水，放到我的套房里。明白了吗？"

"遵命。"侍卫说，随即转身向其他骑士下命令。我转过身来看卡丹，不出意料，他正朝着错误的方向走去。他径直走向了他的顾问巴芬和蓝达林，他们跟罗本王和他的骑士杜尔加站在一起，无疑在试图息事宁人。

我能看见那两个大臣的脸，他们注视卡丹时，眼里闪着一种既贪婪、又轻蔑的光芒。

在他们的注视下，卡丹举起一瓶清水，仰起头，清水顿时如瀑布一般注入他那仍在大笑的嘴里，直到将他呛得大咳起来。

"失陪了。"我说着挽住了卡丹的胳膊。

杜尔加轻蔑地瞧着我们。"我们大老远跑来见至尊王，我确信他一定想多待一会儿。"

他让人下毒了。我刚要这样说，忽然听见贝尔金开口替我回答他们。"恐怕至尊王已经不是他本人了。我相信他被人下了毒。"

然后我明白了他的奸计，但这时已经太迟了。

"你，"他对我说，"把你的衣袋翻出来。这里只有你一个人不受誓言束缚。"

要是我真被蛊惑了，那我将不得不拿出那个塞着塞子的小瓶。一旦至尊宫廷看到它，发现里面装着幽灵果，那我的任何辩驳都将不足为信。毕竟凡人都是骗子。

"他只是喝醉了。"我说，贝尔金脸上登时露出震惊的表情，这让我很高兴。"不过，你也不受誓言约束，大使。或者应该说，不受陆地誓言的约束。"

"我喝得太多吗？我只是早餐喝了一杯毒药，午餐又喝了一杯。"卡丹说。

我瞅了他一眼，但没有说什么，只是搀着这位脚下踉跄的至尊王往前走。

"你要带他去哪儿？"一个侍卫问道，"陛下，您想离开吗？"

"我们都是听从茱德的命令跳舞。"他说，随即又大笑起来。

"他当然不想走。"贝尔金说，"去干你别的工作吧，内政大臣，让我来照料我弟弟。他今晚还有职责需要履行。"

"要是需要你，我们会派人去叫你。"我对他说，企图蒙混过去。我的心跳加速了。我不确定到了紧急关头，这里还有没有人会站在我这边。

"茱德·杜尔特，从至尊王身边走开。"贝尔金说。

听到贝尔金说话的语调，卡丹的注意力开始收缩了。我能看出他在竭力集中注意力。"我不要她离开。"他说。

由于没有人能反驳他，即便他处于这样的状态，我最终还是搀着他走了出去。当我们沿着王宫走廊往前走时，至尊王沉重的身体几乎全压在了我的肩上。

第二十八章

至尊王的私人卫队远远跟在我们身后。我的脑子里闪过几个问题：他是怎样中毒的？究竟是谁将他喝的东西递给他的？他是什么时候中的毒？

我在走廊里抓住一个仆人，命他找几个人快去找炸弹，如果他们能找到她，那再找一个炼金术士来。

"你会没事的。"我说。

"你看，"卡丹吊在我身上说，"这话应该令人放心。可是，凡人说这话时，跟我们空境人说这话的含义不一样。对你们来说，这是一个愿望。一种充满希望的魔法。你说我会好的，是因为你担心我不会好。"

有那么一会儿，我没有说话。"你中毒了。"我最终说，"你知道自己中毒了，对不对？"

他并没有感到震惊。"嗯，"他说，"是贝尔金干的。"

我没有再说什么，只是将他搀扶到我的套房里，让他在炉火前的小地毯上坐下，后背靠在长沙发上。他坐在那里，看起来很古怪：身上的华服跟朴素的小地毯形成鲜明的对比；脸色苍白，两颊上却泛着潮红。

他探起身来，抓住我的一只手按在他脸上。"我曾嘲笑你生命有限，可是，你现在肯定会比我活得长久，这很好笑，对不对？"

"你不会死的。"我坚持道。

"噢，我有多少次希望你不会撒谎呢？可我从没像现在这样希望你不会撒谎。"

他懒洋洋地歪向一边，我抓起一罐清水倒了一杯，将杯子凑到他唇边。"卡丹，快喝水，越多越好。"

他没有回答，似乎就要沉沉睡去。"不，"我不住轻拍他的脸，力度逐渐增大，直到最后简直像是在打他耳光。"你不能睡。"

他缓缓睁开眼，含含糊糊地说："我要睡一小会儿。"

"你不能睡，除非你想得到像仙福国的赛弗林一样的结局——遗体躺在玻璃棺材里几百年。"

他稍微坐直了一些。"好吧，"他说，"跟我说说话。"

"今晚我看见你母亲了。"我说，"打扮得很漂亮。上次我看见她还是在遗忘之塔里。"

"你是不是好奇我有没有忘记过她？"他轻松地说，我很高兴他的注意力足够集中，竟然说出了一句他典型的俏皮话。

"很高兴你有精神嘲笑我了。"

"希望这是最后一个关于我的传言。那么，跟我说说我母亲。"

我试图想出一点不是完全负面的东西来说，但无论如何也想不出来，于是我小心地保持中立。"第一次见她的时候，我不知道她是谁。她想告诉我一些秘密，以换取离开遗忘之塔的机会。她有点儿怕你。"

"很好。"他说。

我扬起双眉。"那她最后又怎么成了你宫廷的一分子呢？"

"大概是我对她还有些爱。"他承认道。我又给他倒了些水，但他喝得比我希望的要慢。我尽可能快地给他的杯子续满水。

"我有太多的问题希望能问我妈妈。"我承认道。

"你会问什么？"他的声音更加含混了，可他还是竭力说了出来。

"她当初为什么要嫁给马多克？"我说，指了指他的杯子，他顺从地将杯子举到唇边。"她爱不爱他？为什么要离开他？在人类世界里幸不幸福？她是不是真的杀害了某个女人，将她的尸体藏在马多克原来的堡垒烧毁的废墟里？"

他看上去有些惊讶。"我以前总是忘记这故事的这个部分。"

我断定换个话题更合适。"你也有这样的问题想问你父亲吗？"

"比如我为什么会是这副德行吗？"他的声调清楚地表明，他之所以提出这个问题，只是因为这是我可能会建议他问的，而不是他真正感到好奇的。"没有真正的答案，茱德。我为什么会残酷地对待空境人？我为什么会对你很坏？因为我做得到。因为我喜欢。因为有那么一段时间，在我最坏的时候，我感觉自己很强大，而大多数时间，我都觉得自己很软弱，尽管我是王子，精灵世界至尊王的儿子。"

"这就是个答案。"我说。

"是吗？"他反问道。隔了一会又说，"你该走了。"

"为什么？"我问道，心里很恼火。其一，这是我的房间；其二，我在试图让他活下来。

他神色庄严地看着我。"因为我要吐了。"

我抓起那个水桶，他从我手里接过去，趴在桶上大吐起来。他吐得很吃力，浑身不住抽搐。从他胃里吐出来的东西看上去就像缠在一起的树叶，我吓得浑身发抖。我不知道幽灵果有这种效果。

门上响起了敲门声，我去开了门。炸弹气喘吁吁地站在门口。我让她进来，她从我身边绕过，径直走向卡丹。

"给你，"她掏出一个小瓶，"这是黏土。它有助于吸出毒质。"

卡丹点点头，接过小瓶，苦着脸将里面的东西吞进肚里。"味道有点儿像泥土。"

"它就是泥土。"她告诉他，"还有一件事。事实上是两件事。我们去格瑞森的熔炉房抓他时，他已经不见了。我们只好假设出现了最坏的情况——他跟欧拉在一起。"

"另外，有人给了我这个。"她从衣袋里掏出一张纸条，"这是贝尔金写的。措辞很晦涩，但解释过来是这个意思：他会给你解药，茱德，但你必须把至尊王冠交给他。"

"至尊王冠？"卡丹睁开眼睛，我意识到他刚才一定是在我没有注意的时候闭上了眼睛。

"他要你拿着至尊王冠去皇家花园，去玫瑰丛附近。"炸弹说。

"要是他没有解药呢？"我问道。

炸弹将手背贴在卡丹的脸颊上。"他是精灵国的至尊王——他可以吸收陆地的力量。可他现在太虚弱了。而且我觉得他可能不知道该怎么做。陛下？"

他看着她，目光既困惑，又亲切。"你到底想说什么？我刚刚照你的要求服了一口陆地。"

我想着她的话，想着我对至尊王的力量的了解。

你一定注意到了，自从他的统治开始之后，这三座岛屿已经不一样了。风暴来得更快了，颜色更生动了一些，气味更浓烈了。

但所有这些都是自动发生的，没有让他费一点力气。我肯定他甚至没有注意到，为了适应他，陆地正在改变自身。

看看他们，所有的人都是你的臣民，可惜没有人知道，谁是他们真正的统治者。几个月前的一次狂欢会上，他曾这样对我说。

要是卡丹并不相信自己是精灵国真正的至尊王，要是他不允许自己承认自己的力量，那将是我的过错。要是幽灵果将他毒死，那会是因为我的缘故。

"我要去拿那个解药。"我说。

卡丹摘下头上的王冠，拿在手里瞧了一会，仿佛有点儿不明白，它是怎么到他手里的。"要是你把它弄丢了，它就不能传给欧克了。不过我承认，要是我死了，欧克继位可能会有点儿麻烦。"

"我告诉过你了，"我说，"你不会死的。我也不会拿走至尊王冠。"我走进里面的房间，将裙兜里的东西换成别的东西。我穿上一件有着深兜帽的斗篷，戴上一副新面具。我太愤怒了，以至于双手不住地颤抖。幽灵果，我曾一度对它有抗毒性，这当然要归功于我小心的耐毒性训练。要是我一直保持服食一定剂量的幽灵果，那我可能已经像骗过马多克一样骗过贝尔金了。可是，经过在深海王国的囚禁，我只有一个已经不那么有优势的优势，而我面对的风险却要大得多。我已经失去了我的抗毒力。如今我跟卡丹一样容易中毒。

"你待在这里照看他吗？"我问炸弹，她点了点头。

"不，"卡丹说，"让她跟你一起去。"

我摇了摇头。"炸弹了解魔药，还了解魔法，她能确保你不会变得更糟。"

他没有理我，而是抓住了她的手。"莉莉弗，作为你的国王，我命令你，"他庄严地说，尽管他坐在地上，旁边放着的水桶里还装着他的呕吐物，"跟茱德一起去。"

我转头看着炸弹，但我从她脸上看出，她不会违抗他的命令——她已经宣誓效忠他，甚至将她的名字告诉了他。他是她的国王。

"该死！"我轻声说，也许是对其中一个，也许是对他们两个。

我发誓我会很快弄到解药，可是，在我已经知道幽灵果可能让他心跳停止的情况下，我是那么不想离开他。他用灼热的目光目送我们出门，他的瞳孔已经放大，至尊王冠还紧紧抓在他的手里。

贝尔金果然在皇家花园里，就在一树盛开的蓝中泛银的玫瑰附近。我到达那里时，注意到不太远的地方有一些人影，还有几个大臣在附

近进行他们的午夜散步。这意味着他不能攻击我，可我也不能攻击他。

至少不可能不让别人知道。

"你太让我失望了。"他说。

我大吃一惊，不由得笑起来。"你是说我没被蛊惑的事吧。嗯，我明白那让你多么难过。"

他对我怒目而视，但他现在甚至没有瓦西伯在旁边威胁我。也许作为深海王国的大使，他相信没有人敢碰他。

我一心想着他给卡丹下了毒，他折磨过我，他鼓动欧拉袭击陆地。我气得浑身发抖，但我竭力将怒火压下去，以便能完成必须做的事。

"你把至尊王冠给我带来了吗？"他问道。

"王冠就藏在附近。"我撒谎道，"可是，在我将它交给你之前，我想看看解药。"

他从外套里掏出一个小瓶，几乎跟他给我那个小瓶一模一样。我把那个小瓶从衣袋里掏出来。"要是他们发现我带着这瓶毒药，已经把我处死了。"我摇了摇小瓶，"你本来就是那样打算的，对不对？"

"现在还是有人可能会处死你。"他说。

"我看我们还是这样做吧。"我拔下我的小瓶的瓶塞，"我把这毒药喝下去，然后你就给我解药。要是解药在我身上有效，那我会拿出王冠，用王冠交换你手里的瓶子。要是没有效，那我想我会死，但你也会永远失去至尊王冠。不论卡丹是死是活，至尊王冠都藏得很好，你们不会找到的。"

"格瑞森可以再给我做一顶。"贝尔金说。

"既然这样，那我们在这里干什么？"

他脸上肌肉抽搐了一下，我想那个小铁匠可能根本没有在欧拉那里。也许他在挑起我们双方的争斗之后就消失了。

"那王冠是你从我那里偷走的。"贝尔金说。

"这话不错。"我承认道，"我会把它还给你，不过不是白给。"

"我不能撒谎，凡人。既然我说会给你解药，那我就会给你。我说了，就够了。"

我竭尽全力对他怒目而视。"谁都知道跟空境人交易要小心注意，你们的每一次呼吸都充满了欺骗。要是你真有解药，那我把这毒药喝下去对你有什么坏处？我会认为那样做是我的荣幸。"

他用探究的目光打量着我。我想我没有被蛊惑，让他很生气。当我架着卡丹走出王座大厅时，他一定只好仓促地采取应对措施。他总是随身带着解药吗？难道他认为自己能说服卡丹给他封王？难道他太过傲慢，竟然相信常务委员会不阻止他？

"好吧。"他说，"一剂解药给你，其余的给卡丹。"

我拔下我手中小瓶的塞子，仰脖将里面的药水一饮而尽。这药水太难喝了，我不由得咧了咧嘴。想起自己曾长期坚持每天服食一点点毒药，忍受那么多的折磨，结果却毫无用处，我不由得再次怒火中烧。

"你感觉到幽灵果对你血液的影响了吗？它在你身上产生效力要比我们快得多。何况你还喝了那么多。"他瞧着我的眼神那么恶毒，我看得出来，他巴不得看着我被活活毒死。要是他做得到，他一定会立刻走开。有那么一会儿，我以为他就要掉头走开了。

但他走到我面前，拔开手里小瓶的瓶塞。"别以为我会把它放到你手里。"他说，"张开嘴，像小鸟那样，我会将适当的剂量滴到你嘴里。然后你就将王冠给我。"

我顺从地张开嘴，让他将瓶里那种黏稠苦涩、蜂蜜一般的东西滴在我的舌头上。我从他身边退开，恢复到原来的距离，确保自己距离王宫入口更近。

"满意了？"他问道。

我将解药吐进那个小玻璃瓶里，就是他给我的那个小瓶，里面曾装着幽灵果，但就在几分钟之前，幽灵果已经换成了清水。

"你干什么？"他问道。

我塞上小瓶，将它扔给炸弹，炸弹敏捷地接住它，随即就离开了，丢下贝尔金瞠目结舌地瞧着我。

"你做了什么？"他厉声问道。

"骗了你。"我告诉他，"只是一点误导。我把你的毒药倒了出去，洗干净了小瓶。我在这里长大，所以跟我交易也很危险，可你们总是忘记这一点。而且，你也看到了，我能撒谎。还有，正如你很久以前提醒过我的那样，我的生命很短暂。"

他抽出系在身边的佩剑。那是一柄又细又长的利剑。我觉得这不是他在空空宫塔楼上的房间里跟卡丹比剑时用的那柄剑，但也说不准。

"我们这是在公共场合。"我提醒他，"而且我仍然是至尊王的内政大臣。"

他环顾四周，看到了附近的其他大臣。"都给我走开。"他冲他们喊道。任谁都会想到，可我从没想到的一件声是，他毕竟曾是王子，人们已经习惯了服从他。

事实上，那些大臣似乎都融入了阴影，腾出空间让我们进行某种决斗，尽管我们之间当然不应该有什么决斗。我将手探进衣袋，摸到了一把匕首的刀柄。匕首的攻击范围跟长剑根本没法比。马多克曾不止一次这样说：长剑是战士的武器，匕首是刺客的武器。比起手无寸铁，我当然宁愿有把匕首，可我现在最希望的还是手里拿着暗黑剑。

"你这是暗示要跟我决斗吗？"我问道，"我确信你不会想让你的姓氏蒙羞，因为你的武器远胜于我的。"

"你以为我会相信你有荣誉感吗？"他问道，不幸的是，他这个问题问得理直气壮，"你是个懦夫。就像那个抚养你长大的男人。"

他上前一步，准备一剑将我劈成两半，不管我有没有武器。

"马多克吗？"我抽出我的小刀。这把小刀不算小，但仍旧不足他对准我的长剑的一半长。

"在加冕礼上发动攻击是马多克的计划。一旦达因被清除，埃尔德雷德就会认清形势，将至尊王冠戴到我头上。这也是马多克的计划。这全是他的计划，可他仍然做他的大将军，我却被关进了遗忘之塔。他伸过一根指头帮过我吗？没有！他向我弟弟俯首称臣，尽管他一直鄙视他。你跟马克多一模一样，只要能得到权力，你们愿意苦苦哀求，卑躬屈膝，贬低自己。"

不论马多克任由贝尔金相信什么，我都怀疑帮助贝尔金登上王位是马多克的计划的一部分，但这并没有让贝尔金这番话听起来不那么令我难过。从小到大，我一直都在竭力让自己显得微不足道，只希望自己能在精灵国里找到一个可以接受的位置，结果，当我最终成功地完成了那场难以想象的最大、最辉煌的政变时，我却不得不比以前任何时候都要更小心地隐藏我的能力。

"不，"我说，"这不是真的。"

贝尔金看起来似乎感到很惊讶。即便是他被囚禁在遗忘之塔里时，我仍然任由瓦西伯打我。在深海王国，我假装自己毫无尊严。既然如此，那他怎么就能认为我眼里的自己跟他眼里的我不一样？

"你才是那个向欧拉俯首称臣的人，而不是你弟弟。"我说，"你才是懦夫和叛国者。你还是杀害自己亲人的凶手。但最糟的是，你是个傻瓜。"

他龇着牙齿向我走来，我虽然一直都在假装向他们阿谀奉承，此刻却想起了自己最惹是生非的天赋：叫空境人滚蛋。

"来吧，"他说，"像懦夫一样逃跑吧。"

我退后一步。

杀死贝尔金王子。我想起了杜尔加的话，可我没有听见她的声音。我听见的是自己的声音：被海水浸泡得沙哑的声音，听上去恐惧、冰冷、孤独。

马多克很久以前说过的话再次在我耳边响起：格斗难道不是一种快速战略游戏吗？

一场战斗的关键不是打得漂亮，而是获得胜利。

可是，相比他的长剑，我的匕首显然处于劣势——极大的劣势。我囚禁在深海王国被那么久，现在身体仍然很虚弱。一旦我不能绕过他的长剑，他就可以从容应战，寻找时机。他会慢慢地、一刀一刀地将我大卸八块。我最大的胜算就是迅速靠近他。我必须突破他的防守，否则我不敢奢望跟他一较高下。我不得不冲向他。

我只有一次机会。

在我耳中，我的心跳声犹如雷鸣。

他挺剑向我刺来，我侧身闪开，右手握着的小刀猛击他的护手，左手向前一探，抓住他的前臂用力一拧，仿佛要拧脱他的长剑。他赶忙奋力回夺，但我右手的小刀已刺向他的脖颈。

"等一下，"贝尔金叫道，"我投——"

他的动脉血喷到了我的胳膊上，喷到了草地上。我的小刀上血光闪闪。贝尔金仰面跌倒，四肢摊开摔在了草地上。

一切都发生得如此之快。

事情发生得太快了。

我想做出一点儿反应。我想发抖，我想感到恶心。我想失声痛哭。我想做任何人，就是不要做自己。但我自己却在冷静地四下打量，确保没有一个人看见，然后在泥土中擦去小刀上的血迹，在衣服上擦去手上沾着的血，在侍卫到来之前迅速离开了现场。

你是个不错的小刺客。杜尔加曾这样说。

我回头望了一眼，只见贝尔金的眼睛仍然睁着，可他什么也看不见了。

卡丹坐在我那张长沙发上。那个水桶不见了，炸弹也不见了。

他瞧着我，脸上挂着懒洋洋的笑容。"你的裙子。你又换回来了。"

我困惑地望着他，我刚才所做的事定会导致一些后果（其中就包括不得不将它告诉卡丹），我很难认为这些后果已经过去了。可我现在穿的裙子就是刚才那件——从马罗嬷嬷的核桃里得到的那件。除了袖子沾着的血迹，其他地方跟原来完全一样。

"出什么事了吗？"我又问了一遍。

"我不知道啊！"他困惑地问道，"出事了吗？我同意了你想要的奖赏啊。你父亲安全吗？"

奖赏？

我父亲？

马多克。当然，马多克威胁过我，马多克厌恶卡丹。可他做了什么，那又跟裙子有什么关系？

"卡丹，"我说，尽量冷静下来。我走到沙发那头坐下。这不是一张小沙发，但他的长腿搭在沙发上，下面垫着枕头，上面盖着毯子。不管我坐得离他多远，我都觉得太近了。"你必须告诉我出了什么事。刚才这一整个小时我一直不在这里。"

他脸上的表情更不安了。

"炸弹拿着解药回来。"他说，"她说你马上就到。我当时头太晕了，然后一个侍卫进来说有紧急情况。于是她就出去看。然后你就进来了，就像她说的那样。你说你有个计划……"

他望着我住口不说了，仿佛在等我接着往下说，说我记得的那部分。可是，我当然不记得。

过了片刻，他闭上眼睛摇了摇头。"塔琳。"

"我不明白。"我说，因为我不想明白。

"你的计划是你父亲要带走一半的军队，但他要独立指挥军队，就要解除对至尊王冠的誓言。你穿着你的一件紧身上衣——你总是穿着那些紧身上衣。还有那副古怪的耳环。月亮和星星。"他摇了摇头。

一股寒气从我心底里直透上来。

小时候在凡间，我和塔琳就常常交换身份，捉弄我们的母亲。即便是在精灵世界里，我们有时也会假装成对方，看看我们能不能逃脱惩罚。老师们能分辨出我俩的差别吗？奥里安娜能吗？马多克呢？欧克呢？了不起的、强大的卡丹王子呢？

"可她是怎么让你同意的？"我厉声问道，"她没有权力。她可以假扮成我，可她不能逼你——"

他的脸埋进了他那双修长的手里。"她不必命令我，茱德。她不必使用任何魔法。我信任你。我以前就信任你。"

而我以前信任塔琳。

当我谋杀贝尔金的时候，当卡丹中毒神志混乱的时候，马多克向至尊王冠发动了攻击。而在这次攻击中，塔琳站在了他那一边。

第二十九章

至尊王被送回了他自己的房间，让他可以好好休息一下。我将那条带血的裙子扔进了炉火里，换上一件长袍坐下来想办法。既然那些大臣在被贝尔金赶走之前，都没有见到我的脸，当时我又裹着一件斗篷，那他们可能没有认出我。当然，我可以撒谎。可是，相比该如何应对马多克这个问题，该如何避免因谋杀深海王国的大使而被问罪这个问题就黯然失色了。

马多克带走了一半的军队，要是欧拉决定发动进攻，我完全不知道该如何击退她。卡丹不得不重新选择一位大将军，而且要快。

他必须尽快通知低级宫廷马多克的背叛，以确保他们知道他并不代表至尊王的声音。一定有办法将马多克赶回至尊宫廷。他很骄傲，但也很务实。也许答案就在于如何对待欧克。也许我应该更明确地表明自己想让欧克担任至尊王的愿望。我正在通盘考虑这些事时，我的门上响起了一声敲门声。

门外站着一个信使，那是一个穿着皇家制服、肤色呈淡紫色的女孩。"至尊王请您去，我会带您去他的套房。"

我吸了口气，呼吸有些发颤。诚然，可能没有别人看见我，可卡丹不可能猜不到。他知道我去见谁，知道我回来得多晚。他看见了我袖子上的血迹。是你在命令至尊王，而不是他在命令你。我提醒自己，可我却觉得心里空荡荡的。

"先让我换件衣服。"我说。

那信使摇了摇头。"至尊王说得很清楚，要您马上就去。"

来到皇家套房里，我看到卡丹穿着朴素的衣服，独自坐在一张王位似的椅子里。他看上去面色苍白，眼里仍闪着太多亮光，仿佛他的血液里仍有余毒未除。

"请坐。"他说。

我警觉地坐了下来。

"你曾给过我一个提议，"他说，"现在我也对你有个提议。将我的意志还给我，将我的自由还给我。"

我倒吸了一口凉气。我感到很吃惊，尽管我想我不该这样。没有人愿意受到别人的控制；尽管在我看来，虽然他对我立过誓，但我们之间的权力天平一直在摇摆不定。我已经感觉自己对他的控制犹如试图将一把刀靠刀尖立着，这几乎是不可能的事，而且很危险。尽管如此，放弃对他的控制就意味着放弃任何类似于权力的东西。那样会相当于放弃一切。"你知道我不会那样做的。"

对于我的拒绝，他看上去似乎并不特别气馁。"听我说。我只答应服从你一年零一天，可你想要的时间比这更长。现在你得到的时间已经过了一半。你准备好让欧克登上王位了吗？"

我沉默了片刻，希望他可能会认为他的问题是个反问句。但我最终明白情况不是这样，于是便摇了摇头。

"于是你想过要延长我的誓言。可是你打算怎样做到呢？"

我又沉默不语了。我当然没有合适的答案。

这次轮到他微笑了。"你以为我根本没有什么想跟你交易的。"

低估他是我曾犯过的错误，我担心自己会重蹈覆辙。"我们怎么可能达成交易？"我问道，"我想要的是你再次立誓，至少再给我一年时间，十年当然更好，可你想要的只是我彻底废除你的誓言。"

"你的父亲和姐姐欺骗了我。"卡丹说，"要是塔琳当时对我下命令，我就会知道那不是你。可我当时很难受，很疲惫，不想拒绝你。我甚至没有问为什么，茱德。我想让你看到，你可以信任我，你要我做什么事，完全不必下命令。我想让你看到这些。我相信你认为这一切都过去了。可这根本不是统治者的行事方式。这甚至不是真正的信任，因为别人反正都能命令你。"

"我们两个明争暗斗，受苦的是精灵世界。你企图让我做你认为需要做的事，要是我们意见不一，那我们除了互相操纵，什么也做不了。这样不会有好结果的，可是，简单地屈服也不是解决办法。我们不能再这样下去了。今晚的事就是个明证。我需要自己做决定。"

"你说过你不怎么介意听命于我的。"这话包含了一点点幽默的成分，可他没有笑。

相反，他移开视线，仿佛不太敢看我的眼睛。"所以我更不能任由自己享受那样的奢侈。是你让我成为至尊王的，茱德。那就让我当至尊王吧。"

我将胳膊抱在胸前，仿佛是为了保护自己。"那我做什么呢？你的仆人吗？"我讨厌他的话，因为它们有道理，因为我根本不能给他要的东西。可我不能袖手旁观，不能在马多克带走军队的时候，不能在精灵国面临如此之多的威胁的时候。然而我忽然想起，炸弹说过，卡丹不知道如何激发他和这片陆地的联系；想起蟑螂说过，卡丹认为自己是假装国王的间谍。

"嫁给我。"他说，"成为精灵国的王后。"

我感到一股寒意传遍全身，仿佛有人给我讲了一个特别残酷的笑话，而我是它嘲笑的对象。仿佛有人看透了我的心，发现了我心中最荒唐可笑、最孩子气的愿望，利用这个愿望来捉弄我。"可你不能娶我。"

"我能。"他说，"国王和女王的婚姻常常是为了政治结盟，这没错，但我们可以将我们的婚姻视为一种联盟。一旦你成为王后，你就不需要我的服从了。你可以随意发布你的命令。我也就自由了。"

我不禁想起数月之前，我如何为了在至尊宫廷里获得一个位置而战斗，如何渴望成为骑士，如何连骑士也没有做成。

当初正是卡丹坚称我根本不属于精灵世界，如今他却向我提出这个建议，这让其中的讽刺听起来更加令人震惊。

他继续说："而且，我们之间的婚姻似乎不用持续到永远。国王和女王之间的婚姻必须持续到他们的统治结束，但我们的情况不用持续那么久，只需持续到欧克年纪大到足以当国王的时候——如果他想当国王的话。你可以得到你想要的任何东西，代价只是解除我服从你的誓言。"

我的心跳得太剧烈了，我担心它会突然停下来。

"你是认真的吗？"我吃力地说。

"当然是认真的，而且是真心实意的。"

我琢磨着其中的骗局，因为精灵世界的交易往往听起来像一回事，结果却是大大不同的另一回事，而这个交易一定会是那种交易。"那我想是不是这么回事：你想让我解除你的誓言，同时承诺你会娶我？可我们的婚期将定在一个月亮西升、潮水倒流的月份，而这样的月份是绝对不会有的。"

他摇了摇头，哈哈大笑起来。"要是你同意，我今晚就娶你。"他说，"甚至在此时此地也可以。我们彼此交换誓言，就算是成婚了。这不像凡人的婚姻，需要有人主持和见证。我不能撒谎。我不能拒绝你。"

"你的誓言不久就要到期了。"我说。因为要是我接受他的提议，那我就不仅是至尊宫廷的一分子，而且还是它的首领。这个提议实在是太诱人了，我没办法不同意，不管将来会有什么后果。"只需再受我几个月约束，你就自由了，而这显然不会是多么艰难的事，难到你愿意在未来几年里都跟我绑在一起。"

"我刚才说过，一年零一天里可能会发生很多事。事实上，在这一半的时间里已经发生了很多事。"

我们默默地坐了一会儿，我试图好好思考。在过去的七个月里，一年零一天到期后会发生什么，这个问题一直缠绕着我。结婚是一个解决办法，可它听起来一点也不现实。这是那种荒唐的白日梦，只能在长满青苔的幽谷里打盹时想象一下，我甚至不好意思向我的两个姐姐承认自己有这样狂妄的想法。

凡间女孩怎能成为精灵世界的王后？

我想象着拥有自己的王冠、自己的权力会是什么样子。也许那样我会不必害怕爱上卡丹。也许那样会没事。也许那样我就不必害怕所有那些从小到大让我感到恐惧的东西了，不必害怕自己变得越来越弱小了。也许那样我会变得有一点点魔力。

"好吧。"我说，可我的声音暴露了我的心虚。它小得几乎听不见。"好吧。"

他从椅子里往前俯了俯身，双眉扬起，但他的神情中没有平常那种傲慢。我无法解读他的表情。"你同意什么？"

"好吧，"我说，"我会那样做。我会嫁给你。"

他咧开嘴，露出一个邪恶的笑容。"我没料到这对你来说会是这么大的牺牲。"

我沮丧地跌坐到长沙发上。"这并不是我的本意。"

"人们普遍认为，嫁给精灵国的至尊王是一种奖赏，一种很少有人配得上的荣誉。"

我想他的诚意也只能持续这么长时间了。我翻了翻白眼，感激他又故态复萌了，这样我就能更好地假装自己不会被即将发生的事震慑了。"那我们要怎么做？"

我想起塔琳的婚礼，想起我没有目睹的那部分。我还想起母亲的婚礼，想起她一定对马多克立下了誓言。突然间，我感到一阵寒意传遍全身，但愿这不是什么凶兆。

"很简单。"他将身子挪到椅子边上。"我们立下结婚誓言。我会先立誓——除非你想等等再结婚。或许你想到了更浪漫的方法。"

"没有。"我赶忙说，一点儿也不愿意承认自己想到了什么跟婚姻有关的事情。

他将我的红宝石戒指从手指上摘下来。"我，卡丹，埃尔德雷德之子，精灵国的至尊王，接受你，茱德·杜尔特，马多克的凡人养女，做我的新娘和王后。让我们的婚姻一直持续下去，直到我们改变心意，且至尊王冠从我们手中传递出去。"

我听着他的誓言，心中又是希望，又是恐惧，不由得颤抖起来。从他口中吐出的字转瞬即逝，仿佛这是我的幻听，特别是在这里，在埃尔德雷德的套房里。时间仿佛在向前延伸。在我们头顶上方，那些树枝上面开始长出花蕾，仿佛这片土地也听到了他的这番话。

他牵起我的手，将那枚戒指戴到我的手指上。交换戒指并不是精灵世界的礼仪，这让我感到很惊讶。

"轮到你了。"他打破沉默，冲我咧嘴一笑。"我相信你宣誓之后会信守承诺，解除我服从你的义务。"

我也冲他笑了笑，这样也许可以缓和一下我听完他的誓言后冷冰冰的样子。我仍然不太敢相信这是真的。我紧紧抓着他的手，说："我，茱德·杜尔特，接受卡丹，精灵国的至尊王，做我的丈夫。让我们的婚姻一直持续下去，直到我们改变心意，且至尊王冠从我们手中传递出去。"

他亲吻了我手上的伤疤。

我的指甲下面还沾着他的兄长的血。

我没有戒指给她。

在我们头顶上方，那些花蕾绽放开来。顷刻间，整个房间里就花香四溢。

我身子退后一些，将所有关于贝尔金的想法、关于将来我将不得不将我做过的事告诉他的想法，统统从脑子里驱除出去，再次说道："卡丹，埃尔德雷德之子，精灵国的至尊王，我放弃命令你的权力。从现在直到永远，我将免除你服从我的誓言。"

他舒了一口气，身子有些摇晃地站起来。一时间，我还不太能接受我现在是……我甚至想不起该怎么措辞。今晚发生了太多的事。

"你看起来几乎没有休息。"我站起身来，以防他要是摔倒，我能在他倒地之前抓住他，尽管我也不太确定自己会不会摔倒。

"我要躺下来。"他说，让我领着他走向他那张巨大的床。到了床边，他没有放开我的手。"你也跟我一起躺下吧。"

由于没有理由反对，我便跟他一起躺了下来，但我的幻觉感更强了。当我平躺在那刺绣繁复的被罩之上时，我意识到自己找到了一样东西，这样东西远比平躺在至尊王的床上更亵渎神明，远比将卡丹那个印章戒指戴到自己手指上更亵渎神明，甚至远比坐在王位上更亵渎神明。

我成了精灵世界的王后。

我们在黑暗中彼此亲吻，极度疲倦让我们的吻似乎模糊了。我本以为自己不会睡着，不料竟然真的睡着了，我的四肢跟他的四肢缠绕在一起，自从我从深海王国回来后，这还是我第一次好好睡上一觉。

一阵响亮的打门声惊醒了我。

卡丹已经起来了，正在将炸弹带来的那个黏土小瓶在两手之间抛来抛去。他仍旧穿着衣服，但他的衣服看起很凌乱，给人一种放荡的感觉。我将身上的长袍裹得更紧了。这样明显地享有他的床，我感到很难为情。

"陛下，"那个做信使的骑士说，"您的兄长死了。根据现场的情况，我们断定他跟人决斗过。"

"嗯。"卡丹说。

"深海王国的女王，"骑士颤声道，"已经来了。她要求为她的大使讨回公道。"

"我敢说她是要那样做。"卡丹的声音听起来干巴巴的，但吐字很清晰，"好吧，我们不能让她等着。你，你叫什么名字？"

那骑士犹豫了一下，答道："兰诺克，陛下。"

"兰诺克爵士，召集一群骑士护送我去海边。你们在庭院里等着我。"

"可是大将军——"他说道。

"现在不在这里。"卡丹替他说完。

"遵命。"骑士说。我听见门关上了，卡丹从外面转进卧室，脸上挂着傲慢的神情。

"哦，妻子，"他对我说，声音中透着一股寒意，"看来你的嫁妆里至少少了一个秘密。来吧，我们必须打扮起来，一起去参加第一次公开接见。"

我心里一沉，但现在没时间向他解释，况且也没有合理的解释。

我穿着我的长袍，沿着走廊快步奔回我的套房。回到房里，我命人把我的剑拿来，同时迅速穿上我的天鹅绒长裙。在此过程中，我一直在想这个新地位对我来说意味着什么，现在卡丹不受约束了，他会怎么做。

第三十章

欧拉在一片波涛起伏的海面上等着我们，旁边是她的女儿和一大群骑士，那些骑士骑着海豹、鲨鱼，以及各种各样长着尖牙的海洋动物。欧拉本人骑着一头逆戟鲸，穿着一身戎装，仿佛准备来战斗。她的皮肤上覆盖着一层银光闪闪的鳞片，看上去似乎是金属片，而且似乎是直接从她的皮肤里生长出来的。一个用骨头和牙齿做成的头盔遮住了她的头发。

在她旁边，妮卡茜娅骑着一头鲨鱼。她今天没有尾巴，两条长腿上覆盖着贝壳铠甲。

整个海滩边缘积满了一堆堆海藻，仿佛是一场暴风吹送过来的。我想我看见水里还潜藏着别的东西。一头巨大的动物在海面之下游弋，我能隐约看到它的脊背，还有那能溺死的凡人的头发，像海草一般随波漂荡。深海王国的军队比乍看上去更加强大。

"我的大使在哪里？"欧拉厉声问道，"你的兄长在哪里？"

卡丹骑着他那匹花斑灰马，穿着一身黑衣，披着大红斗篷。他旁边的马上坐着米克尔和尼瓦尔，还有二十四名骑士。来这里的途中，他们试图弄清卡丹有什么计划，但他对他们秘而不宣，更令人不安的是，他对我也只字不提。自从听到贝尔金的死讯，他就一直少言寡语，甚至连看都不看我。我心中焦虑，胃里不住地翻腾。

他冷冷地瞧着欧拉，根据我的经验，他的冷漠或者是因为愤怒，或者是因为恐惧。在目前的情况下，可能两者都有。"你心里很清楚，他死了。"

"你有责任让他活着。"她说。

"有吗？"卡丹问道，一手摸着胸口，一脸的震惊，看上去很夸张，"我想我的责任是不去对付他，而不是保证他免于承担自己冒险行为的后果。他跟人进行了一场小小的决斗，我听说是这样。我确信你也知道，决斗是有危险的。可我没有谋杀他，也没有鼓励别人那样做。事实上，我一直都在努力防止别人那样做。"

我竭力不让心中的感受从脸上流露出来。

欧拉身子前倾，仿佛闻到了水里的血腥味。"你不该允许这样的叛逆行径。"

卡丹冷漠地耸了耸肩。"也许吧。"

米克尔在马上动了动。他显然对卡丹的说话方式感到不安，卡丹说得漫不经心，仿佛他们只是在进行一次友好的谈话，仿佛欧拉不是来削弱他的权力，动摇他的统治的。要是她知道马多克离开了，她也许会毫无顾忌地发动进攻。

望着欧拉，望着妮卡茜娅的冷笑，望着塞尔基人和海洋人奇怪的、潮湿的眼睛，我感到自己毫无力量。我放弃了对卡丹的控制，换来了他对我结婚的誓言。可是这事谁也不知道，他的誓言似乎越来越小，仿佛从来没有发生过。

"我到这里是来讨还公道的。贝尔金是我的大使，要是你认为他不受你的保护，我可以认为他受到我的保护。你必须将杀害他的凶手交给大海，那人在大海里将永远不会得到宽恕。把你的内政大臣茉德·杜尔特交给我们。"

一时间，我感觉自己就要窒息了。仿佛我再次溺水了。

卡丹双眉扬起，可他的声音仍然很轻。"可她刚刚从海里回来。"

"那你并不质疑她的罪行了？"欧拉问道。

"我为什么要质疑？"卡丹问道，"要是跟他决斗的人是她，我确信她会获胜，我哥哥自以为剑术高明——他对自己的能力太夸大了。至于要不要惩罚她，那是我的事，我看着合适就行。"

我讨厌他这样提到我，仿佛我不是就在这里，仿佛我没有得到他的结婚誓言似的。可是，他的王后杀死了一名大使，这似乎是个更糟的政治问题。

欧拉的目光没有转向我。我很怀疑她只关心一件事：为了救我回去，卡丹付出了很大代价，通过威胁我，她相信自己能得到更多。"陆地的国王，我来这里不是跟你斗嘴的。我身上的血冷冰冰的，我宁愿选择宝剑。我曾一度认为你是我女儿——大海里最珍贵的东西——的伙伴，那样她恐怕已经帮助我们之间实现真正的和平了。"

卡丹望着妮卡茜娅，尽管欧拉等着他接口，可好一会儿，他没有说话。当他最终开口时，他只是说："跟你一样，我也不擅长宽恕。"

欧拉女王顿时勃然变色。"要是你想要战争，那在一座小岛上宣战是不明智的。"欧拉周围的海浪变得更狂暴了，浪头上的白沫更大了。一个个旋涡就在岸边的海面上联合起来，小旋涡越转越深，旧的旋涡刚刚消失，新的旋涡又纷纷形成。

"战争？"他死死地盯着她，仿佛她的话特别晦涩难懂，从而惹恼了他，"你是想让我相信你真的想打仗吗？你这是在挑战我，要我跟你一决高下吗？"

他显然是在诱惑她，可我想不出他为什么要这样做。

"要是我就是在挑战你呢？"她问道，"那又怎样，孩子？"

他的嘴唇上露出轻浮的笑容。"你的大海下面每一寸都是陆地。沸腾的、火山遍布的陆地。尽管向我发动进攻吧，我会让你看看我这个孩子会做什么，我的女士。"

他张开一只手掌，转眼间，似乎有什么东西升到了我们周围的海面上，就像是给它罩上了一层灰白的壳。那是沙子。飘浮的沙子。

接着，深海王国宫廷周围的海水搅动起来。

我瞪大眼睛望着他，希望能吸引他的目光，但他正在集中精神。不论他现在施展的是什么魔法，这都是巴芬当初说的那番话的含义：至尊王跟这片土地紧密相连，他是一颗跳动的心，一颗星星，跟精灵国的未来息息相关。这就是权力。眼见他行使他的权力，我顿时明白他跟人类差别多大，他身上发生了多么巨大的蜕变，他已经超出我的控制多么遥远。

当搅动着的海水开始沸腾时，欧拉叫道："停下！"一片海水开始冒泡，深海王国的臣民尖叫着四散奔逃，飞快地游出了那片海域。几只海豹爬到了陆地附近的黑色岩石上，用它们的语言彼此呼唤着。

妮卡茜娅骑着的鲨鱼翻滚起来，她一头栽进了海里。

炙热的蒸汽从海浪里翻涌而上，随风飘荡。一团巨大的白云翻滚着飘过我的视野。白云散去后，我看见一片新的陆地从大海深处升起来，滚烫的岩石在我们的注视下逐渐冷却。

妮卡茜娅跪在那个不断变大的岛屿上，脸上又是惊奇，又是恐惧。"卡丹？"她喊道。

他的一边嘴角微微上翘，露出一丝笑容，可他的目光并没有聚焦。他曾相信自己需要说服欧拉，他并不是个软弱无能的脓包。

现在我看出他已经有了一个计划，正如他想出了一个计划来摆脱我控制他的枷锁。

我困在深海王国的那个月里，他身上就发生了变化。那时他就开始筹划计策了。现在他已经变得很擅长筹划计策了，这令我很不安。

我一边想着这件事，一边注视着青草从妮卡茜娅的脚趾之间冒出来，野花沿着那些缓缓起伏的山丘竞相开放，树木和灌木丛破土而出，一根树干开始绕着妮卡茜娅的身体往上生长。

"卡丹！"她尖声叫道，此时那树干绕着她的身体，已经长到了她的腰上方。

"你都干了什么？"欧拉叫道。绕着妮卡茜娅的树干还在继续往上长，一根根树枝展开来，树枝上长出了树叶和芬芳的花朵。花瓣随风飘落在海面上。

"现在你还要淹没陆地吗？"卡丹问欧拉，声音十分平静，仿佛他并没有让第四座岛屿从海里升起来，"还要让咸水来腐蚀我们树木的树根，让我们的河流湖泊变咸吗？你还要淹没我们的浆果树，派你的海洋人来割我们的喉咙，偷我们的玫瑰吗？你还要这样做，即便那意味着你的女儿会遭受同样的痛苦吗？来吧，我谅你不敢。"

"放了妮卡茜娅。"欧拉说，声音中充满了挫败。

"我是精灵国的至尊王。"卡丹提醒她，"我不喜欢听人发号施令。你攻击了陆地，偷走了我的内政大臣，还释放了我哥哥。我哥哥因为谋杀了父亲埃尔德雷德受到囚禁，而你跟我父亲曾有过盟约。我们曾经相互尊重对方的领土。

"我已经容忍你太多的不敬了，可你做得太过火了。

"现在，深海王国的女王，我们应该达成一个停战协定，就像你跟埃尔德雷德达成的一样，就像你跟马布女王达成的一样。我们要么达成停战协定，要么来一场战争，要是我们开战，我将毫不留情。你喜爱的任何人、任何东西都不会安全。"

欧拉沉默不语，我倒吸了一口凉气，完全不确定接下来会发生什么。"好吧，至尊王，那我们就结盟吧。把我女儿还给我，然后我们就走。"

我舒了一口气。卡丹逼迫欧拉是明智之举，即便这样做后果可能会很可怕。毕竟，一旦她知道马多克的举动，她可能会利用她的优势

/292

来逼迫他。最好干脆现在就挑起危机。

而且这次冒险成功了。我垂下眼睛，以掩饰我的笑容。

"让妮卡茜娅待在这里，替贝尔金做你的大使。"卡丹说，"她是在这几座岛屿上长大的，她爱的许多人都在这里。"

这话抹去了我脸上的笑容。在那座新的岛屿上，妮卡茜娅皮肤上的树皮正在渐渐褪去。把她带回精灵国，不知道他在玩什么。毫无疑问，她只会带来麻烦。

不过，也许这是他喜欢的那种麻烦。

"要是她愿意留下，那她可以留下。这样你满意了吗？"欧拉问道。

卡丹点了点头。"是的。我不会被大海牵着鼻子走，不管它的女王有多了不起。作为至尊王，我必须在前面领路。但我也必须公正。"

说到这里，他顿了顿，然后转向我。"今天我就要实施公正。茱德·杜尔特，你能否认自己谋杀了深海王国的大使，至尊王的兄长，贝尔金王子吗？"

我不确定他想要我说什么。否认这件事会有帮助吗？要是这样，他肯定不会这样问我——这明明是说他相信我杀了贝尔金。卡丹一直都有一个计划。我现在能做的只是相信他现在有了一个计划。

"我不否认我们进行了决斗，我赢得了胜利。"我说，我的声音比我想展示出的那种更不确定。

所有空境人的眼睛都注视着我，我望着他们那冷酷无情的脸，须臾之间强烈地意识到了马多克的缺席。欧拉咧嘴笑着，露出满口尖利的牙齿。

"听我的裁决。"卡丹说，声音里充满了权威，"我将茱德·杜尔特流放到凡间，她不得踏入精灵世界一步，否则就剥夺她的生命，除非且直到获得至尊王冠的宽恕。"

我惊呼了一声。"你不能这样做！"

他凝视了我好一会儿，不过他的目光很温和，仿佛他料想我在流放期间会过得很好。仿佛我不过是他的一个请愿者。仿佛我什么都不是。"我当然能。"他答道。

"可我是精灵世界的王后。"我叫道。有那么一会儿，四周一片寂静。然后，我周围的每个人都哈哈大笑起来。

我感觉自己双颊发烧，沮丧和愤怒的泪水刺痛了我的眼睛。过了良久，卡丹也跟着他们笑起来。

这时候，两个骑士迅速按住我的手腕。兰诺克爵士将我从马上拉下来。一时间，我怒发如狂，竟想冲上去跟他战斗，仿佛身边没有二十四个骑士围着我们似的。

"那就否认我的话。"我喊道，"否认我！"

他当然做不到，所以他没有表示否认。我们的目光相遇了，他脸上露出一丝古怪的笑容，那显然是特意做给我看的。我想起用全副身心恨他是什么滋味，可我想起得太迟了。

"跟我来，女士。"兰诺克爵士说，我只好跟着他去了。

尽管如此，我还是忍不住回头望去。这时候，卡丹正初次踏上那座新岛屿。他看上去浑身上下无一不像他父亲那样的统治者，无一不像他哥哥想让他变成的那种怪物。黑得好似乌鸦的头发从他的脸庞四周吹向后面，猩红的斗篷绕着他飞舞，双眼映着灰蒙蒙、阴沉沉、空荡荡的天空。

"若说因斯维尔岛是悲哀之岛，因斯麦尔岛是权力之岛，因斯木尔岛是岩石之岛，"他说，声音远远地越过这片新形成的土地，"那就让这座岛叫作因斯伊尔岛，灰烬之岛。"

尾　声

　　我躺在电视机前的长沙发上，面前的一盘用微波炉加热的鱼条已经变凉了。电视屏幕上，一个溜冰的卡通人物正在生闷气。他不是个非常好的溜冰者。我想，要么也许是个了不起的溜冰者。我总是忘记看字幕。

　　这些天来，我几乎无论做什么都难以集中精神。

　　薇薇安走进屋来，重重地坐到沙发上。"希瑟不给我回短信。"她说。

　　一星期之前，我筋疲力尽地出现在薇薇安家的门阶上，双眼哭得红红的。兰诺克和几个同伴用他们的一匹马载着我飞过大海来到凡间，将我随便扔到某个城镇的一条街上。我走啊，走啊，不停地走，直到双脚起了水泡，直到我开始怀疑自己借助星星导航的能力。最后，我跌跌撞撞地走进一个加油站，看到那里有辆出租车在加油，这才想起世上还有出租车这种东西。那时候，我再也顾不得自己身无分文，薇薇安可能会用一把施了魔法的树叶付司机车费了。

　　可我没想到我到她家时，会发现希瑟已经离开了。

　　当她和薇薇安从精灵世界回来时，我猜她一定有很多问题。然后她会提出更多问题，最后薇薇安承认蛊惑了她。于是一切真相大白。

　　薇薇安撤去魔咒，希瑟恢复了记忆。然后希瑟就搬走了。

　　希瑟住在她父母的房子里，所以薇薇安一直抱有希望，认为她可能还会回来。她还有些东西在这里。一些衣服，她的制图桌，还有一套没有用过的油画颜料。

"她准备好的时候会给你回短信的。"我说，尽管我自己也对此心存怀疑。"她只是一时想不明白。"不能仅仅因为我品尝了爱情的苦果，就意味着别人都得跟我一样。

有那么一会儿，我们只是一起坐在沙发上，看着电视里的那个卡通人物滑冰。他试着跳了好几次，但每次都摔倒了。他情不自禁地爱上了他的教练，可他的爱也许只是毫无回报的单相思。

欧克不久就要放学回家了，我们要假装一切如常。我要带他到这幢公寓大楼的木结构部分训练他的剑术。他对练剑并不上心，对他来说，这只是闹着玩，我也不忍心吓他，让他以另一种方式看待剑术。

薇薇安从我的盘子里拿起一根鱼条，在番茄酱里蘸了一下。"你还要继续郁闷多久？你被深海王国关了那么长时间，已经精疲力竭了。你的游戏已经玩完了。他胜了你一筹。事情就是这样。"

"随便啦。"我说，此时她正吃着我的食物。

"要是你没有被俘，你已经把他打得一败涂地了。"

我甚至不确定这话是什么意思 [1]，不过听起来不错。

她的猫眼转过来看着我，那眼睛跟她父亲的眼睛一模一样。"我曾要你回凡间来，现在你来了，也许你会爱上它。给它一个机会。"

我含糊地点了点头。

"要是你不喜欢凡间，"她扬起一道眉毛，"那你随时都可以加入马多克的阵营。"

"我不能那样做。"我说，"他曾多次试图招募我，可我一直拒绝他。这事已经不可能了。"

---

[1] 英语俗语"mop the floor with sb."的意思是"彻底打败某人"，字面意思是"跟某人一起擦地板"。

她耸了耸肩。"他不会——好吧，他会介意的。他会让你很没面子，在未来的二十年里，他总会在军事会议上提起这件事，让你难堪。但他会接受你。"

我面色严峻地看着她。"接受我？让我帮着他让欧克登上王位吗？在我们为了保护欧克做了这一切之后？"

"是帮着他伤害卡丹。"薇薇安说，眼中闪着凶光。她从来都不怎么宽宏大量。

此刻我很欣赏她的这一性格。

"怎么做？"我说，可我头脑中的战略思维正在慢慢恢复。格瑞森是个重要的人物。如果他能为贝尔金做一顶王冠，那他能为我做什么呢？

"我不知道，可我现在还不想为这事操心。"薇薇安站起身来，"复仇很甜美，但冰激凌更甜美。"她走过去从冰箱里拿出一盒薄荷味巧克力冰激凌，拿着冰激凌和两个小勺回到沙发旁。"现在，接受这份甜点吧，尽管它配不上流亡的精灵世界王后的身份。"

我知道她并不是想嘲笑我，但听到这个头衔，我还是心中一阵酸楚。我拿起了一把小勺。

你必须足够强壮，才能不知疲倦地进攻、进攻、进攻……学习剑术的首要诀窍就是变得那样强壮。

我们在电视屏幕闪烁的亮光中吃着冰激凌。薇薇安的手机在咖啡桌上寂然无声。我感到脑子一阵阵眩晕。

致　谢

　　没有莎拉·里斯·布伦南、李·巴杜格、史蒂夫·伯曼、卡桑德拉·克莱尔、莫林·约翰逊、凯利·林克和罗宾·沃瑟曼的支持、鼓励和批评，本系列第二部的写作一定会困难得多。谢谢你们，我潇洒的团队！

　　还要感谢我的读者们，他们常常特意来跟我见面，他们跟我联系，告诉我他们多么喜欢《空境之诗：荆棘王冠》，多么喜欢里面的角色。

　　衷心感谢小布朗图书公司（Little Brown Books）青少图书部的每一位成员，感谢他们对我古怪的想象提供的支持。特别要感谢本书那些了不起的编辑们，他们是：阿尔文娜·林、柯尔林·卡伦德、西恩那·孔乔尔、维多利亚·斯泰普尔顿、詹妮弗·麦克勒兰德—斯密斯、埃米莉·波尔斯特、爱兰歌娜·格林、艾琳娜·伊普等。在英国，我要感谢热钥匙图书公司（Hot Key Books），特别要感谢简·哈里斯、爱玛·马修森和蒂娜·莫列斯。

　　还要感谢新叶文学（New Leaf Literary）的每一位成员，特别是乔安娜·沃尔普、希拉里·皮切恩和普雅·沙伯日恩，谢谢他们让许多艰难的事情变得轻松一些。

　　感谢凯思琳·詹宁斯，谢谢她为本书创作的那些奇妙的、激发想象的插图。

　　在所有人中，尤其要感谢我丈夫西奥，他帮助我构思出我想要讲述的故事；还有我们的儿子塞巴斯蒂安，他常常令我分心，但同时也给了我不少写作灵感。